Isabel

Luiz Gusmão

Isabel

Luiz Gusmão

Direção editorial
Copyright © 2023 by Editora Pandorga

Produção editorial
Silvia Vasconcelos

Equipe Editora Pandorga
Equipe Editora Pandorga

Preparação e revisão
Henrique Tadeu Malfará de Souza

Diagramação
Elis Nunes

Capa
Cris Saavedra

Textos de acordo com as normas do Novo Acordo Ortográfico de Língua Portuguesa (Decreto Legislativo n. 54, de 1995)

Dados Internacionais de Catalogação na Publicação (CIP) de acordo com ISBD

G982i	Gusmão, Luiz
	Isabel / Luiz Gusmão. - Cotia : Pandorga, 2023. 216 p. ; 14cm x 21cm.
	ISBN: 978-65-5579-247-8
	1. Literatura brasileira. 2. Romance. I. Título.
2023-2458	CDD 869.89923 CDU 821.134.3(81)-31

Elaborado por Vagner Rodolfo da Silva - CRB-8/9410

Índice para catálogo sistemático:
1. Literatura brasileira : Romance 869.89923
2. Literatura brasileira : Romance 821.134.3(81)-31

2023
IMPRESSO NO BRASIL
PRINT IN BRAZIL
DIREITOS CEDIDOS PARA ESTA EDIÇÃO À
EDITORA PANDORGA
RODOVIA RAPOSO TAVARES, KM 22
GRANJA VIANA – COTIA – SP
Tel. (11) 4612-6404
www.editorapandorga.com.br

Sumário

Agradecimentos 7
Prefácio 8

Capítulo 1 — O hospital 11
Capítulo 2 — Retornando para casa e a festa 55
Capítulo 3 — A primeira parte da última viagem de Isabel 85
Capítulo 4 — A última parte da viagem e o retorno 119
Capítulo 5 — Os últimos dias de Isabel e sua morte 161
Capítulo 6 — O funeral, o enterro e a missa 199

Agradecimentos

Agradeço a Deus, aos meus familiares, aos meus amigos, que mantiveram o incentivo desde a minha primeira obra, intitulada *Em busca do tesouro*.

Não há como não mencionar minha avó paterna, Isabel Almeida de Gusmão, em quem me espelhei para criar a personagem homônima e o título desta obra literária, apesar de já ter falecido há muito tempo, e de nunca imaginar que um dia eu poderia me tornar escritor. Esta obra literária é totalmente dedicada a ela.

Prefácio

Por Lucas de Gusmão Machado Vieira

Dessa vez era inverno de 1991 e sempre retornávamos para essa estação. Ficávamos nós seis em uma casa de três quartos, mas usávamos apenas dois. Eles em um quarto com camas separadas (quando menino nunca entendi, mas depois de casado passei a entender a sabedoria de ter o seu espaço), e nós quatro dormíamos em duas camas que juntavam. Apesar dos apelos, não tínhamos televisão e, volta e meia, por conta das chuvas, ficávamos sem energia elétrica. A imaginação era a nossa melhor amiga; já fomos guerreiros e soldados, super-heróis e vilões, craques do futebol e vôlei, alguns dias melhores amigos e outros inimigos. Subíamos na mangueira, jogávamos bola, corríamos até a caixa d'água e dávamos adeus ao maquinista da Maria Fumaça, brincávamos com bonecos, peão, baralho, jogos e fantasias, basicamente tudo o que a nossa imaginação permitia para passar os curtos dias e as longas noites das férias de julho.

Enquanto ele lia e dormia com um livro ou jornal na mão, ela cuidava de tudo, de nós, do jardim, da casa e principalmente dele. Os dias se passavam, mas a rotina era sempre a mesma, e vivíamos assim, felizes, misturando imaginação e realidade. *Isabel* é puramente isso, uma linda obra de drama, com uma grande dose de realidade, onde a doçura do sonho se emaranha nas teias daquilo que é concreto. Ler esta obra me remeteu a tempos passados, a memórias guardadas e já esquecidas, me fez ser parte real da *"história da minha vida"*. Revivi e vivi Isabel, João, Clara, João Neto, Fernanda, entre outros, cada um em suas dores, raiva, força e vontade, mas sobretudo o amor, muitas vezes mascarado por outros sentimentos como forma de defesa.

Respeitar as escolhas do próximo, mesmo que elas sejam o oposto daquilo que queremos, é uma das maiores formas de se demonstrar amor por aqueles que nos cercam. Nestas páginas, Luiz Gusmão traz tudo isso e muito mais; ele abre a sua mente e o seu coração para todos os leitores, mistura a doce criatividade com secas doses da amarga realidade. Ler *Isabel* me remeteu a tempos perdidos e já esquecidos, me trouxe de volta aquele Luiz Gusmão do inverno de 1991, quando brincávamos na terra molhada da chácara, em que eu sonhava acordado, mas me mostrou também o Luiz Gusmão do inverno de 2020, maduro, sensato, sensível, e que hoje mistura os seus sonhos com as suas próprias verdades.

Hoje, ele nos presenteia com esta linda obra.

Capítulo 1

O hospital

Eu me lembro bem daquele dia, trinta de março, estava trabalhando como em um dia qualquer. Sou funcionário do Poder Judiciário do meu estado. Surpreendo-me com uma ligação telefônica de meu pai, João. Atendo, preocupado, pois ele não tinha o hábito de me telefonar no meu horário de trabalho.

— Meu filho, sua mãe marcou uma visita de rotina ao médico da família, Dr. João, para terça-feira da próxima semana, dia seis de abril, no horário da tarde — meu pai falou. — Eu já telefonei para a sua irmã, Clara, porém a emissora em que ela trabalha não a liberou para nos acompanhar. Será que você pode verificar se consegue uma liberação no seu trabalho para levá-la comigo?

Depois de minha preocupação inicial, sabendo do motivo da ligação telefônica, respondi a meu pai:

— Sem problemas, pai. Verificarei se consigo uma folga na terça-feira da semana que vem!

Então me despedi, encerrei a ligação, e fui em direção à sala do meu chefe, Michel. Ele estava ao telefone, mas autorizou a minha entrada em sua sala. Michel solicitou que eu ficasse sentado em uma cadeira, aguardando o término da ligação telefônica dele. Ao terminar, eu perguntei:

— Michel, minha mãe tem um exame de rotina no dia seis de abril, na próxima terça-feira. Haveria a possibilidade de eu folgar nesse dia para acompanhá-la juntamente do meu pai?

— Você sabe que teremos auditoria nesse dia, para a renovação do selo de qualificação. A sua irmã Clara não pode fazer companhia a eles e levá-los no dia marcado? — Michel perguntou, calmo.

—Infelizmente a emissora em que ela trabalha não pode liberá-la!

Michel balançou a cabeça, de forma negativa.

— Temos que ver esta situação. Você sabe que não poderá estar ausente no dia da auditoria, por mais justificável que seja a sua ausência. Que horas será o exame médico da sua mãe?

Michel, além de meu chefe, era muito amigo meu e da minha família, mas apesar de ele entender o motivo e aceitar a minha ausência na auditoria, eu poderia prejudicar tudo.

— Acredito que o exame seja na parte da tarde, Michel!

— Poderei induzir o auditor a fazer a parte que cabe ao seu serviço pela manhã, antes do horário do almoço, assim você ficará liberado para o período da tarde e poderá levar a sua mãe para fazer os exames!

— Obrigado, Michel, por mais essa ajuda — sorri. — Deste modo está perfeito para mim!

Michel sorriu e em seguida foi fazer o seu serviço, enquanto eu me retirava de sua sala. Telefonei para o meu pai e disse que havia a possibilidade de levá-los ao consultório do Dr. João para o exame de rotina da minha mãe, Isabel.

No final da semana seguinte, foi marcado um almoço na casa de Clara, para o qual meus pais e eu, fomos convidados. Estariam presentes também os meus sobrinhos, João Neto e Fernanda, filhos ainda pequenos de minha irmã. A casa de Clara era muito grande e ficava em uma região muito privilegiada na cidade onde morávamos. A minha irmã era diretora de um programa muito importante em uma das maiores emissoras de televisão de sinal aberto do país, e o meu cunhado era apresentador do mesmo programa, dirigido por Clara.

Esse almoço era muito especial, pois Clara estava mostrando para a família como ficara a casa após a obra de reforma feita recentemente.

O meu relacionamento com Clara era um pouco complicado, pois nós vivíamos brigando por futilidades. Na verdade, havia muito conflito por causa de ciúmes que tínhamos um do outro, pois pensávamos que nossos pais tinham uma preferência entre os filhos. Eu acreditava que meu pai gostava mais da minha irmã, pelo que ele demonstrava, já a minha irmã acreditava que minha mãe gostava mais de mim, pelo mesmo motivo, então vivíamos brigando. Porém, essa briga de irmãos não atrapalhava tanto assim a nossa harmonia, pois mesmo que estivéssemos brigados, sempre estávamos presentes nos momentos importantes da vida de cada um de nossos pais.

O almoço foi ótimo, mas minha irmã estava me incomodando com um assunto pessoal. Clara estava enfatizando que eu tinha que me relacionar com outra mulher, pois já fazia certo tempo que eu não tinha um relacionamento estável. O meu último relacionamento amoroso fora relativamente traumático para mim. Aliás, um trauma que, até aquele momento, eu não conseguira superar.

O meu último relacionamento amoroso com uma mulher teve duração de quatro anos e terminou depois da descoberta de uma traição por parte dela. Eu nunca a perdoei por isto. A base de toda uma relação amorosa, no meu entender, é a confiança, a qual, quando quebrada, fica complicado manter. Por esse motivo, eu ainda estou sem falar com a minha antiga companheira, mesmo tendo se passado mais de dois anos que o término do relacionamento aconteceu.

Após o almoço, todos nós ficamos para assistir ao jogo de futebol do nosso time do coração, que ocorreria naquele final de tarde. Nossa família inteira era apaixonada por futebol, e éramos torcedores do mesmo clube. Depois da partida que foi transmitida, na qual nosso time se sagrou vencedor, eu, meus pais, Clara e o meu cunhado tomamos um vinho e conversamos sobre a vida, sentados na sala de estar – os meus sobrinhos, filhos de Clara, estavam fazendo o dever de casa no quarto deles –, e novamente Clara retomou o assunto inconveniente. Ela disse que tinha uma mulher do seu trabalho que queria me apresentar, mas eu disse que ainda não estava preparado para conhecer outras pessoas. No fim do dia, acompanhei o meu pai e minha mãe até a residência deles de táxi e retornei para a minha casa.

Na segunda-feira da semana seguinte, fui trabalhar normalmente. Conversei com o meu chefe, Michel, para me certificar de que estava tudo programado para o dia seguinte, e ele confirmou. Conforme o planejado, o auditor, assim que chegou à repartição, foi examinar o meu trabalho, caminhando até mim. Após eu mostrar a minha rotina de trabalho, o auditor acabou fazendo as suas anotações. Saí no horário do meu almoço, como tinha combinado com o meu chefe, e fui com os meus pais ao consultório do Dr. João, médico da nossa família, para ele passar os exames que minha mãe precisava fazer. Enquanto examinava a minha mãe, o médico percebeu uma coisa muito estranha: um caroço no lado direito da barriga dela. O doutor preferiu não nos alarmar antes dos resultados dos exames específicos, que deveriam ser feitos pela minha mãe, então ele entregou a requisição de cada um. Levaria cerca de dois dias para que ficassem prontos.

Após irmos ao médico da família, levei os meus pais para casa e depois me retirei, com a promessa de retornar no final do expediente para jantar com eles. Eu era mais presente na vida de meus pais, já que não construíra uma família e poderia dedicar mais atenção a eles, diferente da minha irmã. Passei a tarde toda com eles, depois fui para casa dormir.

Alguns dias depois, recebi uma ligação de meus pais, dizendo que iriam ao médico com o resultado dos exames, já que os tinham buscado no dia anterior, e perguntaram se eu poderia ir com eles.

Infelizmente, eu não poderia, mas eles entenderam. Aproveitei e perguntei sobre o resultado, e o meu pai informou que estava tudo bem... porém, pelo seu tom de voz, eu sentia que não era verdade. Desconfiado, resolvi sanar as dúvidas, então fui à casa deles na parte da noite, após o expediente. Ao ler os exames, reparei que continham resultados que pareciam alarmantes, mas eu não entendia muito bem do que se tratava. Mediante a minha descoberta, fui conversar reservadamente com o meu pai.

— O senhor pode me explicar o motivo de ter mentido para mim no telefone? — perguntei com o tom de voz firme. — O senhor sabe que não gosto de ouvir mentiras!

— Filho, sua mãe não teve acesso aos exames, então eu não contei para não alarmar você e sua irmã — meu pai se justificou, num tom de voz entristecido. — Analisando o exame de sua mãe, percebi que havia, sim, algo preocupante, mas, por conta da minha ignorância, eu não sei o que é e nós temos que descobrir para que a sua mãe possa se tratar!

— Espero que não seja nada grave e que tenha solução! — disse eu, com um tom melancólico, expressando a minha preocupação.

— Não será nada de grave, meu filho, você pode ficar tranquilo. Isabel é uma guerreira e vai superar isso. Ela vai *me* enterrar, pode me cobrar isso! — meu pai disse, tentando manter a minha esperança.

— Espero que sim, meu pai, e que os dois vivam por muito mais anos! — eu disse, ainda num tom melancólico.

Mediante a minha preocupação e desespero, eu menti no trabalho dizendo que estava doente e que não poderia ir naquele dia. O motivo disso era a minha insistência em ir com os meus pais ao médico e descobrir o que minha mãe tinha. Eu estava desesperado, pressentia que algo muito grave tinha atacado a minha mãe.

Ingressei no consultório do Dr. João antes de meus pais entrarem, e disse:

— Doutor, o senhor me conhece desde criança, nunca mentiu para mim, então diga-me a verdade, por favor: o que a minha mãe tem?

— Não sei, garoto. Seria muito leviano falar sem ver os resultados dos exames! — respondeu, antes de pedir os exames.

Após a análise, perguntei novamente, com um tom de voz nervoso:

— Então, Doutor, o que a minha mãe tem?

— Precisarei de exames mais específicos para saber! — respondeu, percebendo a minha preocupação.

— Então deve ser grave, Doutor, pois só assim para o senhor precisar de tantos exames para detectar! — concluí, tenso.

— Todas as doenças são graves, porém não quer dizer que não tenham o tratamento apropriado. Se os exames que passarei para a sua mãe confirmarem minha especulação, teremos que ver a extensão! — disse, num tom de voz calmo.

— Extensão, Doutor?! Então é algo maior do que eu imagino! — externei o meu desespero, chegando a me emocionar.

O médico, percebendo que eu já imaginava do que se tratava com relação ao quadro de saúde da minha mãe, abaixou a cabeça e disse, tristemente:

— Infelizmente, sim!

Chorando, pedi para que o Doutor esperasse eu me recompor, antes de chamar os meus pais, e assim o fez. Ao entrarem, o Doutor olhou profundamente para a minha mãe e disse:

— Isabel, já tive acesso ao resultado dos exames e vou pedir outros para a senhora. Está tudo bem?

A minha mãe não se recusou a realizar os novos exames, então ele preencheu os formulários e entregou os pedidos. Na hora eu estava perturbado emocionalmente para me lembrar da desculpa que dera para não ir ao trabalho. Fui direto com os meus pais ao hospital, para que os exames pudessem ser realizados de forma mais rápida. Aproveitei e telefonei para a minha irmã.

— Clara, assim que acabar o seu trabalho, seria bom vir ao hospital. Nossa mãe está muito doente e está fazendo exames aqui!

— O que a nossa mãe tem? — Clara perguntou agressivamente, mostrando preocupação.

— Não sei, o médico ainda não me disse nada sobre a doença, mas ela está fazendo exames e logo teremos mais respostas!

— Assim que acabar aqui, estarei com vocês aí no hospital!

Já era noite quando o Dr. João chegou. O meu pai estava apreensivo, eu mais ainda, e a minha irmã não tinha chegado até aquele momento. Segui em direção ao médico, manifestando a minha preocupação com certa agressividade.

— Doutor, não nos enrole mais! Me diga o que minha mãe tem!

— Vou ver os exames e logo te direi! — respondeu, percebendo o meu emocional totalmente abalado.

Enquanto o médico analisava, Clara finalmente chegou ao hospital. Ela me telefonou, perguntando onde eu estava, e eu informei o número do quarto em que me encontrava junto da nossa mãe, então pediu para me encontrar com ela no lado de fora do quarto, no corredor.

— Então, já têm o resultado do exame de nossa mãe? — Clara perguntou, expressando melancolicamente a sua preocupação.

— O médico já está em posse dos exames, mas ainda não nos informou nada!

— Como nossa mãe está passando agora? Ela está se sentindo bem?

— Aparentemente sim, ela está passando bem!

Depois de meia hora, o Doutor retornou e solicitou que todos os familiares se retirassem do quarto. Nós atendemos a solicitação dele, apreensivos com o motivo. Assim que saímos, o Doutor nos deu a notícia.

— Infelizmente, minhas suspeitas estavam certas. Isabel tem um tumor e ele está se espalhado pelo intestino; já atingiu o intestino grosso, o fígado e os dois rins. Pela extensão, temos que operá-la o mais rápido que pudermos, para tentar retirar o máximo do tumor possível!

Naquele corredor do setor do hospital, havíamos recebido a pior notícia do mundo, e, pela forma como o Doutor se expressara, fora praticamente um atestado de óbito antecipado. Clara e o meu pai entraram em estado de choque, minha irmã tentou ser forte, mas não conseguiu e se emocionou, começando a chorar. O nosso pai, vendo Clara naquele estado, deu-lhe um forte abraço e também não se conteve, mas de forma controlada, mesmo que ainda muito intensa. O Dr. João permaneceu parado e ficou observando a nossa reação. Também em estado de choque, comecei a pensar em algumas coisas:

"Como a minha mãe poderia estar daquele jeito, se ela sempre fez exames de rotina anualmente até os seus sessenta anos de idade. Depois a minha mãe começou a fazer os mesmos exames semestralmente, até atingir os seus setenta anos de idade, e agora, ela fazia exames de rotina bimestralmente. Como, em tantos exames, nunca apontaram o tumor, principalmente do jeito que estava?"

Depois de voltar à realidade, deixando de lado os meus pensamentos, eu questionei o Doutor sobre as minhas dúvidas.

— Doutor, como ele se espalhou de maneira tão rápida? Geralmente o tumor, por mais agressivo que seja, não atinge tantos órgãos tão rápido assim! Nos exames que minha mãe fez, há dois meses, nenhum tumor foi detectado, isso é impossível! — disse, desesperado.

— Joel, calma! Eu sei que a notícia é chocante e terrível, mas procure manter a calma, pois seu pai e sua irmã precisarão que você fique calmo!

Ao perceber que o Dr. João estava certo, eu me acalmei e consegui me controlar, enquanto o meu pai e Clara continuavam manifestando as suas angústias, misturadas em desespero através das lágrimas.

— Infelizmente, um condutor para o tumor é o estado de espírito. Eu reparei que a sua mãe estava muito triste e deprimida recentemente, reparei também que ela não aparentava ter forças para lutar contra esta tristeza, além de não estar se alimentando bem, e por este motivo, nós tivemos que intervir com medicações para repor os nutrientes dela. Podemos imaginar que o *estado de espírito* de Isabel estava tendo nos últimos meses tenha intensificado a agressividade do tumor. Infelizmente, a possibilidade da existência dele não foi detectada antes, e só temos uma coisa a fazer neste momento, que é retirar o máximo possível e começar o tratamento para sabermos se poderemos salvá-la, ou conceder uma melhoria em sua qualidade de vida no tempo que lhe resta! — o doutor me explicou , assim que me acalmei.

Realmente, minha mãe estava sofrendo muito recentemente. Ela perdera a sua melhor amiga, vítima de acidente vascular encefálico, cerca de seis meses atrás. A perda dessa amiga fora um duro golpe para ela, e após isso, eu, meu pai e minha irmã, bem como muitos amigos da família, fizemos o possível para animá-la, porém sem sucesso, pois tudo que tentávamos não a tirava daquele estado de espírito.

Nós sabíamos que o pior daquela situação seria contar para minha a mãe sobre a doença. Eu conversei com Clara e decidimos que o melhor seria deixarmos o nosso pai falar com a nossa mãe, o que foi aceito por ele.

O nosso pai entrou no quarto, buscando conter a emoção que aflorava por conta do desespero que ele estava sentindo, e falou:

— Amor, eu tenho notícias que não são muito boas. Você tem câncer, mas podemos combatê-lo! Vamos tirá-lo e fazer os tratamentos necessários. Vai ficar boa logo. Você prometeu que iria me enterrar, e essa promessa não pode ser quebrada!

Por mais forte que nosso pai tentasse ser, após a conversa com a nossa mãe, ele não aguentou e chorou copiosamente. Ele sofreu um ataque cardíaco há pouco mais de dois anos, e nossa mãe, pensando que nosso pai não sobreviveria ao infarto, prometeu a ele que iria enterrá-lo e cuidar de nossa família. Ela disse isso pouco antes de ele entrar no centro cirúrgico.

Depois de algum tempo, quando nosso pai se recompôs, a nossa mãe disse, de forma calma:

— Meu amor, eu sei o que te prometi e pode ter certeza que não irei quebrar esta promessa que te fiz. Vamos tirar logo isso de dentro de mim, fazer todos os procedimentos necessários e me curar o quanto antes!

Geralmente, pacientes com este diagnóstico externam várias sensações diferentes no estágio inicial da doença, e as mais comuns são a raiva e a tristeza, que muitas vezes antecedem a aceitação; porém, diferente da maioria dos pacientes, minha mãe não estava triste ou com raiva, pelo contrário, parecia que o conhecimento da doença fortalecera seu estado de espírito, e a tristeza que ficava em seu ser, antes do diagnóstico, sumira. O Dr. João informou que, no dia seguinte, o oncologista visitaria a nossa mãe para realizar os exames necessários e se despediu de todos. Com a saída do médico do quarto, ficamos em um impasse, pois o horário de visitas já estava terminando e tínhamos de resolver quem passaria a noite com a nossa mãe. O nosso pai não nos permitiu cogitar passar a noite no quarto com a nossa mãe, dizendo que ele mesmo ficaria. Eu e a minha irmã tentamos convencer o nosso pai a não passar a noite no hospital, mas foi em vão.

A nossa mãe estava preocupada em assistir à sua novela favorita, que era a última da grade de programação da emissora onde Clara trabalhava. Realmente, o modo como a nossa mãe estava encarando a doença era surpreendente, dando-nos esperanças de que ela pudesse sobreviver, mas aquele pensamento era meramente emocional, fruto de nossa própria vontade. Se considerássemos o estágio em que a doença estava, com a idade avançada de nossa mãe, não cogitaríamos tal hipótese.

Eu e Clara ficamos um pouco no quarto, até assistimos a um pouco da novela com ela. No final do horário de visitas, nós nos despedimos de nossa mãe, bem como de nosso pai, e partirmos. Eu perguntei a minha irmã se ela viera de carro e ela disse que não, então ofereci uma carona. Ao entrarmos no meu carro, Clara começou a chorar copiosamente. Eu lhe dei um forte abraço e permaneci calado; o silêncio falou por mim naquele momento. Na realidade, eu estava sofrendo tanto quanto Clara e o nosso pai, mas não demonstrava, pois sabia que precisaria ser o pilar de sustentação da nossa família para enfrentar aquele problema.

A atitude de Clara só demonstrou que o meu pressentimento estava correto.

Depois que se recompôs, ela não disse uma palavra e eu conduzi o carro para a sua residência. Chegando lá, despedimo-nos, eu sentindo todo o sofrimento dela. Assim que cheguei na minha casa, foi a minha vez de perder o controle e deixar externar todo o meu sofrimento. Chorei por muito tempo e, após isso, fui tomar um banho e me deitar para dormir... tentar pelo menos, pois, toda vez que fechava os olhos, visualizava os momentos vividos com a minha mãe e voltava a chorar. Esperei o sol raiar e comecei a preparar o meu café da manhã, mesmo estando sem fome, mas sabendo que precisava me alimentar.

Pela manhã, eu liguei para o meu chefe e contei a história verdadeira, pedindo desculpas por ter mentido. Ele compreendeu a situação e me perdoou, depois solicitou apenas que eu entregasse o pedido de licença para cuidar de minha mãe, junto ao departamento do Poder Judiciário competente para esses casos. Horas depois, fui até o hospital aguardar o Dr. João, pois sabia que ele visitaria a minha mãe naquela manhã.

— Doutor, parece que minha mãe está animada. Será que isso pode ser positivo?

— Pode sim, o fato de ela não ter se abalado com o diagnóstico é mais animador, auxilia muito no tratamento!

Aproveitando que estava lá, pedi ao Doutor que preparasse o atestado de acompanhamento médico, que aceitou em fazê-lo. Naquele mesmo dia, minha mãe fez um exame para analisar o intestino grosso e o médico aproveitou para retirar uma pequena parte do tumor, objetivando fazer a biópsia e analisar o tipo e a agressividade dele. Assim que o Doutor coletou a amostra, disse que não podia fazer nenhuma previsão sobre o tratamento sem o resultado da biópsia, então sugeriu que a nossa mãe fosse para casa e informou que o resultado ficaria pronto em duas semanas. Eu e Clara dormimos com os nossos pais naquele dia, queríamos fornecer a maior estrutura possível, por isso começamos a acompanhar a evolução de nossa mãe, bem como a estrutura médica necessária para isso acontecer. Fizemos uma cotação para o serviço de acompanhantes: cotamos o custo para equipar um quarto com as comodidades necessárias e custearíamos tudo. Buscamos também alugar uma cama hospitalar, para lhe oferecer mais conforto.

Nossa mãe sempre foi uma pessoa maravilhosa, nunca selecionou os seus relacionamentos pelo estilo de vida que as pessoas tinham, bem como nunca deixou que ninguém fosse maltratado em sua frente. Ainda me lembro bem que em nossa casa havia uma empregada e que eu comecei a destratá-la na frente da minha mãe. Ela me repreendeu, pela minha atitude, sem nenhuma cerimônia. Irado, gritei com ela e mais uma vez ela me repreendeu: *"Se você é igual ao seu próximo, como pode se sentir superior aos outros?! No fundo todos nós somos feitos de carne e osso! Se você enxergar apenas a classe social, nunca terá capacidade de compreender as pessoas e, se fizer isto, é porque nós falhamos contigo como pais!"*

Deste então, aprendi que tinha de respeitar todas as pessoas, indiferente de quem fosse; uma pessoa com menos recursos financeiros, ou que prestasse serviços em nossa casa, tinha o mesmo direito que nós. Na verdade, eu não entendi bem o que minha mãe disse no dia em que o fato aconteceu, mas passei a entender melhor com o tempo e a maturidade.

No início da semana seguinte, fechamos o contrato da locação de aparelhos médicos, bem como o contrato com a profissional que acompanharia nossa mãe durante o tratamento de sua doença, porém, para isso nós teríamos de orientar a acompanhante por alguns dias, até ela compreender a rotina da casa de nossos pais. Como eu já tinha faltado ao trabalho dois dias na semana anterior, minha irmã disse que tiraria os dois dias de folga para a instrução da profissional. Eu não queria, mas ela me convenceu, então eu me arrumei e segui para o meu local de trabalho.

Conforme fora solicitado pelo meu chefe, fui ao departamento próprio do Poder Judiciário entregar o atestado de acompanhamento de paciente. Um funcionário daquele local abriu o processo e me forneceu o protocolo para que eu acompanhasse o andamento. Fui trabalhar normalmente, e por causa da certificação alcançada durante a auditoria anterior, eu podia ficar tranquilo, pois a próxima auditoria para renovar a certificação aconteceria apenas dentro de um ano. No final do expediente, fui à casa dos meus pais e, chegando lá, encontrei Clara.

— Como está a adaptação da enfermeira contratada?

— Está bem! Ela assimila as coisas muito rápido e não está tendo dificuldades em entender a rotina de nossos pais! — Clara respondeu.

— Como os nossos pais estão passando?

— O nosso pai está querendo demonstrar força para a nossa mãe não fraquejar, mas o vi chorando no banheiro, deve estar sendo tudo muito pesado para ele.

— A nossa mãe, surpreendentemente, está muito forte, ela está com vontade de lutar contra esta doença e vencê-la! Ela nem parece ser aquela mesma pessoa de meses atrás!

— Eu espero que a nossa mãe vença a doença! A nossa mãe é muito forte, ela vai superar isso, você vai ver!

— Sei que a nossa mãe é forte, minha irmã, existem algumas doenças que são menos agressivas para uma paciente da idade de nossa mãe, porém existem outras que são mais agressivas e a doença dela, infelizmente, é uma delas...

— Se nós tivéssemos detectado a doença antes, talvez fosse mais fácil.

— A nossa mãe está com uma idade muito avançada. Mesmo que ela supere esta doença, como será a sua qualidade de vida depois disso?

— Pare de besteira, meu irmão! A nossa mãe vai superar e viver muito bem, você verá!

Clara estava esperançosa na recuperação e superação da doença de nossa mãe, já eu tinha menos expectativas.

As duas primeiras semanas foram torturantes para todos nós. Meu pai estava sofrendo com a doença de minha mãe, mas continuou tentando não externar tais sentimentos.

Creio que, principalmente para Clara, deve ter sido mais torturante, pois ela acreditava que a nossa mãe tinha uma preferência de gosto por minha parte, apesar de eu sempre imaginar o contrário. Eu, que era mais apegado aos meus pais, percebia que minha mãe não sobreviveria e, se conseguisse sobreviver, teria uma qualidade de vida muito inferior à que tinha antes da doença. Acredito que o choque de realidade aconteceu para todos nós nessas primeiras duas semanas.

A animação de nossa mãe nos contagiava, pois ela acabava transmitindo a força que necessitávamos para enfrentar aquele momento. Ela inclusive se recusava a dormir na cama hospitalar que alugamos, preferindo se deitar em sua cama de casal. Na verdade, eu nunca soube até que ponto nossa mãe acreditava que fosse sobreviver, ou se ela sabia que morreria e estava tentando transmitir esperança para nós todos, porém isso eu nunca saberei.

A fase de percepção da doença, bem como das consequências dela, fez com que a nossa família se unisse mais.

Passadas duas semanas, Dr. João solicitou uma consulta para a nossa mãe. Assim que chegamos ao consultório dele, o médico da família apresentou uma pessoa.

— Este é o Dr. Felipe, o melhor oncologista do país. Eu conversei com ele sobre o seu caso e ele se prontificou a atendê-la.

— Dr. Felipe, o senhor trabalha com o plano de saúde de nossa mãe? — perguntei.

— Eu não trabalho, porém não cobrarei nada de sua família!

— Por qual motivo?

— É um favor que estou devendo há muito tempo para o médico de vocês. Não será uma obrigação, mas um prazer, principalmente depois que conheci a história de sua mãe e sua família!

Eu agradeci a boa-vontade do oncologista e ele resolveu fazer mais uma tomografia para verificar o quadro da doença. Ele já tinha o resultado da biópsia, porém queria verificar a extensão do tumor. Minha mãe fez o exame, o Dr. Felipe analisou os dois exames e foi falar conosco.

— Tenho uma notícia boa para vocês! Durante as duas semanas que ela não se submeteu a nenhum tratamento, o tumor não evoluiu!

— Que bom, Doutor! Quais são as possibilidades de ela superar a doença? — perguntei, ansioso.

— Temos de ser realistas quanto a isso. Sua mãe tem uma idade bem avançada e isso é um fator muito problemático. Inicialmente nós marcaremos uma cirurgia para a retirada do tumor e, depois, faremos o tratamento. Com a evolução ou não do quadro de saúde dela, eu poderei ser mais preciso em minha resposta!

— Doutor, eu estudei vários casos de tumores cujo tratamento acontece antes da cirurgia... será possível no caso da nossa mãe? — perguntei.

— Acho melhor fazer a cirurgia primeiro. Pela idade dela, pode acabar enfraquecendo o seu sistema imunológico com o tratamento, e se isso acontecer, não aguentará a cirurgia!

— O senhor tem previsão para fazer a cirurgia? — perguntei.

— Começaremos internando a sua mãe e faremos logo o risco cirúrgico. Se ela estiver apta, em dois dias faremos a cirurgia!

— Após a cirurgia, quanto tempo levará para começar o tratamento? — perguntei.

— Eu creio que dentro de uma semana!

Depois da nossa conversa, o Dr. Felipe foi conversar com os nossos pais. Eu fiquei um pouco com Clara, que parecia estar muito abalada com aquilo tudo. A esperança que ela demonstrava anteriormente tinha se acabado. O pessoal do meu trabalho me apoiou bastante, tanto que omitiram minha ausência naquele período, permitindo que eu apenas assinasse o ponto de presença, o que eu fazia geralmente no último dia da semana.

A minha mãe, Isabel, foi internada depois daquele dia, e o meu pai queria passar a noite com ela. Eu disse que ficaria com ela, mas ele se manteve irredutível até que finalmente o convenci que era o melhor para ele. Assim, o meu pai acabou retornando para casa com a Clara.

Naquela madrugada, minha mãe estava se sentindo mal e queria ir ao banheiro. Eu não estava acordado. Ela estava com muitos acessos intravenosos, porém preferiu não me acordar. Com muita dificuldade, a minha mãe foi em direção ao banheiro, mesmo ligada a tantos aparelhos, porém não conseguiu chegar a tempo e vomitou antes. Acordei com o barulho que ela fez enquanto vomitava e, no mesmo momento, apertei o botão para chamar a enfermeira, que veio e limpou o quarto, e também a levou para se limpar. Depois disso, a minha mãe se deitou.

— Mãezinha, se estava passando mal, por que a senhora não me acordou? É a primeira vez que acontece isso, que a senhora passa mal deste jeito? — pergunto, preocupado.

— Não, meu filho. Antes de descobrir a doença, eu já tinha estes quadros, porém me segurava até o seu pai dormir para ir ao banheiro. Você sabe que ele tem um sono muito pesado!

— Há quanto tempo isso vem acontecendo? — perguntei, assustado com essa revelação.

— Por volta de um mês. Inicialmente começou com duas vezes por semana, depois a frequência aumentou, e agora quase todo dia tenho esses acontecimentos!

— Por que a senhora não foi ao Dr. João assim que este quadro começou, minha mãe?

— Eu não acreditava que fosse alguma coisa grave e não queria alarmar ninguém!

— A senhora realmente acredita que vai superar essa doença?

— Não só acredito na superação da doença, como tenho certeza!

— Vou contar sobre esse acontecimento para o papai e para Clara!

— Não faça isso, meu filho, não quero preocupá-los. Se você não presenciasse, também não iria querer que soubesse!

— Mas, mãe, eles têm o direito de saber!

— Meu filho, essa doença é muito agressiva para o seu hospedeiro e este é um dos quadros que eu terei enquanto tiver essa doença. Por favor, respeite a minha vontade... você pode fazer isso?

— Sim, minha mãe, a senhora pode deixar comigo, manterei isso em segredo! — prometi. Ela segurou a minha mão, sorriu e agradeceu.

No dia seguinte, meu pai e Clara foram ver minha mãe. Clara foi antes de ir ao trabalho. O meu pai a acompanhou, juntamente da enfermeira, enquanto saía no começo da tarde para ir trabalhar. Chegando lá, o meu chefe queria que eu retornasse para a minha mãe.

— Michel, é uma tortura passar o tempo com ela. Vê-la daquele jeito é traumatizante, me dói tanto que o trabalho vai acabar sendo uma válvula de escape para eu sair daquela realidade!

— Você está em condições emocionais para trabalhar?

— Agradeço a sua atenção, mas eu tenho que trabalhar. Não posso continuar desse jeito, tenho que trabalhar para não prejudicar a todos vocês!

— Você é quem sabe, mas se precisar de algo é só falar!

Eu agradeci o meu chefe, bem como os meus colegas de trabalho, todos agindo da mesma forma que ele.

No final do expediente, fui ao hospital e me encontrei com o Dr. Felipe, o oncologista que estava cuidando da minha mãe. Aproveitei para perguntar a ele sobre o resultado dos exames. Sua resposta foi que estavam bons e que no dia seguinte definiriam a data da cirurgia. Mais uma vez passei a noite com a nossa mãe e Clara ficou incomodada com isso. Na verdade, a minha irmã não entendeu que eu estava buscando o que era mais cômodo para ela e meu pai. Ele por causa da idade avançada, e Clara por causa de sua família.

Devo confessar que realmente Clara estava certa na questão do egoísmo que eu manifestei na época, pois a profissional que contratamos poderia muito bem ficar com a nossa mãe, mas, na realidade, eu gostaria de ficar o máximo de tempo possível, pois não tinha muita fé em sua recuperação. Passei mais uma noite com a nossa mãe e acabei perdendo o sono nessa noite. Isabel não teve vontade de ir ao banheiro dessa vez e, logo pela manhã, bem cedo, o meu pai e Clara estavam lá no quarto para vê-la. Logo depois, o Dr. Felipe chegou para falar sobre o risco cirúrgico, bem como sobre a cirurgia.

— Senhores familiares, a cirurgia será realizada amanhã, no período da tarde!

— Tem alguma previsão do término da cirurgia? — perguntei.

— Não temos previsão. O tumor se encontra em muitos órgãos, então será uma cirurgia muito delicada. Por causa da extensão do tumor, não poderemos fazer por videolaparoscopia, teremos que abrir o corpo de Isabel para fazer a cirurgia e, por causa disso, não temos previsão inicial sobre término!

Com essa explicação, telefonei para Michel para reportar toda a situação. Ele insistiu que eu não fosse trabalhar naqueles dias, mas, contrariando a sua vontade, eu acabei indo. Trabalhei normalmente, saí mais cedo, e avisei o meu chefe que não voltaria no dia seguinte, então assinei o ponto daquele dia, bem como o do dia posterior.

Fui para a minha casa, onde tomei um banho e troquei de roupa, para então encarar mais uma noite no hospital. Chegando lá, Clara estava com o nosso pai e nossa mãe.

— Eu ficarei com ela nesta noite, então você pode aproveitar para descansar, meu irmão!

Na hora, lembrei-me da noite em que a nossa mãe vomitou, e principalmente do fato de ela não querer que soubessem.

— Deixa, irmã... eu fico!

— Não! Você está aqui todos os dias com a nossa mãe! Eu preciso ficar também!

— Mas, irmã, você tem família!

— Eu já resolvi toda essa parte com a minha família!

— Eu vou falar com a nossa mãe!

Ela estava sozinha no quarto, já que a enfermeira e o nosso pai estavam jantando, e Clara aproveitou para acompanhá-los.

— Mãezinha, a Clara está querendo passar a noite contigo!

— Que bom que sua irmã pode passar a noite comigo, meu filho!

— Mas, mãe, e se acontecer aquilo de novo, de a senhora passar mal durante a noite, vai querer que ela a veja daquele jeito?

— Realmente, meu filho, eu não quero que saibam disso!

— Após o jantar deles, direi para Clara que a senhora decidirá com quem quer passar a noite. Você terá até aquele momento para decidir!

Ao retornarem do jantar, Clara entrou no quarto de minha mãe, juntamente com meu pai e a enfermeira. Eu expliquei para minha irmã que a nossa mãe deveria escolher com quem passaria a noite, e ela me escolheu. Ouvindo isso, Clara me tirou do quarto de nossa mãe na mesma hora.

— Você vai fazer o que ela quer? — Clara perguntou.

— Se é a vontade dela, não vejo motivo para fazer o contrário!

— Você sempre foi egoísta! A nossa mãe, no estado em que ela se encontra, e você querendo ficar o máximo de tempo com ela. Estou sacrificando o meu casamento, o meu trabalho, tudo, para poder ficar um pouco mais com a nossa mãe e você, não leva isso em consideração!

— Você acha que é isto que a nossa mãe quer, ou eu quero?

— Só pode ser! — respondeu Clara, transparecendo sua irritação.

— Você não sabe o quanto a invejo, minha irmã... você acredita mesmo que eu não gostaria de ter uma família? No final do dia, você volta para os seus filhos e marido, enquanto eu retorno para o meu apartamento vazio e fico mais tempo com os nossos pais, porque não tenho ninguém para ficar comigo.

— A nossa mãe está sob um risco muito grande de perder a vida. Se isso acontecer, quanto tempo você acha que nosso pai vai ficar vivo?

— Quando o nosso pai morrer, após a nossa mãe, você terá o seu marido e filhos como apoio emocional. Eu não terei ninguém. Eu acho que você é quem está sendo egoísta, ou nunca pensou desta maneira!

— Realmente, eu nunca pensei dessa maneira, mas você também deveria pensar que não é toda noite que eu posso passar com a nossa mãe!

— Tem outra coisa: se você perder o seu emprego, terá certa dificuldade, ou não, para conseguir outro. No meu caso, eu não tenho como ser demitido, a não ser por justa causa, através de um processo administrativo. Você acha que com a grande sabedoria de nossa mãe, ela não pensou nisso?

— Talvez sim, mas talvez ela possa estar sendo influenciada por você!

— Você sabe que eu não tenho o poder de influenciar a nossa mãe, então, tendo ciência disso tudo, quem está sendo egoísta agora?

Clara preferiu não responder, só pegou a bolsa, despediu-se de todos e se retirou. Ela também levou o meu pai e a enfermeira da nossa mãe.

Eu estava certo em querer ficar. Novamente a nossa mãe passou mal e não aguentou ir ao banheiro, mas, dessa vez, além de vomitar, fez suas necessidades na camisola. Eu estava acordado, mas não cheguei até ela a tempo. Mais uma vez, chamei a enfermeira do plantão para limpá-la. Isabel decidiu que após a cirurgia usaria fraldas, para não sujar mais o hospital e posteriormente a sua casa. Era degradante vê-la naquele estado de saúde, sem conseguir se controlar para fazer as suas necessidades. O mais incrível é que ela parecia estar conformada com a situação, tanto que partiu dela a vontade de usar fraldas.

No dia seguinte, pela manhã, a minha irmã, o meu pai e a acompanhante de nossa mãe encontravam-se no hospital. O Dr. Felipe veio até o quarto e disse que a equipe estava se preparando para fazer a cirurgia. Enquanto isso, nós passamos o tempo necessário com a nossa mãe.

Pouco antes de começar a tarde, ela foi encaminhada para o centro cirúrgico. À medida que o tempo passava, a nossa esperança se uníu a nossa apreensão. Estávamos aguardando a resposta. Saímos para almoçar de forma dividida: minha irmã foi comigo, enquanto o nosso pai ficava na porta do centro cirúrgico, depois inverteríamos. Inicialmente, nosso pai não queria sair para almoçar, mas depois de insistirmos muito ele acabou cedendo. Ao retornar, a cirurgia ainda não tinha terminado e nenhuma informação nos foi passada sobre o estágio ou fase, o que só aumentava a nossa apreensão. Clara acabou indo à capela que havia no hospital, enquanto eu preferi ficar com o nosso pai. Estava muito sem esperanças, a nossa mãe já estava tempo demais lá dentro, cheguei até a pensar que ela tinha morrido.

No final da noite, próximo das vinte e duas horas, informaram-nos que a cirurgia tinha acabado e que nossa mãe estava em estágio de retomar a consciência. O médico assistente nos informou também que logo o médico que fez a cirurgia conversaria conosco. Cerca de trinta minutos depois, ele apareceu e me puxou para o canto.

— Infelizmente não temos muito o que fazer... o tumor está avançado e, pela idade que Isabel tem, achamos melhor não agredirmos tanto o seu corpo. Ele está em uma extensão muito maior que imaginávamos! Nós vamos começar imediatamente o tratamento, pois não haverá mais possibilidade de retirá-lo por vias cirúrgicas!

— Então a nossa mãe está condenada. Ela vai morrer?

— A pergunta não é *se* ela vai morrer, mas *quando*. Infelizmente, não poderemos fazer mais a cirurgia, porém podemos tentar controlar o tumor através do tratamento. Ele será muito agressivo, por causa da idade avançada da paciente, bem como pelo estágio, porém ele mesmo poderá dar mais tempo para ela e para vocês!

— Como será a qualidade de vida de nossa mãe após o tratamento?

— Infelizmente muito ruim!

— Então por que a nossa mãe fará o tratamento? — perguntei, intrigado.

— Isso é o que a sua família decidirá!

Depois de finalizar a nossa conversa, saí do canto onde estava com o Dr. Felipe, que agora conversava com os médicos plantonistas do hospital para informar a situação da paciente. Depois disso, o Dr. Felipe se retirou. Enquanto isso, caminhei em direção a minha família e comecei a me lembrar de todos os momentos vividos com minha mãe, todos os ensinamentos passados por ela e tudo que presenciei, comecei a imaginar também tudo que ela ainda poderia viver, tudo que ela ainda queria conquistar, até perceber que estas conquistas não seriam vividas e presenciadas. De repente, parei de andar e comecei a chorar. Meu pai, me vendo naquele estado, desesperou-se.

— A situação dela é muito delicada... e, infelizmente, é questão de tempo. Nós não conseguiremos fazer muita coisa, pois a doença está muito avançada. O Dr. Felipe recomendou fazer o tratamento o quanto antes, mas isso vai piorar a qualidade de vida dela e não será revertido o quadro da doença, apenas retardará o seu avanço. Esta é uma decisão que temos que tomar. Mesmo sem condições de melhora, pode-se prolongar a vida da mamãe!

— Nada me faria mais feliz hoje do que trocar de lugar com a sua mãe. Por mim os médicos começariam o tratamento o quanto antes — disse o nosso pai. — Nada me faria melhor do que passar mais tempo com a sua mãe, porém não posso decidir isso. Cabe a Isabel o direito de decisão sobre fazer o tratamento sugerido pelo médico.

Eu liguei para a minha irmã, avisando que a cirurgia terminara. Ao nos encontrar, eu contei tudo a ela. Clara ficou desolada, pois realmente acreditava que a nossa mãe superaria a doença.

Isabel foi para o Centro de Terapia Intensiva, ainda sob os efeitos do sedativo, e nós não poderíamos passar a noite com ela. Aquela foi uma das piores noites da minha vida, era como se o médico tivesse dito que minha mãe morrera no centro cirúrgico. Após deixarmos o nosso pai em sua residência, fomos a minha casa. Clara estava se sentindo muito mal e eu também estava, mas sabia que tinha de me manter forte para enfrentar todo o problema.

— Irmã, agora nós temos que aproveitar o máximo de tempo com a nossa mãe. Cada segundo, cada minuto, cada momento é de suma importância para nós e para ela!

— Nós podemos fazer isto sim... se você deixar! — disse minha irmã muito emocionada, em meio às lágrimas que escorriam em seu rosto.

— Por que você está me dizendo isso?

— Porque você não me deixou dormir com a nossa mãe. Por que você fez aquilo? — Clara perguntou, ainda chateada com o ocorrido.

— Sabe, Clara, na verdade, a nossa mãe está começando a apresentar os problemas de saúde. Quando eu dormi na primeira noite, ela acabou vomitando em todo o quarto. A nossa mãe me confidenciou que aquilo já estava acontecendo há algum tempo e que ela não queria que você ficasse preocupada, muito menos o nosso pai, por isso, temendo que algo similar acontecesse de novo, eu não a deixei dormir lá no hospital com a nossa mãe.

— E naquela noite que eu dormiria lá aconteceu isso?

— Sim, aconteceu até pior, pois, além de vomitar, ela fez necessidades também. Disse que começaria a usar fraldas. Imagine que humilhação a nossa mãe passou! Você não sabe o que presenciei naquele quarto de hospital!

— E por que você está me contando isso agora, já que ela não queria que eu ou o papai soubéssemos?

— Agora nada mais importa além do resto de vida que nossa mãe tem pela frente. Temos que proporcionar a ela os melhores momentos de sua vida. Eu posso contar contigo para fazermos isso?

— Sim, você pode contar comigo!

* * *

No dia seguinte, acordamos cedo e fomos ver a nossa mãe, já que o horário de visitas no Centro de Terapia Intensiva era na parte da manhã, a partir das dez horas. Desde as nove horas, eu e Clara estávamos no hospital, juntamente com o nosso pai e a acompanhante de nossa mãe.

— Senhora Flávia, como o nosso pai passou a noite? — perguntei, preocupado.

— Ele demorou um pouco para dormir e acordou bem cedo. Aparentemente, ele está bem apreensivo, mas eu fiquei medindo a sua glicose e a pressão arterial durante a noite, e não houve alteração significativa!

— Obrigado, eu sei que te contratamos para cuidar de nossa mãe, mas você tem cuidado mais de nosso pai do que dela, então eu só tenho a te agradecer.

— O senhor não tem o que agradecer! Eu entendo muito bem que as circunstâncias mudaram e nada disso me incomoda.

— Que bom que a senhora pensa dessa maneira! — eu. disse. Em seguida fui falar com o nosso pai.

— Como você está passando, meu pai?

— Eu não posso estar de outra maneira, meu filho, pois além do fato de que o quadro de saúde de Isabel está me destruindo, tenho que me manter forte para você, sua irmã e ela. Meu filho, você terá que assumir toda a responsabilidade quando eu for embora!

— Que responsabilidade é essa, pai?

— A responsabilidade de ser forte, principalmente por causa de sua irmã, pois ela é mais frágil, emocionalmente, do que você!

— Mas vai demorar muito para o senhor morrer, pai!

— Espero que sim, meu filho, assim como espero o mesmo para a sua mãe!

— Mas como o senhor está se sentindo com relação à doença dela?

— Sabe, filho, fiquei pensando durante essa noite... eu não posso ser egoísta em querer que a sua mãe fique conosco. Esta doença é uma tragédia, e a probabilidade de morte é maior que a de se sobreviver. Nós não podemos ser egoístas em querer que sua mãe fique aqui sofrendo. Eu rezei ontem para que ela não sofresse até o momento de ir ao encontro de Deus!

Clara ficou na capela do hospital rezando até o começo do horário de visitas. Ela estava muito apegada à sua fé naquele momento. Enquanto isso, fiz companhia ao nosso pai e a Flávia. Quando chegou o horário de visitas, fomos ao Centro de Terapia Intensiva e, antes de ver a minha mãe, todos nós fomos ao local onde ficavam os médicos para saber como ela passara a noite. Eles informaram que ela passara bem, sem alterações e aparentes desconfortos, então eu, juntamente de Clara e nosso pai, fomos falar com a nossa mãe, já acordada. Nós conversamos sobre várias coisas amenas. Ela queria saber como tinha sido a cirurgia, mas ninguém tocou nesse assunto.

— Mãe, infelizmente o tumor está muito mais avançado do que imaginávamos e não tem como regredir. Você pode fazer os tratamentos, que lhe darão maior tempo de vida, mas piorará a qualidade. Infelizmente, você tem que decidir se fará o tratamento ou não... — contei.

— Com o tratamento, há possibilidade de melhorar o meu quadro de saúde? — a nossa mãe perguntou.

— Infelizmente não, só aumentará o seu tempo de vida!

— Com o tratamento, a minha qualidade de vida piorará?

Eu abaixei a cabeça.

Eu não respondi, mas o meu silêncio falou por mim.

— Então eu estou condenada a morrer?

Depois que a ouvi, não consegui aguentar o choro.

— Sim, mamãe!

— Não fiquem assim! Se será desta forma, eu vivi uma ótima vida, tive a oportunidade de vê-los crescer e de se tornarem boas pessoas. Eu sei que a minha missão aqui foi cumprida, e se tenho algum tempo de vida ainda, temos que aproveitá-lo ao máximo!

Realmente, a nossa mãe era uma mulher incrível, não se deixava abater por nada, mesmo com a iminência da morte. Dr. Felipe foi ao hospital para ver como ela tinha passado a noite, e disse que se não tivesse alguma alteração, iria para o quarto no dia seguinte. Então, ele aproveitou e perguntou com relação ao tratamento.

— Eu estou pensando em passar o máximo de tempo que me resta com a minha família. Diante disto, eu não vou passar esse tempo com má qualidade de vida. Agradeço muito o seu empenho, Doutor, e o favor que o senhor está fazendo para mim e minha família, porém prefiro viver os últimos dias da minha vida de uma forma minimamente confortável!

— Então eu farei as prescrições dos medicamentos que a senhora terá que tomar a partir do momento que a doença ficar mais agressiva — o Doutor disse, enquanto escrevia.

— Obrigada por tudo, Doutor! — Ela agradeceu ao receber as receitas.

Quando acabou o horário de visitas da parte da manhã, fomos até a minha casa para almoçar, pois ela ficava mais próxima do hospital. Chegando lá, eu resolvi telefonar para o meu chefe para passar o posicionamento do quadro de saúde de minha mãe.

— Michel, infelizmente não há nada que possa ser feito... a minha mãe irá morrer consumida por uma doença maldita!

— Você realmente tem certeza de que não há nada a ser feito e que o médico já esgotou todas as possibilidades, inclusive a da regressão do tumor com o tratamento?

— Infelizmente nada pode ser feito, meu amigo, o tumor está muito agressivo e a sua extensão é muito grande. Agora só me resta torcer para que ela não sofra muito no tempo que lhe resta! — respondi, triste.

— Mas a sua mãe vai fazer os tratamentos, não?

— Não, meu amigo... ela optou por não fazer o tratamento, pois iria piorar a sua qualidade de vida e nós aceitamos a opção dela!

— Se precisar de algo, sabe que pode contar conosco!

— Obrigado, meu amigo, vocês já estão fazendo muito por mim!

No almoço, nos sentamos à mesa e comemos a refeição que tinha sido preparada no dia anterior. O nosso pai estava bem cansado e, após o almoço, aproveitou que faltavam duas horas para o horário da visita da tarde para descansar um pouco. Aproveitei que o nosso pai estava dormindo e falei com Clara.

— Irmã, depois que a nossa mãe for para o quarto, você poderia passar as noites com ela, o que você acha?

— Eu acho ótimo, muito obrigada pela compreensão! — Clara respondeu, sentindo-se feliz com a minha atitude.

Acordamos o nosso pai quando se aproximava o horário de visitas no hospital e seguimos para lá.

— Como a minha mãe está passando? — perguntei à equipe médica, assim que chegamos lá.

— Ela passou bem! — respondeu um dos médicos do plantão.

— Então existe a possibilidade de ela ir para o quarto amanhã?

— Sim, se o quadro se mantiver estável, existe uma grande possibilidade!

— Sei que não é comum isso, mas a minha irmã poderia passar essa noite com a nossa mãe aqui?

— Senhor, não é normal nós termos acompanhantes no Centro de Terapia Intensiva, porém, pela idade da sua mãe, poderemos abrir uma exceção, mas a sua irmã teria que passar a noite sentada em uma poltrona!

Com esta condição, fui em direção a Clara e perguntei se ela queria passar aquela noite com a nossa mãe, mesmo tendo que dormir em uma poltrona. Clara ficou feliz e disse que sim. Enquanto conversávamos, a nossa mãe estava dormindo e permaneceu assim até acabar o horário de visitas. Ao acordar, ela viu Clara e perguntou.

— Minha filha, que horas são?

— Agora são dezessete horas.

— Já acabou o horário de visitas?!

— Sim, mamãe. Todos estiveram aqui para te visitar, mas a senhora estava dormindo!

— Que vergonha, vocês vieram me visitar e eu não consegui nem ficar acordada!

— Está tudo bem, mãe, isso acontece!

— Mas se acabou o horário de visitas, então o que você está fazendo aqui? — perguntou Isabel, confusa.

— Nós falamos com os médicos de plantão, e como está prevista a transferência da senhora para o quarto, talvez amanhã de manhã, eles concordaram que eu poderia passar a noite contigo. E pode ficar tranquila, que o Joel já me falou sobre o problema que você vem tendo ultimamente...

— Que bom, meu amor, mas e a sua família?

— Eles não são mais importantes do que a senhora neste momento!

— Que bom que você está aqui — nossa mãe disse, muito feliz —, já estava me cansando de ser limpada pelos enfermeiros ou pelo seu irmão. Que vergonha!

— Não há nada de que se envergonhar, mãe, isso acontece! Além do mais, será um prazer te limpar e trocar se for necessário!

No dia seguinte, conforme a previsão médica, minha mãe foi para o quarto pela manhã. Clara nos telefonou para comunicar o fato e o nosso pai foi ao hospital logo em seguida. Clara me contou tudo isso outro dia. Eu tive que ir depois, pois tinha que passar primeiro no trabalho. Chegando lá, eu fui muito bem recebido por todos os meus colegas, muito solícitos com a minha situação. Na verdade, eu nunca soube como retribuir tanto carinho e atenção comigo naquele período da minha vida. Após assinar o ponto, fui direto para o hospital.

— Doutor, há previsão de minha mãe sair daqui a pouco tempo?

— Assim que cicatrizarem os pontos da cirurgia, se não houver alguma infecção, acredito que em uma semana, ou talvez em duas, ela terá alta!

Ficamos felizes com a notícia e aproveitamos para almoçar no hospital. Um tempo depois, no final da tarde, chamei a minha irmã do quarto e perguntei reservadamente para ela:

— Irmã, como a nossa mãe passou a noite?

— Ela passou bem, parece não ter tido nenhum desconforto!

— Nós temos que preparar a maior festa do mundo para ela!

— É verdade! Nós temos que preparar uma festa maravilhosa, pois nós não saberemos se ela estará viva no próximo ano!

— Minha mãe faria aniversário em três semanas e poderíamos, ainda naquele ano, poder preparar uma grande festa, à altura da pessoa dela.

A harmonia entre mim e minha irmã estava muito maior naquela época. Estávamos enfrentando uma situação que precisava superar o nosso ciúme, apesar de inicialmente termos brigado por causa da atenção que eu não permitia que Clara desse à nossa mãe, tendo chegado a um consenso depois.

Ficamos com a nossa mãe até o horário da visita acabar. Foi bom para nós, pois eu estava apreensivo com o fato de ela estar desconfortável após a cirurgia, mas, felizmente, nossa mãe não aparentou sentir desconforto. Ao sair do quarto, deixei o nosso pai na casa dele, juntamente com Flávia, depois fui para a minha casa e procurei a melhor casa de festas que havia em nossa cidade. Mandei um e-mail solicitando uma cotação para um evento de trezentos convidados e aguardei a resposta.

No dia seguinte, acordei cedo, e com um e-mail de resposta dos responsáveis pela casa de festas, informando que precisariam de um tempo para preparar a cotação, a qual só me seria encaminhada no dia seguinte.

Cerca de dez horas da manhã, fui ao trabalho e perguntei ao meu chefe:

— Michel, me tira uma dúvida: eu tenho férias vencidas, não?

— Tem sim, mas por que a pergunta?

— Porque minha mãe vai fazer aniversário daqui a três semanas e eu estou preparando a melhor festa do mundo para ela. A preparação vai me custar muito tempo, maior do que eu poderia imaginar, e eu não posso continuar abusando da sua boa-vontade e de toda a equipe de cobrirem as minhas faltas, por isso usarei essas férias vencidas!

— Meu amigo, não há nenhum problema de fazermos isso que estamos fazendo e não tem necessidade de você tirar férias para isso...

— Obrigado, meu amigo, mas eu prefiro assim!

— Então você vai ao Departamento Pessoal para solicitar as férias, enquanto eu encaminho o memorando!

— Muito obrigado, Michel, por toda a atenção comigo!

Assinei o ponto no trabalho naquele dia e voltei para o hospital. Chegando lá, vi o meu pai e Flávia no quarto onde minha mãe estava internada. Perguntei onde estava Clara, e o meu pai me informou que ela havia saído para almoçar. Depois de telefonar, ela me disse que estava em um restaurante num shopping center próximo ao hospital, então fui ao seu encontro, aproveitando para almoçar também.

— Como a nossa mãe passou a noite?

— Graças a Deus, ela passou bem mais uma vez!

— Clara, que boa notícia! — exclamei, feliz. — Quanto à festa, eu solicitei uma cotação para trezentas pessoas!

— Trezentas pessoas?! Não há necessidade de fazer uma festa deste tamanho, a nossa mãe não conhece tantas pessoas assim! — Clara discordou.

— Temos que convidar todas as pessoas que ela conheceu na vida. Será possivelmente a última festa dela — disse eu, com um tom de voz triste.

— Quem te informou isso? A nossa mãe pode viver mais de um ano! — Clara discordou.

— Irmã, sejamos realistas... o médico abriu o corpo de nossa mãe e não havia como retirar grande parte do tumor... ele está se espalhado rapidamente e é muito agressivo! A nossa mãe não vai fazer o tratamento, e é pouco provável que ela sobreviva tanto tempo com o quadro em que se encontra. Por mais que me doa, prefiro que nossa mãe vá logo descanse a que viver muito tempo conosco sofrendo!

— Como você pode dizer uma coisa dessas?! — Clara gritou.

— É muito egoísmo de nossa parte querer que ela fique aqui sofrendo! Prefiro que isso não aconteça. Por mais que me doa a ideia de perdê-la, não posso ser egoísta a ponto de preferir o sofrimento dela ao meu luto!

— Irmão, você sabe que eu acabei de pagar obras, estou com pouca reserva, então como iremos pagar a festa?

— Vamos esperar a cotação e depois nos preocuparemos com isso. Lembre-se de que é para a nossa mãe e também de todo o sacrifício que ela fez por nós! — Eu a repreendi.

— Está certo... assim que tiver o orçamento, me informe, que eu verei o que posso fazer!

Após acabar de almoçar, recebi o e-mail com a cotação da casa de festas para o evento, embora a estimativa de entrega da cotação fosse apenas no dia seguinte. Eu tinha uma reserva considerável que guardara durante a minha vida e que contemplava a importância do evento, bem como o presente que queria dar para a nossa mãe.

— Eu não posso deixar que você pague tudo! — Ela discordou.

— Você pode pagar a metade, porém sabendo da sua situação financeira atual, podemos combinar um valor parcelado. Eu pago o evento e você me paga a metade do valor mensalmente, desde não seja excessiva para o seu orçamento!

— Pode ser, mas apenas concordo se fizermos um contrato assinado por nós dois!

— Desculpe, mas não posso fazer um contrato contigo, apenas faço esse acordo verbalmente!

— Deste modo eu não concordo, Joel!

— Então não faremos acordo nenhum, pagarei tudo sozinho! — respondi, decidido.

— Não! Eu não posso aceitar que você pague tudo sozinho!

— Então nós temos um acordo verbal?

— Já que não há outro jeito, nós temos um acordo verbal!

Decidido, telefonei para a casa de festas e solicitei que me encaminhassem o contrato, já que teria um trabalho árduo pela frente, ou seja, convidar todas as pessoas que nossa mãe conhecera em sua vida. A respeito disso, conversei com Clara e resolvemos dividi-lo. Em seguida, voltamos ao hospital, onde nossos pais nos esperavam.

— Pai, eu conversei com a Clara e decidimos fazer a melhor festa de aniversário para a mamãe! Você nos ajudaria? — perguntei, após puxar o nosso pai para um canto, assim a nossa mãe não ouviria.

— Claro, meu filho, a sua mãe merece essa homenagem! Como eu posso ajudar?

— Eu preciso dos nomes, dos endereços e dos telefones de todas as pessoas que ela conhece ou conheceu. Você poderia me dar essas informações?

— É claro, filho! Eu vou providenciar a relação das pessoas conhecidas depois que a sua mãe sair do hospital — meu pai garantiu, animado.

— Vou precisar também de sua ajuda na decoração do evento! Eu estava pensando em fazer uma decoração similar àquela que foi do casamento de vocês...

— Que lindo, filho, mas por que esse tipo de decoração?

— Sem o casamento de vocês, nada disso seria possível! Nós não teríamos nascido e as pessoas convidadas não se uniriam a vocês! — sorri. — Uma última coisa, pai! Preciso que o senhor consiga também os contatos de todos os empregados que tiveram e dos porteiros dos prédios onde vocês moraram. Acha que consegue isso também?

— Posso tentar, meu filho, mas em quanto tempo você precisa disso?

— O quanto antes possível, pai, pois temos apenas três semanas!

— Deste modo, eu vou tentar conseguir o mais rápido que eu puder, antes mesmo de sua mãe sair do hospital. — Depois de conversar com o nosso pai, chamei Clara para o mesmo canto.

— Irmã, o nosso pai estará empenhado na decoração da festa e na obtenção de contatos para os convites. Eu precisarei da sua ajuda, pois, quando o nosso pai estiver nesta procura, alguém deve ficar com a nossa mãe, então teremos que nos revezar para ficar com ela... e lembre-se de que ela não pode desconfiar de nada!

— Pode deixar, irmão, eu vou ficar com a nossa mãe o maior tempo que puder, mas, independente da minha presença, a acompanhante também lhe fará companhia!

— Preciso de mais um favor seu!

— Qual?

— Preciso que compre o vestido que a nossa mãe usará na festa!

— Pode deixar!

Logo depois, fui procurar o Dr. João.

— Doutor, como o senhor sabe, a minha mãe faz aniversário daqui a três semanas, então decidi comprar uma viagem para presenteá-la! A mesma que ela fez na lua-de-mel. Ela está podendo viajar?

— Que tipo de viagem é essa? Vai ser de avião, ou carro?

— De carro, Doutor!

— E quanto tempo demoraria o percurso?

— Cerca de duas horas.

— Você pretende levá-la para onde?

— Para a região serrana, Doutor!

— Bem, a princípio não vejo problemas, até porque o coração dela está muito bom, mas preciso que meçam a pressão de sua mãe quando ela chegar lá. Eu também recomendo fazer exames em seu pai, antes de tudo. É necessário conferir a pressão dele, além de verificar o estado do coração. A subida da serra, geralmente, acarreta um aumento de pressão até o organismo se acostumar, então, se o seu pai estiver sem problemas na parte cardíaca e circulatória, não vejo alardes nesta viagem!

— Mas, Doutor, com essa doença, a minha mãe não sofreu alteração na pressão, nem problemas respiratórios ou no coração? — perguntei, surpreso.

— Geralmente os pacientes sofrem um ou mais problemas como estes, mas não foi o caso da sua mãe! Ela é uma guerreira muito mais forte do que imagina!

* * *

Saí do hospital mais cedo naquele dia e aproveitei para ir ao shopping center comprar o pacote de viagem. Então tive uma ideia! Telefonei para o meu pai para saber o quarto do hotel em que tinham ficado na lua-de-mel. Em seguida, já com a informação, telefonei para o hotel para fazer a minha reserva, dizendo que precisava de um quarto específico. O funcionário do hotel aceitou a troca de quarto, já que o de minha preferência não estava reservado, mas acabei tendo de pagar uma compensação financeira a mais por isso, nada que fugisse do meu planejamento orçamentário.

A viagem estava paga e faltava apenas fechar o evento, então fui à casa de festas para assinar o contrato e, chegando lá, verifiquei tudo do *buffet*. A decoração ficara a cargo do meu pai. Eu paguei a metade do valor inicial e fiquei de complementar o valor um dia antes da festa. Depois de acertar tudo, fui ao hospital, encontrando apenas Flávia no quarto de Isabel.

— Onde estão Clara e o meu pai?

— Clara está almoçando no shopping center e o seu pai está em casa. Ele disse que o senhor saberia o motivo...

Nesse momento descobri que ele estava trabalhando para o evento acontecer.

— Você já almoçou, meu filho? — minha mãe perguntou.

— Não, ainda não almocei.

— Por que então não vai fazer companhia para a sua irmã?

— Eu poderia fazer isso, mas não estou com fome e sinto muita saudade sua, então prefiro ficar aqui até que ela retorne!

— Vá, meu filho... eu não quero ser um fardo pra ninguém!

— Nunca mais repita isto! — repreendo-a, chateado. — A senhora nunca foi e nunca será um fardo para mim. É a melhor mãe e mulher do mundo! — Senti os meus olhos se encherem de lágrimas, assim como os de Isabel.

— E vocês dois são os melhores filhos do mundo! — ela disse, sorrindo.

Depois de algum tempo, Clara chegou e eu saí. Disse que comeria no shopping center, mas que depois pegaria o nosso pai para que ele ficasse com a nossa mãe.

Chegando ao shopping, telefonei para o meu pai, que, ao atender, estava com uma voz de choro. Desesperei-me e corri para a sua casa. Chegando lá o encontrei sentado no sofá, ainda emocionado.

— É que vendo estas pessoas todas, relembro do momento em que elas entraram na nossa vida. Lembro-me da época em quer sua mãe estava com saúde e, apesar de precisar estar forte, eu também tenho os meus momentos de fraqueza! — meu pai desabafou, com voz de choro.

— Todos nós temos o nosso momento de fraqueza, mas temos que permanecer fortes pela mamãe, que ainda não se foi, devemos aproveitar o máximo de tempo que ainda temos com ela! — disse eu, também com voz de choro.

— Você está certo, meu filho!

— Como está o seu trabalho? Concluiu a lista de nomes?

— Ainda não, meu filho, falta pouco, mas acredito que amanhã, ou o mais tardar no dia seguinte, concluirei!

— Que bom, meu pai! Assim que terminar, o senhor tem que ir à casa de festas para concluir a decoração, enquanto eu preparo os convites!

Um tempo depois, levei o meu pai ao hospital.

— Vocês viram o que aconteceu com o orfanato que nós ajudamos? — a minha mãe nos perguntou.

— Não soube de nada, mãe! — respondi, curioso e confuso com a pergunta.

— A ajuda do Governo Estadual que eles recebiam foi cortada e agora eles estão com problemas de alimentação. Assim que eu sair do hospital, gostaria de me encontrar com as pessoas que dirigem o orfanato para prestarmos apoio!

— Nós faremos isso assim que a senhora sair daqui! — Eu a assegurei disso.

Vi que Clara ainda estava conosco, então a puxei para o canto e perguntei:

— Irmã, me diz uma coisa... você está muito tempo longe do trabalho e de casa, não está tendo problemas por causa disso?

— Não, Joel, eu acabei tirando férias no trabalho. Em casa a minha família entende a situação!

— Clara, sabemos que será o último aniversário de nossa mãe e o orfanato que ela tanto gosta está com problemas, então nós poderíamos pedir aos convidados que não dessem presentes para ela, que no lugar disso doassem uma cesta básica e uma roupa de criança para a instituição que ela tanto ajuda!

— Será que ela vai gostar disso?
— Você a conhece tanto quanto eu e sabe que ela gostará!
Clara concordou com a minha sugestão. Em seguida, disse a ela que queria passar aquela noite com a nossa mãe e ela prontamente aceitou.

— Nesse envelope está uma carta constando o valor que eu posso disponibilizar para custear a festa de aniversário da nossa mãe! — disse, me entregando o envelope.

— Ok, mas qual é o melhor dia para você me pagar mensalmente o parcelamento?

— Eu recebo o meu salário no quinto dia útil de cada mês, pode ser nessa data?

— Está ótimo!

À noite todos foram embora, e, aproveitando que fiquei com a nossa mãe, perguntei:

— Como foi o período em que a Clara esteve aqui com a senhora?

— Foi maravilhoso, filho!

— Os enjoos continuam seguidos ou diminuíram?

— Não diminuíram... acho que é por causa da medicação que estou tomando... — contou, triste.

— Mãe, me diz uma coisa... além do orfanato, aonde a senhora quer ir assim que sair daqui?

— Eu quero ir ao shopping center, ao Jardim Botânico e vários outros lugares. Quero viver intensamente cada momento!

— Mesmo gostando da sua energia, devo confessar que estou meio preocupado com a saúde da senhora!

— Enquanto ainda tiver condições, quero fazer tudo!

— Está bem, mãe, mas com moderação!

— Claro, eu só vou perder a moderação no dia do meu aniversário, afinal, eu mereço, não é verdade?

Olhei para ela de um modo reprovador e ela olhou para mim de modo suplicante. Não resisti e sorri.

— É claro que merece, minha mãe! Como a senhora vai querer o seu aniversário?

— Eu quero que as pessoas que eu amo possam estar comigo e quero tomar uma garrafa de vinho!

— Tudo bem! Sabe, mãe, infelizmente você contraiu esta doença maldita, mas parece que ela te deu mais vontade de viver!

— Meu filho, quando você encara a morte de tão perto, se motiva para continuar vivendo!

— Que bom, mãe... pelo menos algo de bom aconteceu nesta situação tão complicada!

* * *

No dia seguinte, Flávia, ficou com a minha mãe. Clara ainda não chegara no hospital e a profissional disse que o meu pai queria me ver, então fui ao encontro dele em sua casa.

— Filho, consegui concluir a lista dos convidados, estão aqui todos os contatos e endereços das pessoas que fizeram parte da vida de sua mãe, as que mais se aproximaram dela! — disse, entregando-me uma pasta.

Após isso, levei o meu pai para a casa de festas. Ele conseguiu ver tudo referente à decoração naquele dia. Aproveitamos e almoçamos junto, para depois irmos ao hospital. Chegando ao quarto de Isabel, onde estavam Flávia e Clara, chamei a minha irmã para tomar um café, uma desculpa para conversar com ela a sós.

— Irmã, a parte do nosso pai já está concluída, ele já me passou os contatos, que são muitos. Você me ajuda a convidar as pessoas? — perguntei, depois de mostrar a lista de convidados.

— Claro, conte comigo!

— Esta noite eu conversei com a nossa mãe e ela quer ir ao shopping center e ao Jardim Botânico. Isso tudo é engraçado, pois depois desta doença ela mudou bastante, até parece outra pessoa! Ela estava numa depressão muito grande, mas agora está mais ativa do que nunca!

— É verdade, pelo menos esta doença maldita a rejuvenesceu!

— Foi isso mesmo que eu comentei com ela ontem à noite. Disse que, quando se está mais próximo da morte, se quer viver mais!

— Eu não quero que ela morra, tenho tantas coisas pra resolver com ela antes de isso acontecer!

— Esta é a sua oportunidade! Ela ainda viverá por um tempo. Sei que não sabemos quanto será o tempo de vida dela, mas precisamos aproveitar ao máximo para, que quando chegar o último dia, não nos arrependamos de nada que fizemos ou deixamos de fazer!

— É verdade. Amanhã mesmo começarei a convidar as pessoas!

— Farei o mesmo! Quem vai ficar com a nossa mãe hoje à noite?

— Você pode?

— Claro!

Voltamos para o quarto de nossa mãe, que nos recebeu com um sorriso largo. Ficamos lá até o final do dia, quando minha irmã voltou para casa, levando também o nosso pai e Flávia, enquanto eu fiquei no hospital conversando bastante com a minha mãe sobre o meu trabalho. Ela estava preocupada com a auditoria e por eu ter tirado férias, mas expliquei que tudo correra bem. Ela estava tentando desviar a atenção da doença, mas não sei se esta atitude era por minha causa ou por causa dela mesma, confesso que dessa forma foi até bom para mim.

No dia seguinte, o meu pai chegou cedo com Flávia ao hospital, e, assim que eles entraram no quarto, eu saí para tratar de assuntos ligados à festa de aniversário. Fui direto para a minha casa e telefonei para Clara, procurando saber como estavam os convites, tendo ela me informado que já tinha convidado uma relevante quantidade de pessoas. Depois me perguntou como estava indo a remessa dos convites que ficaram para serem preenchidos por minha parte, e eu respondi que começaria naquele momento. Aproveitei para perguntar a quantidade de aceitação dos convidados, tendo ela me explicado que todos que tinham sido verbalmente convidados confirmaram a presença no evento.

Realmente a aceitação dos convites era algo que me dava uma certa preocupação, pois a lista que meu pai tinha preparado continha um número superior de pessoas ao programado inicialmente para a festa. Comecei a convidar as pessoas por telefone e expliquei o real estado de saúde de minha mãe, pois muitos haviam sabido de maneira muito superficial, enquanto outros sequer haviam chegado a saber da situação. Assim que informei que seria a última festa dela, muitos confirmaram presença, outros disseram que não poderiam ir, pois estavam de viagem marcada, ou que estavam morando em outro estado ou outro país. Com a impossibilidade do comparecimento de alguns convidados, eu me tranquilizei.

Fui de noite ao hospital, onde encontrei Clara, o nosso pai e Flávia. Eu fiquei com a nossa mãe e, depois de um tempo, chamei Clara para jantar comigo, que aceitou.

— Quem vai passar a noite no hospital com a nossa mãe hoje? — perguntei.

— O nosso pai.

— É muito sacrificante para o nosso pai ficar no hospital cuidando de nossa mãe!

— Eu sei, Joel, tentei falar isso para ele, mas está irredutível, não quer abrir mão de ficar com a nossa mãe esta noite!

— Vou falar com o nosso pai mais tarde e ver se ele muda de ideia sobre isso — disse, preocupado. — Como está a sua parte dos convites?

— Eu já estou terminando, e os que ficaram para você fazer?

— Os meus eu já terminei!

— Que bom, acredito que amanhã eu faça todos os restantes!

— Você vai poder dormir com a nossa mãe amanhã?

— Se o papai deixar, sim...

— Eu vou tentar convencer o nosso pai a não dormir no hospital! — eu disse. — Lembra que a nossa mãe disse que queria ir ao shopping center depois que saísse do hospital? Pensei em você aproveitar isso e comprar com ela um vestido para a festa de aniversário, o que acha?

— É realmente uma boa ideia! Pode deixar que eu farei isso!

Depois de jantarmos, fomos ao quarto e pedimos para o nosso pai ter a vez dele de comer, assim ficaríamos um pouco mais com a nossa mãe, que estava vendo novela, a última lançada naquela época. Ao voltar do jantar, busquei o nosso pai.

— Pai, você tomou café após o jantar?

— Não, meu filho, por que a pergunta? — perguntou, desconfiado.

— Vamos tomar um café, então?

— Vamos, filho... — aceitou, mesmo estranhando o meu jeito.

Ao sair do quarto, não perdi tempo:

— Pai... eu soube que o senhor vai passar a noite aqui com a mamãe, é verdade?

— Sim, meu filho, mas por que a pergunta?

— Eu soube também que você pretende passar as outras noites até a mamãe sair do hospital, isso também é verdade?

— Sim, meu filho, mas afinal por que essas perguntas?

— O senhor tem certeza disso, meu pai?

— É claro que eu tenho, meu filho, porque não teria?

— Eu e Clara estamos preocupados com o senhor, pois além do desconforto natural de dormir no sofá do quarto hospitalar, você ainda irá presenciar coisas que talvez não goste, principalmente pelo estado de nossa mãe; talvez a sua ausência noturna seja positiva para você, afinal acaba sendo uma válvula de escape para todo esse problema — respondi, com um olhar penetrante.

— Meu filho, isso não tem escapatória, sua mãe está morrendo e isso ocorrerá logo, não temos como fazer nada com relação a isso infelizmente, estar longe de Isabel neste momento só me faz perder oportunidades de ficar com ela no tempo que ela ainda tem. Eu não entendia o motivo de você e sua irmã ficarem toda hora me impedindo passar a noite com ela, especulei diversas coisas e achei as atitudes muito egoístas, mas fico feliz em saber que fizeram isso, visando ao meu bem, vocês são filhos maravilhosos e tanto eu quanto sua mãe somos felizardos em tê-los — disse emocionado, com as duas mãos em meus ombros.

Sem condições de contra-argumentar, aceitei a vontade dele.

Voltamos ao quarto, no final do horário de visita, tendo o meu pai permanecido lá para passar a noite com a sua esposa, enquanto eu e Clara seguimos para o corredor da ala hospitalar.

— Nada feito, minha irmã, nosso pai passará as noites no hospital até a nossa mãe ter alta!

— Eu imaginei que você não conseguiria reverter a situação!

— E como você se sente com relação a isso, Clara?

— Eu não posso fazer nada, é a vontade do nosso pai!

— É, infelizmente não podemos fazer nada diante disso...

* * *

Os preparativos para a festa estavam prontos e, como não poderíamos passar a noite com a nossa mãe, aproveitamos o máximo do restinho daquela noite com ela. Em seguida, eu e Clara fomos jantar, pois não tínhamos saído durante a nossa visita para comer. Eu presenciei o sofrimento de minha irmã, pois estava sendo muito difícil para ela, mas não tinha a real noção do que ela estava passando. Por egoísmo de minha parte, pensava que o meu sofrimento era maior que o de meu pai, ou o de minha irmã, mas passei a ver que na verdade não era isso. Após o jantar, deixei Clara em sua casa e segui para a minha, procurando tomar um banho e dormir.

No dia seguinte acordei bem cedo e telefonei para a minha irmã.

— Já está pronta para visitarmos a nossa mãe?

— Sim, vamos! Será que o nosso pai passou bem a noite de ontem?

— Eu telefonei para ele assim que acordei e parece que passou bem, sim!

— Você já tomou o seu café da manhã?

— Não, minha irmã, ainda não. Por que a pergunta?
— Eu também não. Vamos tomar juntos, então?

Eu respondi afirmativamente e fomos tomar o nosso café da manhã numa padaria próximo à casa dela. Realmente, eu estava com fome, mas quando temos muitos problemas na cabeça, acabamos não ligando para algumas coisas.

Depois de comer, fomos para o hospital e, para a nossa surpresa, a nossa mãe não estava em seu quarto. O nosso pai nos explicou que o motivo de sua ausência era que ela estava fazendo exames.

— Pai, por que você não aproveita que eu e Clara estamos aqui e vai para casa tomar um banho?

— Não saio daqui até a sua mãe chegar, mas confesso que isso passou pela minha cabeça!

Depois de vinte minutos, a nossa mãe foi para o quarto. Ela ficou feliz em nos ver e manifestou este sentimento. O nosso pai ficou um pouco com ela e decidiu ir para casa. Eu o levei e falei que, assim que ele decidisse retornar ao hospital, que me telefonasse. Flávia estava com ele, não queria que ficasse sozinho.

Quando retornei ao hospital, encontrei Clara com a nossa mãe. Ela me puxou para o canto para me contar que o médico da família queria falar conosco e que ele viria naquela tarde. Eu comentei com ela que achava melhor falarmos com o Dr. João sem a presença de nossos pais, pois não sabíamos o que estava por vir, com o que Clara concordou.

Depois de algumas horas, o médico chegou e nós o conduzimos para fora do quarto.

— Doutor, alguma novidade?

— Sim, tenho uma novidade! A recuperação da cirurgia de sua mãe está muito boa. Se ela continuar evoluindo deste jeito, em dois dias devo falar com o médico de plantão para poder dar alta a ela!

Ficamos felizes com a notícia e corremos para informá-los sobre a novidade. Depois disso, minha irmã foi almoçar, enquanto eu permaneci no quarto, e ao retornar, fui almoçar também. Logo depois, nosso pai ligou e o busquei junto de Flávia. Retornando ao hospital, passei o resto do dia com a nossa mãe.

No período da noite, eu e Clara ficamos com a nossa mãe, enquanto o nosso pai e Flávia foram jantar. Após o período de visita, jantamos e retornamos para casa. No dia seguinte, acordei cedo e telefonei para ver como o nosso pai tinha passado a noite. Ele informou que estava bem, assim como a nossa mãe. Em seguida, telefonei para Clara e ela disse que estava me esperando, então passei em sua casa e, mais uma vez, tomamos o café da manhã juntos. Após a refeição, fomos para o hospital e chegando lá, mais uma vez, a nossa mãe estava fazendo exames. O nosso pai, ao nos avistar, quis nos cumprimentar, mas estava com mais dificuldades do que o normal para se levantar.

— Pai, está tudo bem? — perguntei, preocupado.

— Está tudo bem sim, meu filho, por que a pergunta?

— Porque o senhor apresentou uma dificuldade que não tinha antes para se levantar!

— É a velhice, meu filho. Quando você fica velho, o seu corpo nem sempre acompanha o seu pensamento. Parece uma máquina, que com o tempo vai enferrujando!

— Pai, você já tem tempo que é velho... o que está acontecendo contigo?

Ele se sentiu ofendido com a minha pergunta e respondeu, com um tom de voz mais forte:

— Já disse que não é nada, pare de ser insolente!

Eu percebi que meu pai estava se alterando, então não falei mais sobre o assunto.

— Bem, o senhor tomou o café da manhã?

— Não, meu filho...

— Por que o senhor não aproveita que eu e Clara estamos aqui e vai tomar o café da manhã?

— Não posso sair daqui até a sua mãe chegar!

— Tudo bem, meu pai, se esta é a sua vontade...

A nossa mãe chegou pouco depois e ficamos com ela no quarto, enquanto nosso pai estava fora para finalmente comer. Pouco tempo depois que o nosso pai saiu, o Dr. João apareceu no quarto.

— Pois não, Doutor?

— Tenho uma notícia para dar a vocês. Pelos resultados do exame, sua mãe está recuperada da cirurgia, então finalmente poderá ir para casa! Minha previsão era autorizar a alta hospitalar de Isabel apenas amanhã, para observarmos por mais vinte e quatro horas, mas não será necessário, qualquer desconforto ou anomalia, retornem.

Eu perguntei quando ela teria alta, e ele confirmou que seria no mesmo dia. No mesmo instante, eu comecei a retirar as roupas de minha mãe do armário, enquanto ela não deixava de transparecer a sua felicidade por poder sair do hospital.

O nosso pai chegou ao quarto no início da tarde. Realmente, ele precisava descansar, conforme eu lhe dissera. Eu sei que é muito difícil descansar no hospital, principalmente pelo conforto, e para o nosso pai era pior, por causa da sua idade. Quando ele chegou, viu a nossa mãe sentada na poltrona, sem entender o que se passava, até que explicamos e ele compartilhou a sua felicidade conosco.

Naquela tarde, nossa mãe retornaria para casa.

Capítulo 2

Retornando para casa e a festa

— Olá, Michel. Como vão as coisas por aí no trabalho? — perguntei ao meu chefe pelo telefone.

— Aqui está tudo bem, e como está a sua mãe?

— Dentro do possível ela está bem, acabou de receber alta e está saindo do hospital! — contei, eufórico.

— Que bom, meu amigo, fico muito feliz com esta notícia! Vou repassá-la para o pessoal daqui!

Na saída do hospital, todos nós almoçamos no restaurante que ela mais gostava e logo após fomos até a sua casa, onde ficamos até o final do dia.

No dia seguinte, eu telefonei para Clara e perguntei se queria tomar o café da manhã na casa de nossos pais, e ela aceitou. Aproveitei para perguntar também se ela estava disposta a sair com a nossa mãe, caso quisesse, e Clara respondeu que sim. Fui então bem cedo até a sua casa, pois sabia que nossos pais geralmente tomavam café da manhã cedo, por volta das oito horas da manhã.

Saindo da casa de Clara, nós fomos à padaria, onde tomávamos café da manhã algumas vezes, e fizemos uma cesta para a refeição matinal na casa de nossos pais. A cesta continha frutas, pães variados, doces, geleias, queijos e várias outras coisas. Chegando na casa deles, ficaram surpresos e felizes com a nossa surpresa. Após o café da manhã, ainda sentados à mesa, eu perguntei a nossa mãe:

— Mãe, me diz uma coisa, você quer fazer alguma coisa hoje, quer ir a algum lugar?

— Sim, meu filho, eu quero sair, mas não sei ainda para onde. Você tem alguma sugestão?

— Que tal se nós fossemos ao Jardim Botânico?

— Ótima ideia! Eu estava querendo mesmo ter contato com a natureza!

— Que bom! Então está tudo combinado. Após o almoço, iremos ao Jardim Botânico! — disse, depois chamei Clara, que prontamente aceitou, assim como o nosso pai.

Na parte da tarde daquele dia, pedimos o almoço em um restaurante muito bom e do qual a nossa mãe gostava. Depois, conforme o combinado, fomos ao Jardim Botânico. A nossa mãe gostava muito de flores e no Jardim Botânico havia muitas delas e de espécie rara, bem como de espécie comum.

No final do passeio, a nossa mãe se sentiu mal, foi ao banheiro e ficou lá por volta de cinco minutos. Ela estava acompanhada de Clara e de Flávia e eu fiquei preocupado com a demora delas no local. Após as garotas saírem do banheiro, fui conversar em particular com Clara.

— O que aconteceu?

— A nossa mãe vomitou, meu irmão...

— Muito ou pouco? — perguntei, preocupado.

— Foi pouco, meu irmão!

Apesar de nossa mãe já ter apresentado estes sintomas anteriormente, eu sentia que os efeitos do mau funcionamento dos seus órgãos estavam mais latentes. Após a ida ao banheiro, vi o meu planejamento sendo alterado, já que eu tinha a intenção de levá-la a um bistrô que funcionava dentro do próprio Jardim Botânico para tomarmos um chá. Resolvemos levá-la para casa e acompanhá-la para ver se teria outro quadro de mal-estar, o que veio a gerar um desapontamento de nossa parte.

— Sabe de uma coisa? Este passeio foi muito bom, mas eu estava querendo ir ao Jardim Zoológico também. Vamos amanhã?

Percebendo que o problema não tinha afetado a nossa mãe, olhei para a minha irmã e sorri.

— Poderemos ir sim, minha mãe, mas temos que marcar um médico nutricionista antes. Temos que saber o que a senhora pode comer, para evitar que continue tendo esse mal-estar!

— Tudo bem, meu filho, então amanhã marcaremos o nutricionista e posteriormente iremos ao Zoológico. — Ela sorriu. — Para vocês tudo bem?

— Desta forma é até possível nós irmos, mamãe!

Passamos o resto daquele dia com ela. Felizmente as nossas suspeitas não se confirmaram. Depois do passeio, ela não sentiu mais mal-estar no decorrer do dia. Na parte da noite, os filhos de Clara foram à casa de nossos pais para visitar a avó.

No dia seguinte, eu fui com Clara pela manhã à casa de nossos pais, preocupado com o trabalho de minha irmã, pois ela não estava indo à emissora já fazia uma semana. Clara me informou que tinha conseguido apenas alguns dias de férias, então aproveitei para perguntar:

— Clara, como está a sua situação no emprego? Você realmente tirou licença por alguns dias, ou parte de férias, e já não está no tempo de retornar à emissora?

— Joel, me faz um favor? Não se intromete na minha vida! — Clara respondeu, impaciente e irritada com a minha pergunta.

Eu entendi o recado e desde então não falei mais com Clara sobre a sua vida pessoal. Chegando à casa de nossos pais, tomamos café da manhã com eles, pois ainda havia boa quantidade de alimentos da cesta do dia anterior. Logo após, telefonei para o Dr.

João e pedi indicação de algum nutricionista que fizesse parte do plano de saúde de minha mãe. Assim que obtive resposta, liguei e marquei uma consulta. Só havia espaço na agenda dele para dali a duas semanas. Eu expliquei a situação para a sua secretária e então ela conseguiu uma consulta na forma de encaixe para o dia seguinte. Sabendo disso, programamo-nos para ir ao Jardim Zoológico após o almoço. Ajeitamos tudo e fomos ao local. Passamos a tarde inteira lá e nossa mãe não apresentou quadro de mal-estar, o que foi muito bom, e no final do dia retornamos para a casa de nossos pais, onde ficamos o resto do dia.

No dia seguinte, eu e Clara acompanhamos a nossa mãe na consulta com o nutricionista para saber qual seria a alimentação mais adequada para ela. O nosso pai e Flávia ficaram no meu carro, dentro do estacionamento, esperando retornarmos.

— Doutor, entendo que eu devo passar por esta dieta, porém o meu aniversário está chegando e quero fugir da dieta neste dia. Será que eu poderia?

O médico, que por sua vez era muito simpático, olhou para a nossa mãe, sorrindo:

— Se a senhora não fugir muito da dieta nos dias anteriores, não será problema!

— Pode deixar, Doutor, não fugirei muito da dieta!

Ao sair do consultório, chamei-a:

— Mamãe, eu te conheço, você vai fugir demais da dieta no dia do seu aniversário!

— Eu sei, meu filho, mas qual o problema nisso? — ela confessou, sem se importar com as possíveis consequências. Pensei em contestá-la, mas lembrei que esse seria o último aniversário que ela passaria conosco...

Respirei fundo e sorri.

— Deixa um pouco para nós, então! Não acabe com os vinhos da casa!

— Pode deixar, comprarei alguns vinhos a mais para ter garantia!

Era surpreendente como a nossa mãe conseguia manter o bom humor, mesmo passando por tudo isso. Acredito que seja um caso único.

Eu e Clara resolvemos fazer uma surpresa para nossa mãe e, em vez de levá-la para casa, mudei a direção do carro, seguindo para outro lugar. Percebendo que o percurso que fazíamos de carro não era a rota convencional, a nossa mãe me perguntou:

— Meu filho, você deveria virar naquela rua! Por acaso esqueceu onde eu moro?

— Claro que não, mãe, mas estamos indo para outro lugar antes de irmos para a sua casa! — respondi, sem desviar a atenção da direção do carro.

— Mas, filho, eu estou cansada, quero ir para casa!

— Calma, mãe, você vai gostar!

A nossa mãe perguntou qual seria o lugar, mas não respondemos. Depois de alguns minutos, ela começou a reconhecer o caminho.

— Não acredito que vocês vão fazer isso comigo!

— Vamos sim, mãezinha. Pode ficar tranquila, que vai ser bom para todos!

Parei o carro próximo do local, para que ela não fizesse muito esforço. Saiu do carro junto do nosso pai, da Flávia e da Clara, e todos se dirigiram ao local, enquanto eu procurava um lugar para estacionar o carro. Estávamos no orfanato que sempre fora ajudado por nossa mãe, aquele que perdera o auxílio do governo. Eu pensei que veria um lugar totalmente desestruturado, mas me surpreendi assim que cheguei, pois, com o sucesso da matéria da reportagem, o orfanato tinha conseguido mais ajuda da iniciativa privada. Ele estava mais estruturado e conseguia ser mantido mesmo com a perda do auxílio governamental. A nossa mãe ficou muito feliz com aquela visita e, ao vê-la, as crianças que já a conheciam acompanharam-na. A atenção das crianças e de todos os profissionais fizeram muito bem a nossa mãe.

No final do dia, seguimos todos para a casa de nossos pais. Fora um dia muito proveitoso para todos nós, mas, ao mesmo tempo, muito cansativo. Eles acabaram dormindo cedo naquela noite.

Eu me preocupava a cada dia que passava, pois faltavam alguns dias para o aniversário de nossa mãe. No dia seguinte, conversei com ela sobre isso.

— Mamãe, o seu aniversário está chegando. O que a senhora pretende fazer?

— Já disse, meu filho, quero fazer uma coisa bem singela e particular!

— Mas quem a senhora gostaria de chamar?

— Somente as pessoas mais próximas!

— Então pode ficar despreocupada, pois nós nos encarregaremos disso. Tudo bem para a senhora?

— Se quiser convidar para esta reunião simples, não tem problema, meu filho!

— Faça então uma lista para que eu possa chamar os convidados!

No dia seguinte, já com a lista em mãos, fui falar com Clara.

— Já está na hora de ir ao shopping center com a nossa mãe. Se for necessário fazer algum ajuste no vestido que você for comprar para ela, é bom que esteja presente, pois pode não haver tempo útil!

— Você tem razão, Joel, isso pode acontecer mesmo. Nossa mãe tem emagrecido muito e, se continuar, pode ser necessário ajustar o vestido sim!

Passamos o dia na casa dos nossos pais. Verifiquei, através da lista de nossa mãe, que todos os convidados que ela queria chamar já haviam confirmado presença no evento.

No dia seguinte, voltei cedo para a casa dos nossos pais. Dessa vez Clara preferiu tomar o café da manhã em sua casa, então fizemos a refeição sem a presença dela. No final do período da manhã, início do período da tarde, Clara se juntou a nós na casa dos nossos pais.

— Mãezinha, que tal nós irmos para o shopping center hoje, fazermos algumas compras? — Ela perguntou.

— Vamos sim! Já faz muito tempo que nós não passeamos no shopping center!

Decidimos ir no começo da tarde. Nós almoçamos lá mesmo no shopping center e depois Clara, juntamente com nossa mãe, fizeram as compras. Flávia se surpreendeu, pois Clara comprara um vestido para ela também. Conforme o esperado, o vestido precisou de reparos, e por sorte o prazo daria o tempo necessário para o vestido ficar pronto até o dia do evento.

No final do dia, acabamos indo ao cinema.

— Nós podemos ir ao teatro amanhã? Faz muito tempo que não vemos um espetáculo!

Neste dia que fomos ao cinema, a nossa mãe não passou mal. Estávamos felizes com o seu bem-estar e pelo fato de ela continuar enfrentando a doença de cabeça erguida e alegre.

No dia seguinte, acordei com o toque do meu telefone quando faltavam quinze minutos para as seis horas da manhã. Eu atendi, preocupado, pensando que tivesse acontecido algo com a minha mãe, mas era Clara no outro lado da linha.

— Bom dia, irmão, tudo bem com você?

— Está tudo bem... aconteceu algo com Isabel?

— Não, irmão, pelo que sei, não aconteceu nada.

— Está tudo bem aí na sua casa, minha irmã? — perguntei, preocupado.

— Sim, irmão, está tudo bem aqui em casa... por que a pergunta?

— É que você não costuma me telefonar nesse horário!

— Desculpa, irmão, mas como ontem eu não tomei o café da manhã com vocês, queria tomar hoje, por isso te telefonei, para comprarmos alguma coisa e irmos para a casa dos nossos pais... mas me desculpa se te assustei!

— Você não tem nada de que se desculpar, Clara, vou me arrumar e logo estarei aí na sua casa para te pegar!

Passei na casa de Clara por volta das sete e vinte da manhã, conforme combinamos. Ela telefonou para os nossos pais às sete e trinta da manhã e descobrimos que nossa mãe tinha passado bem a noite. Nós passamos na padaria e chegamos à casa deles por volta das oito horas, já com os ingredientes para o café da manhã.

Eu saí à tarde e fui me inteirar sobre os espetáculos de teatro que estavam em cartaz, chegando no meio da tarde com os prospectos do evento. Nossa mãe escolheu um musical, ela adorava este gênero. Contemplava-se a história da vida de um personagem que, na minha infância e na de Clara, era um humorista. Fomos ao teatro e compramos os ingressos para todos nós.

* * *

A peça já começara fazia mais ou menos quinze minutos, quando a nossa mãe começou a passar mal novamente. A nossa mãe foi ao banheiro com Flávia e minha irmã, enquanto eu e meu pai saímos da peça para saber se ela estava bem. Passaram-se dez minutos sem que minha mãe saísse do banheiro e, quando ela saiu, estava toda suja. Infelizmente não aguentou e acabou fazendo as suas necessidades na roupa novamente. A nossa mãe passou por um constrangimento muito grande, que só deixou de superar o nosso desespero. Por sorte, os nossos pais tinham uma sobrinha que morava próximo ao teatro.

Ela era filha da irmã do meu pai, que morava em Portugal. Nós fomos até ela e explicamos a situação. Compadecida, deixou que nossa mãe tomasse um banho em sua casa, bem como se prontificou a emprestar roupas pessoais para ela vestir, assim as roupas sujas foram separadas para serem levadas à casa de nossos pais. A minha mãe não queria que descobrissem sua doença para não preocupar ninguém com o problema dela, mas tanto eu quanto Clara informamos o seu estado de saúde a todos os convidados da festa de aniversário. Enquanto nossa mãe estava no banho, a nossa prima, que não estava surpresa com o ocorrido, fora alertada por mim para aparentar que o fato parecesse uma surpresa.

— Tia, o que aconteceu contigo? Pelo que sei, nunca ocorreu isso com a senhora! — a nossa prima perguntou, assim que nossa mãe saiu do banho.

— Minha sobrinha, isso se chama velhice, um dia você acorda e percebe que precisa de pessoas te acompanhando para fazer tudo. Por isso nós tivemos que contratar esta profissional, a Flávia, para me acompanhar. Você sabe, minha sobrinha, que envelhecer é uma dádiva, a pessoa presencia muitas coisas boas, mas o corpo geralmente não acompanha como gostaria...

— Entendo, tia. Trouxe as roupas sujas de Isabel, numa sacola — ela disse. — Eu trouxe estas roupas para a senhora vestir! — acrescentou, mostrando uma muda de roupa. Nossa mãe agradeceu e pediu desculpas pelo inconveniente.

Com isso, saímos da casa de nossa prima e retornamos para a casa de nossos pais.

— Desculpa, pessoal, acabei estragando a nossa saída! — nossa mãe se lamentou.

— Nada disso, mãe! Você não estragou nada, apenas nos deu a oportunidade de rever a nossa prima!

A nossa mãe, ainda constrangida, sorriu e manifestou uma concordância. Eu fiquei com medo de que aquela situação a fizesse desistir de sair, mas quando chegamos à casa de nossos pais, a nossa mãe disse:

— Amanhã eu gostaria de andar pela orla da praia, pegar um pouco de sol. O que vocês acham?

— Mamãe, você vai querer sair? E se acontecer de novo o que aconteceu hoje?

— Meu filho, você acha mesmo que este incidente vai me impedir de viver o resto da minha vida? Até parece que não me conhece! E tem outra coisa: para que serve a fralda?

Eu sorri e percebi que a vontade de viver que a nossa mãe manifestava era maior do que qualquer constrangimento que essa maldita doença poderia proporcionar.

No dia seguinte, fomos à praia no período da manhã, após o café, e ficamos instalados em um quiosque antes de voltarmos para casa. A nossa mãe não teve problemas intestinais naquele dia, percebemos que eles costumavam acontecer de dois em dois dias.

Faltavam dois dias para a festa e todos os convidados de fora já estavam na nossa cidade. Alguns ficaram instalados nas casas de parentes, outros em hotéis. Eu mesmo instalei três primos na minha casa. Fiquei triste pela minha tia, irmã de minha mãe, que morava na região Nordeste do país e não poderia vir à festa, pois estava passando por problemas financeiros. A minha tia era a última irmã viva da minha mãe, os demais irmãos e irmãs já haviam falecido.

Fui à casa de festas e efetuei o pagamento do valor restante.

— Clara, você terá que convencer a nossa mãe a usar o vestido que comprou para o dia da festa de aniversário.

— Está bem, irmão. Como você vai fazer para a surpresa da festa? – Afinal você terá de fazê-la ir ao salão de festas, sem perceber.

— Eu ainda estou trabalhando para que tudo saia bem.

O dia da festa de nossa mãe estava chegando e, na véspera, ela passou mal, deixando-me apreensivo, mas busquei permanecer esperançoso e confiante de que tudo aquilo não passava de um dia de mal-estar e que não se estenderia ao dia do seu aniversário.

No dia do aniversário, busquei a minha irmã e fomos tomar o café da manhã juntos. Enquanto isso, eu pensava: *"Vai dar tudo certo hoje, não haverá problemas. Tem que ser tudo perfeito, a mamãe merece!"*.

Após o café da manhã, eu disse para Clara:

— Irmã, deixe que eu pegue a nossa mãe, vá direto para a festa!

— Pode deixar, irmão, aproveito e recebo os convidados!

Eu e Clara fomos almoçar com a nossa mãe.

— Mãezinha, eu já confirmei com todas as pessoas que você tinha interesse de chamar para a festa, logo estarão no restaurante onde marcamos o seu jantar de aniversário! — eu disse.

— Que bom, meu filho!

— Você já sabe o que vai vestir nesta noite?

— Vou usar o vestido que sua irmã me deu!

— Que bom, mãe, ele ficou muito bem na senhora!

Certo de que o meu planejamento estava correndo bem, eu fui para a minha casa, me arrumei e fiquei esperando dar o horário das dezenove horas para pegar os meus pais.

Chegando lá a nossa mãe estava acabando de se arrumar com a ajuda de meu pai e de Flávia. Eu já tinha avisado a Clara que estava indo pegá-los, então ela avisou o pessoal para não fazer barulho na casa de festas.

— Precisarei de um favor, mãezinha, você pode fazer?
— Que favor?

Entreguei uma venda a ela.

— Você poderia colocá-la?
— Por qual motivo eu tenho que colocar isso, meu filho?
— É uma surpresa, mãezinha!

Eu percebi que minha mãe não gostou muito de ter que vendar os olhos, mas ela acabou obedecendo. Assim que o fez, nós a guiamos pelo caminho até o meu carro. No caminho até a festa, a sua impaciência estava aumentando.

— Já posso tirar?
— Por enquanto não... falta pouco, mas ainda não pode tirar!

Ela obedeceu e, assim que chegamos, a guiamos para dentro da casa de festas, ainda com a venda nos olhos. Eu fiz sinal para todos ficarem em silêncio até que retirasse a venda, e os convidados entenderam. Pouco tempo depois, assim que posicionei minha mãe para frente de todos, afastei-me com o meu pai. Nós ficamos também na frente dela e eu, disse em voz alta:

— Pode tirar a venda, mãe!

Quando nossa mãe retirou a venda, um grito forte ecoou no salão da casa de festas.

— Surpresa!

A nossa mãe viu todas aquelas pessoas, surpreendendo-se!

Inicialmente olhou para todos com um semblante de incredulidade e ficou um período sem reação, aparentando não acreditar na surpresa.

Depois colocou as mãos na parte superior da cabeça, segurando os cabelos, quase estragando o seu penteado, e começou a se emocionar, se encaminhando lentamente até os convidados, que permaneceram parados.

Todos queriam tirar fotos, conversar, deixando-a bastante emocionada. Esses cumprimentos levaram bastante tempo. Eu pensei que nossa mãe fosse ficar na porta o período da festa inteira, mas, depois que a equipe de cerimonial a conduziu para dentro da festa, tirou fotos com todos os convidados. Clara estava irritada com aquilo tudo.

—Joel, a nossa mãe vai ficar o tempo inteiro tirando fotos? Ela não vai aproveitar a festa!

Eu estava emocionado, quase chorando. Olhei para a minha irmã, com os olhos marejados, e falei:

— Olhe para ela, irmã, a nossa mãe está feliz assim! Não podemos interromper este momento, a festa é dela. Se a nossa mãe quiser ficar a festa inteira tirando fotos, devemos deixar! Aliás, os convidados têm o direito de tirar fotos com ela, principalmente por estar bem deste jeito. Não podemos privá-los deste momento!

Depois disso, Clara entendeu a importância daquele momento para a nossa mãe e para os convidados, então preferiu não reclamar mais. Clara também se emocionou. Após a "sessão de fotos" com todos os convidados, a nossa mãe se dirigiu até uma mesa reservada para ela, meu pai, Flávia, Clara e eu, pois o jantar logo seria servido. Ela recebeu uma taça de espumante Prosecco, junto com todos os convidados, e depois brindamos juntos. Era impossível não notar a felicidade que ela estava sentindo com aquela festa.

Pouco tempo depois do brinde, o jantar foi servido. Logo após houve a primeira surpresa da festa e uma grande tela apareceu no centro do salão. Várias fotos da nossa mãe começaram a ser exibidas, desde a sua juventude até os dias atuais. Muitos convidados que estavam presentes tiveram o privilégio de estarem naquelas fotos.

A ideia fora minha. Uma semana antes da festa, eu solicitara, a todos os convidados que tivessem fotos com nossa mãe, que encaminhassem uma cópia. Ao final da amostragem, fui onde estava a grande tela e chamei a minha irmã para vir comigo. Quando ela chegou, peguei um microfone e disse:

— Mãezinha, que privilégio nosso poder ter organizado esta festa para a senhora com essa singela homenagem. Eu pensei, enquanto estávamos organizando tudo, que seria uma grande festa, pois a senhora merece, porém percebi, chegando aqui, que estava errado; a senhora não merece esta festa, mãezinha, merece algo muito maior, pois não sabe a importância que tem em nossas vidas. O nosso muito obrigado por todos os anos que se dedicou à nossa criação, muito obrigado também a todos os sacrifícios que a senhora fez por nós.

Naquele momento eu não aguentei a emoção e comecei a chorar. Clara, que também estava emocionada, pegou o microfone e falou:

Neste momento foi Clara que não se aguentou, começando a chorar, então, mais uma vez, peguei o microfone.

— Este dia será lembrado por todos os presentes, não pela sua festa, mamãe, não pelas homenagens feitas à senhora, mas por tudo que nos proporciona a cada dia. Este é o primeiro dia do resto de sua vida, mamãe, e qualquer homenagem feita por nós neste dia seria pequena perto do que a senhora representa para nós.

Mais uma vez, para encerrar o discurso e não me emocionar mais, agradeci por mim e por Clara. Percebi que a emoção não contagiara apenas a nós, pois os convidados também estavam muito comovidos com as nossas palavras. A nossa mãe, depois do discurso, acabou surpreendendo a todos, fazendo com que a emoção aflorasse ainda mais, assim que pegou o microfone e disse:

— Meus amigos, familiares, esposo e filhos, vendo esta festa maravilhosa que prepararam para mim, não posso deixar de perceber o quanto sou abençoada, pois não sou merecedora da metade deste amor que vocês têm por mim. Eu não sei de quem partiu a iniciativa, mas vendo-os aqui, nesta festa, demonstrando o amor que sentem por mim, não tem como uma pessoa não ficar feliz. Todos nós comemoramos os aniversários de pessoas queridas, que amamos, e gostaria de ter força para retribuir fisicamente o amor que vocês tiveram por mim, bem como gostaria que Deus me proporcionasse saúde necessária para estar presente nos aniversários que virão de vocês, meus filhos. Eu quero que saibam que amo muito todos que estão presentes e também os que não puderam comparecer. Obrigada pela noite maravilhosa que vocês estão me proporcionando, mas, se Deus achar que chegou a minha hora de partir, ficarei feliz, pois sei que a minha missão nesta vida foi cumprida. Eu amei todos vocês que passaram pela minha vida, sempre busquei o melhor de todo mundo, e se for chegada a minha hora hoje eu sei que vocês também me amam. Muito obrigada a todos!

A emoção tomou conta de cada convidado, assim como de nossa mãe.

— As surpresas ainda não acabaram, mãe! Ainda há uma especial! — disse eu.

Fiz o sinal que tinha combinado com a equipe do cerimonial, que contratara um artista "cover" do cantor que ela mais gostava. Ele entrou cantando uma música que tinha o ritmo de balada que ela gostava muito, e neste momento a pista de dança se abriu para que a nossa mãe pudesse dançar com o nosso pai. Após a dança, chamei a nossa mãe para dançar a próxima canção, enquanto o nosso pai chamou Clara para dançar. Assim, foi um momento único, pois, após aquela dança, os convidados foram para a pista dançar também.

Depois de dançarmos muito, começamos a beber, e nossa mãe bebeu realmente uma garrafa de vinho sozinha. Ela não media as consequências de suas atitudes; na verdade, acredito que ela nunca as mediu. Minha preocupação em relação a isso refletia a minha hipocrisia ao repreender Clara.

A festa seguiu noite adentro, não havia como prever o término dela. Já tinha se esgotado o tempo programado para o término da festa quando equipe de cerimonial veio falar comigo sobre isso, então eu perguntei sobre a possibilidade de prorrogação e me responderam que não havia problema, bastava pagar no dia seguinte as horas excedentes. Não discordei e fui ao encontro de Clara para informar sobre a prorrogação do tempo da festa. Ela disse que era para eu não me preocupar, pois arcaria com os custos extras, assim fiquei mais tranquilo, pois a minha reserva já estava quase acabando.

A festa estava animada e o cansaço não estava presente, tanto da nossa mãe quanto do nosso pai. Quando foi por volta das quatro horas da manhã, nosso pai estava conversando com a nossa mãe. Naquela hora havia poucos convidados na festa. O nosso pai me chamou e disse que a nossa mãe queria falar comigo e com Clara. Ao chegarmos, ela disse:

— Eu não sei o que fiz para merecer filhos tão bons! Muito obrigada pela alegria que vocês me dão todos os dias e pela alegria que me deram ao preparar essa maravilhosa festa para mim!

— Não tem o que agradecer, mãe! Isso é pouco, comparado ao que a senhora merece. Nós te amamos muito! — eu disse, emocionado.

— Quem teve a ideia de preparar esta festa para mim?

— Clara organizou e pagou tudo sozinha — disse eu, antes que Clara respondesse. — Eu estava sem condições financeiras e emocionais, mas Clara não hesitou e preparou tudo! É ela quem merece o agradecimento!

Clara ia falar, mas eu a interrompi.

— Clara tentará dizer que estou mentindo, que ajudei a preparar tudo, ou que paguei tudo, mas é mentira dela. Ela que fez tudo sozinha!

Nossa mãe olhou para Clara e disse:

— Muito obrigada, minha filha, por ter me dado esta alegria em momentos tão difíceis!

Clara sorriu e, antes que ela abrisse a boca, nossa mãe disse que estava cansada e que queria descansar, por isso iria para casa. Eu peguei um envelope que estava no bolso do meu terno e disse:

— Para não falar que eu deixei de ter participação nisso, decidi comprar o seu presente. Espero que goste e aproveite bastante!

Nossa mãe pegou o envelope e me agradeceu. Lá continha o *voucher* para um hotel. Eu já havia contratado um motorista para levar os nossos pais no dia seguinte para viajarem. O *voucher* estaria disponível a partir das onze da manhã, assim nossos pais poderiam chegar ao horário do almoço no hotel. Levaria em cerca de duas horas para chegarem à região serrana. Após a saída de nossos pais, Clara veio até mim, revoltada com que eu dissera para a nossa mãe.

— Por que você mentiu para ela?

— Irmã, você tem a sua família, fica mais com ela do que com os nossos pais, e eu só tenho eles, então, se eu contasse a verdade, não surpreenderia a nossa mãe. Pela mentira, ela ficou admirada com você. Não viu como os olhos dela ficaram brilhando quando soube que "você" havia preparado tudo? Fiz isso por você! Por favor, não se ofenda com esse ato!

Clara entendeu e agradeceu pela minha atitude.

— Gostou da festa? — perguntei.

— Com certeza, a festa foi maravilhosa, mas ver a nossa mãe feliz foi o mais importante!

Eu concordei com Clara e, no dia seguinte, fomos à casa de nossos pais pela manhã para tomarmos café da manhã juntos. Eles tinham ficado tão cansados que, em vez de acordarem às sete horas, como estavam habituados, acordaram apenas às dez horas. Durante a refeição, a felicidade de nossa mãe ainda era visível em seu semblante.

— Filho, você sabia que fez reserva no hotel onde eu e seu pai passamos a lua-de-mel? Como iremos para lá? Você vai nos levar?

— Não sabia, e foi uma grande coincidência eu reservar o mesmo hotel em que vocês passaram a lua-de-mel — menti. — Com relação à viagem, pode ficar tranquila, não os levarei, porém já providenciei alguém para fazê-lo.

— Quem vai nos levar, meu filho? — nossa mãe perguntou, preocupada.

— Contratei um motorista! Ele deve estar chegando daqui a pouco, e acredito que dê tempo para vocês pegarem o almoço no hotel!

— Mas nós precisamos fazer as malas! — Ela se preocupou mais ainda.

Eu olhei para Flávia, que disse:

— Pode ficar tranquila, eu fiz as malas de vocês enquanto dormiam!

Depois da refeição, ficamos aguardando o motorista, que chegou por volta das onze horas, pontualmente. Nós levamos as malas dos nossos pais até o carro e depois fui para casa, enquanto Clara foi para a casa de festas pagar o saldo devedor.

Conforme o programado, nossos pais chegaram na hora do almoço no hotel, já que não pegaram trânsito. Chegando lá, os nossos pais seguiram até a recepção, onde foram informados de que ficariam no mesmo quarto que passaram a lua-de-mel. Eles ficaram surpresos com essa informação. Ao chegarem no quarto, reviveram lembranças que os deixaram muito felizes. Eles gostaram muito da surpresa, e, depois de relembrarem cada momento do passado, foram almoçar.

Os nossos pais ficariam na região serrana por seis dias e, durante esse período, aproveitei para estar mais presente na vida da minha irmã. Nós marcamos de almoçar juntos num restaurante.

— Irmã, como será quando a nossa mãe começar a ter problemas por causa da doença? — perguntei, preocupado.

— Isso, meu irmão, só saberemos quando acontecer, mas temos que ser fortes por ela!

— Queria que a nossa mãe não sofresse. Do jeito que a conheço, vai mentir para não sofrermos com ela e por ela!

— É verdade, irmão. Sabe que ontem, durante as minhas orações noturnas, pedi que Deus a levasse logo?

— Por quê?! Você não quer que a nossa mãe continue conosco?! — perguntei, num tom de voz elevado.

— Nada me faria mais feliz no momento do que a nossa mãe estar presente conosco, mas eu sei que se isso acontecer ela sofrerá muito. Nós devemos deixar o nosso egoísmo de lado e pensar no melhor para ela!

Concordei, mesmo estando um pouco contrariado, e resolvi mudar de assunto.

— Quando você voltará a trabalhar?

— Provavelmente em dois dias.

— Como vai o seu relacionamento com o marido e os filhos?

— Vai bem, mas por que esse interrogatório sobre a minha vida agora? — Clara perguntou, ofendida com a minha pergunta.

— Porque eu percebi que o seu marido estava bem distante de você na festa...

— Isso é fase, não se preocupe comigo — Clara respondeu, tentando se esquivar da minha observação. — Já pensou na proposta que te fiz para conhecer a minha colega de trabalho?

— Pensei sim e parece bem interessante, mas agora não estou com cabeça para procurar um relacionamento amoroso!

Clara disse que entendia e, após o almoço, passei na casa dela e esperei que os meus sobrinhos retornassem da escola para brincarmos juntos. Havia muito tempo que eu não fazia isso.

Com a descoberta da doença de nossa mãe, esquecera o que era ser tio ou funcionário público. Aquele fora um dia muito prazeroso para mim, bem como para Clara, meu cunhado e os filhos deles. No final do dia, telefonei para o meu pai, que me contou que estavam se divertindo muito, chegando a descrever a alegria que sentiam a cada momento naquele local. Eu fiquei muito contente com a felicidade de nossos pais.

No final de semana, marquei um almoço na minha casa com o meu chefe e outros funcionários públicos meus colegas. Eu queria agradecê-los por terem me dado tanto apoio durante esse momento difícil que estava passando. Acabei preparando uma feijoada, já que todos gostavam.

No dia seguinte, num domingo, aconteceu algo diferente em meu comportamento: eu acabei indo a uma igreja, já que havia tempo considerável que eu não fazia isso. Apesar de minha crença em Deus e do meu respeito por todas as religiões, eu não costumava frequentar missas ou cultos religiosos. Acredito que o momento que estava passando fizera com que eu tomasse aquela atitude.

Na segunda-feira estava previsto que os nossos pais chegariam no horário do almoço, então fui com Clara almoçar com eles. Ela já tinha retornado ao trabalho e conseguira tirar aquele dia de folga. O marido de Clara também iria para a casa de nossos pais assim que terminasse o seu trabalho, bem como os meus sobrinhos depois do horário da escola. Apesar de o retorno de nossos pais estivesse previsto para as treze horas, houve um pequeno atraso motivado pelo trânsito. Naquele dia, houve um acidente com um caminhão, que virou e bloqueou parcialmente a estrada, fazendo com que o trânsito ficasse lento diante da passagem de mão única, num grande trecho, situado em plena serra.

Percebendo que nossos pais não estariam em casa no horário previsto, o motorista contratado para a condução me telefonou para informar sobre o ocorrido, além de buscar orientações relativas ao seu procedimento. Eu perguntei se todos eles teriam condições de retornar naquele dia e o motorista me respondeu positivamente, porém sem previsão de chegada. Era por volta de uma e meia da tarde quando eu disse ao motorista:

— Assim que o senhor descer a serra, pare com os meus pais em um bom restaurante de estrada para que eles possam comer antes de retornarem para casa!

Então, contei para Clara sobre o ocorrido e saímos para comer fora. A nossa ideia original era esperarmos os nossos pais e, assim que eles chegassem, sairmos para comer no restaurante que a nossa mãe mais gostava, porém, por causa da demora devido ao trânsito, resolvemos almoçar num restaurante próximo da casa de nossos pais. Assim que comemos, retornamos para a casa deles e os aguardamos.

    Já eram quase dezesseis horas quando os nossos pais chegaram de viagem. Eles aparentavam estar muito cansados para que nós pudéssemos dar atenção, então Clara sugeriu que fossem descansar e que todos nós jantássemos juntos. Os nossos pais gostaram da ideia, e assim cada um foi para a sua casa. Clara avisou o seu marido e filhos que jantaria com os pais, assim o meu cunhado e os meus sobrinhos foram para a casa de meus pais depois do trabalho e da escola. Preocupado com o horário das crianças comerem, decidi telefonar para a casa de nossos pais por volta das dezenove horas. Foi Flávia que atendeu a ligação. Eu perguntei se os nossos pais acordaram e ela disse que não, então pedi para que os deixasse dormir, pois eu iria para lá e os acordaria.

    Ao chegar lá, fui até o quarto deles e reparei que havia um odor forte vindo da cama de nossa mãe. Ela fizera as suas necessidades na cama. Aquilo, mesmo que não tivesse sido uma atitude voluntária, estragou os nossos planos de jantarmos juntos. Clara, que chegou minutos depois de mim, foi lavar a roupa que nossa mãe estava usando, enquanto Flávia foi dar banho nela. Enquanto isso, fui levar os meus sobrinhos para comer numa rede de lanchonete que havia perto da casa de meus pais. Aproveitei e comprei sopas para os nossos pais, bem como para Clara e sua família, e para mim.

    Após retornar para a casa dos nossos pais, as roupas deles já se encontravam lavadas e eles já estavam de banho tomado, tendo tudo voltado à normalidade... ou quase tudo. O constrangimento naquela noite fora muito grande por parte de nossa mãe, que passou o resto do dia calada, sem dizer uma palavra, pois se sentia envergonhada. Eu ainda tentei, naquela noite, incentivar a nossa mãe a falar, mas ela permaneceu calada. Sabíamos que era normal aquela falta de controle digestivo, por causa da doença, mas, mesmo assim, a nossa mãe se envergonhou. Não criamos alardes, pois sabíamos que era um caso esporádico e que provavelmente levaria cerca de dois dias para acontecer novamente.

No dia seguinte fui almoçar com os meus pais sem a presença de Clara e, antes do almoço, fui até nossa mãe e perguntei:

— Mãezinha, por que a senhora não está mais usando a fralda?

— Porque eu não estava tendo mais esse problema digestivo, meu filho. A viagem inteira eu não tive esse problema! — respondeu, entristecida.

Eu disse que entendia, mas sugeri que voltasse a usá-la. Após a conversa, fomos almoçar.

— Então, vocês gostaram da viagem, meu pai?

— Sim, filho, foi uma ótima ideia que você teve, estava quase tudo igual à época em que nos casamos!

— E a senhora, mãezinha, gostou da viagem?

— Eu adorei, meu filho! — respondeu, num tom mais animado.

Eu fiquei feliz em saber que eles tinham gostado e aproveitado bem a viagem.

Almoçamos e ficamos vendo as fotos que eles tiraram do local, comparando-as com as do álbum da lua-de-mel. Eles tinham razão sobre muitas coisas não terem mudado lá. Clara iria jantar com os nossos pais naquele dia, conforme combinara comigo, e todos estávamos aguardando a sua chegada. Foi quando eu percebi, mais uma vez, o odor que sentira no dia anterior. A nossa mãe, mais uma vez, fizera as suas necessidades sem perceber. Fiquei assustado e surpreso, pois em nenhuma vez, desde quando começara a ter aquele quadro digestivo, o tivera por dois dias seguidos. Quando Clara chegou, eu fui conversar com ela em particular.

— Irmã, temos que levar a nossa mãe para o hospital. Mais uma vez ela teve aquele quadro de problemas digestivos!

— Hoje a nossa mãe teve problemas digestivos?

Eu respondi positivamente e ela falou, com um tom de voz entristecido:

— Então, vamos levá-la ao hospital o quanto antes!

Eu fui conversar com a nossa mãe, na presença de nosso pai, para podermos levá-la ao hospital, mas ela discordou.

— Hoje não, meus filhos, eu quero ir amanhã. Hoje é terça-feira e não é um dia bom para irmos ao hospital!

A nossa mãe tinha superstição quanto a esse dia da semana, pois foi quando a nossa avó faleceu, além de um dos irmãos. Com tudo isso, passara a repudiar a ideia de ir ao hospital às terças-feiras, então combinamos de levá-la no dia seguinte. Nós ficamos com a nossa mãe até o final da novela, que ela gostava de assistir, e depois voltamos para as nossas respectivas casas.

No dia seguinte, pela manhã, eu fui tomar o café da manhã com a nossa mãe, sem a Clara, já que ela estava trabalhando. A nossa mãe acabou não comendo direito, estava com medo de passar mal mais uma vez, por isso só tomou uma xícara café com leite e comeu uma torrada sem nada por cima.

Antes de sairmos de casa, telefonei para o Dr. João, informando que estava levando a minha mãe ao hospital e o motivo da ida. Ele disse que precisaria ficar no consultório naquele dia, mas que no final das consultas marcadas iria ao hospital, por volta das oito e meia da noite. Quando chegamos ao hospital e começamos a narrar o acontecido, descobrimos que o Dr. João já informara o caso de minha mãe no hospital. Conduzi a minha mãe para fazer os exames, que levariam certo tempo para ficarem prontos, e por esse motivo o hospital resolveu tirar a nossa mãe da emergência e colocá-la num quarto.

Depois dos exames, a nossa mãe telefonou para Clara informando o que tinha acontecido. Minha irmã disse que passaria no hospital no final do expediente. Demorou algum tempo para a nossa mãe poder comer, pois os médicos não queriam liberar a sua alimentação antes de verificar o resultado de alguns exames. Só foi liberada a partir das duas horas da tarde, horário em que ela não estava acostumada a se alimentar. O meu pai saiu para comer comigo por volta das três horas da tarde e, enquanto isso, Flávia ficou com a minha mãe no quarto. A comida do restaurante do hospital era até muito boa, mas já estava ficando enjoativa, pois comíamos muito lá.

    Durante o almoço percebi o quanto o meu pai estava aflito, e após retornarmos, Flávia saiu para almoçar e nós ficamos no quarto com a minha mãe até Clara chegar. Naquela tarde, mais uma vez, ela acabou fazendo as suas necessidades sem perceber, porém, como estava usando fraldas, não sujou a roupa nem o lençol da cama.

    Clara chegou um pouco mais tarde e ficamos esperando o Dr. João, para que ele pudesse dar maiores esclarecimentos sobre o quadro digestivo de nossa mãe. Assim que ele chegou, foi direto para o ambulatório saber os resultados dos exames e, após analisá-los, seguiu até o quarto onde estávamos. O Dr. João me chamou, junto da minha irmã, para o lado de fora do quarto.

— Meus queridos, a situação da sua mãe está um pouco grave, pois o intestino dela já começou a ter maiores problemas por causa da doença. A quantidade de tumores no intestino grosso de Isabel aumentou significativamente, e não posso garantir que estes problemas não continuem sem uma mudança alimentar radical. Eu vou encaminhá-la ao nutricionista para analisarmos uma dieta melhor para ela seguir rigorosamente!

— Quanto aos outros órgãos, teve um aumento na quantidade de tumores também? — perguntei, desesperado.

— Infelizmente sim!

— E, pela sua experiência, quanto tempo ela tem de vida, Dr. João?

— Responder à sua pergunta seria minimamente leviano da minha parte! Eu não sou um especialista nesta doença, muito menos sou Deus para te dar precisão de algo que foge da minha compreensão, mas eu chamarei o médico oncologista e ele poderá conversar melhor com vocês sobre este assunto! —respondeu, de forma seca.

— Nossa mãe vai precisar passar a noite no hospital?

— Só o médico oncologista poderá lhe responder.

Eu agradeci e aguardei a chegada do oncologista, ou do nutricionista.

Durante a noite chegou uma nutricionista acompanhada do oncologista que estava de plantão. Mediante a existência dos tumores no intestino grosso de nossa mãe, foi passada a ela uma dieta à base de líquidos.

— Mas esse tipo de dieta não vai enfraquecer a minha mãe, impedindo-a de combater a doença? — perguntei para o oncologista.

— Diante do avanço da doença, a única dieta que Isabel poderá fazer é a indicada pelo nutricionista.

— Como está o estado da doença, está tão avançado assim? — perguntei, muito preocupado.

— Sim, infelizmente não podemos fazer mais nada. Isabel não quer fazer o tratamento e eu devo confessar que está próximo do fim de seu tormento! — respondeu friamente.

— O senhor tem uma precisão com relação a este fim?

— Isto varia de pessoa para pessoa. Pode ser em alguns meses, ou em um ano, todavia, do jeito que está o quadro de sua mãe, o mais provável é que seja em alguns meses!

— Quando ela vai poder retornar para casa?

— Acredito que amanhã mesmo.

Depois de conversar com o oncologista, fui falar com a Clara, chorando.

— Irmã, vamos tentar forçá-la a fazer o tratamento?

— Por mais que doa em nós, não podemos forçá-la a nada e temos que respeitar a sua escolha, afinal, se ela já está condenada, que sofra menos, mesmo que para isso tenha de morrer mais cedo!

— Clara respondeu num tom de voz melancólico.

Eu entendi o pensamento dela, enxuguei as minhas lágrimas, e fui até a nossa mãe.

— Mãezinha, tenho uma notícia para te dar! Você vai começar a tomar mais líquido, esta é a dieta que o nutricionista te recomendou.

— Assim eu vou parar de ter esse problema que estou tendo?

— Provavelmente sim, mãezinha, será mais controlado este quadro de mal-estar.

— Quer dizer que, além de emagrecer, ainda não precisarei das fradas? Isso é muito bom!

Era impressionante como a nossa mãe mantinha o senso de humor mesmo na situação em que se encontrava. Eu acredito que ela estava agindo daquela forma para que nós não sofrêssemos junto com ela.

Prevendo que o final de sua vida estava cada vez mais próximo, eu perguntei:

— Mãezinha, se quisesse fazer uma última viagem, para onde a senhora iria?

— Não sei, meu filho, existem muitos lugares que gostaria de rever, como Fátima em Portugal, Lourdes e Lisieux na França e, com certeza, não poderia faltar a Terra Santa!

Eu queria muito proporcionar esta última viagem a ela, porém não tinha dinheiro para tal, afinal grande parte das minhas reservas fora revertida para a festa. Eu e Clara ficamos o resto da noite no hospital, até o final da novela a que ela gostava de assistir, e depois levei Clara para casa. Ela percebeu que eu estava triste e perguntou o motivo.

— Me entristece não ter condições de proporcionar essa última viagem que a minha mãe tanto quer, nos moldes da vontade dela.

— Mesmo que tivesse condições de proporcionar, não estaria lá para vê-la. Você retorna ao trabalho na próxima semana!

— Mas eu já tenho duas licença premium que poderia utilizar caso houvesse necessidade!

Clara sabia que essa licença era um benefício concedido ao servidor público pelo tempo de trabalho, por cada cinco anos que se mantinha no cargo. Eu teria direito a uma destas licenças que permitem ao servidor público o afastamento do trabalho, sem perder a remuneração por três meses.

No dia seguinte de manhã, eu acordei cedo e fui ao hospital. Chegando lá, vi o meu pai e Flávia acompanhando a minha mãe. Nós ficamos no quarto até a alta hospitalar. À tarde, Clara apareceu para visitar a nossa mãe, que ficou bastante feliz, pois não estava programado que ela fosse aparecer naquele dia, por causa do trabalho. Então, Clara ficou conosco até a nossa mãe ser liberada para retornar para casa. Depois que eu e Clara deixamos a nossa mãe, o nosso pai e Flávia em casa, a minha irmã disse que queria conversar comigo.

— Irmão, me fala uma coisa... se eu não fizer os pagamentos da minha dívida, para proporcionar a nossa mãe a viagem que ela tanto deseja, seria um problema?

— Claro que não, minha irmã, mas por que a pergunta?

— Ingressando com o pedido de licença premium, em quanto tempo você terá resposta? — Clara me perguntou mais uma vez, ignorando o meu questionamento.

— Não sei, irmã, nunca ingressei com este pedido! Pode ser rápido, ou demorado, mas só saberemos amanhã!

— Então procure saber, pois eu proporcionarei esta viagem a vocês!

Eu perguntei como ela faria isso, e ela me respondeu que faria um empréstimo, cobrindo os gastos da viagem. Tentei convencê-la a não fazer isso, mas foi em vão.

No dia seguinte, telefonei para Michel em busca de esclarecimentos com relação ao período de licença premium e ele me informou que o período médio de análise do pedido era de cinco dias úteis, então perguntei se eu poderia solicitar essa licença. Ele me respondeu que, com relação aos meus colegas e a ele, não teria problemas. Realmente, tivera muita ajuda de meus colegas de trabalho no período da doença de minha mãe. Ingressei naquele mesmo dia com o pedido de licença premium e fiquei aguardando a resposta, depois passei a tarde na casa de meus pais. Clara chegou de noite.

— Irmão, já sabe quanto tempo vai levar para você ter a resposta do pedido de licença premium?

— Em cinco dias úteis terei a resposta. Irmã, você quer fazer isso, mesmo sabendo que vai prejudicar as suas finanças?!

— Joel, eu o aprecio muito, mas já te pedi para que não interferisse na minha vida! — Clara respondeu friamente.

Não comentei mais com ela sobre aquele assunto. A dieta de nossa mãe estava fazendo bem a ela, pois, além de emagrecer, não estava mais com problemas intestinais e até parecia estar mais forte. Com a ausência dos problemas, minha mãe acabou ficando mais animada, o que nos animou também.

Passados cinco dias do meu pedido de licença premium, eu recebi a resposta de que ela tinha sido concedida. No dia seguinte, acabou sendo oficializada através da publicação no Diário Oficial da Justiça.

Naquele final de semana, todos fomos jantar na casa de nossos pais, ou seja, eu, Clara, meu cunhado e os meus sobrinhos. Eu acabei gostando da dieta, pois estava um pouco acima do peso e, para acompanhar a nossa mãe, precisava me alimentar de sopa, o que me auxiliaria na perda de sobrepeso, mesmo que não fosse tão alarmante. Após o jantar, o esposo de Clara foi com os meus sobrinhos ficar com o nosso pai e nossa mãe.

— Irmã, já saiu no Diário Oficial da Justiça! A partir de segunda-feira já estarei de licença premium!

— Que bom, meu irmão! Providenciarei para que viajem ainda nesta semana!

— Mas já, irmã? Por que marcar a viagem tão rápido assim?

— Mas qual é o seu problema, Joel?

— Não precisa ser tão rápida a partida! Eu tenho três meses para fazermos a viagem, podemos ver isso com calma!

— Sei que você tem três meses de licença, mas será que a nossa mãe terá esse mesmo período de vida e com condições de aproveitar?

— A nossa mãe está muito bem, não teve mais aqueles problemas!

— Não teve mais problemas porque a dieta funcionou, mas não sabemos se a nossa mãe realmente está bem! — Clara retrucou.

— O médico mesmo disse que ela tem poucos meses de vida! — insisti.

— Então temos que ver com o Doutor se ela está apta a viajar!

Concordei e telefonei para o Dr. João, que ligou para o oncologista que estava de plantão no hospital e forneceu o endereço do seu consultório particular, pedindo para passarmos em seu consultório na segunda-feira da próxima semana.

Conforme o combinado, eu levei a minha mãe ao oncologista naquele dia e ele solicitou alguns exames. Por sorte, nenhum deles precisava de preparo especial, como jejum, por exemplo.

Dois dias após a minha mãe fazer os exames, levei os resultados ao Doutor. Depois da análise dos exames, o oncologista marcou uma nova consulta para o dia seguinte. Ele queria saber sobre a viagem. Não entendi muito bem o motivo de minha mãe escolher aqueles lugares, acredito que foi por influência religiosa, pois era católica praticante, mas confesso que não tenho certeza se escolheria visitar os lugares escolhidos por ela, até porque ela sabia que esta seria a sua última viagem ao exterior.

Eu avisei à minha irmã, no final daquele dia, que o oncologista liberara a nossa mãe para viajar, então ela disse que providenciaria a viagem o mais rápido possível. No dia seguinte, Clara esteve na casa de nossos pais, no final do dia, para entregar os *vouchers* da nossa viagem. Eu agradeci e comecei a verificar o clima do destino de nossa viagem.

* * *

Era outono, uma estação que já faz frio nos países e cidades que visitaríamos. Por isso eu marquei com os meus pais para fazermos compras de roupas para aquela estação, mais quentes. Como tínhamos tempo sobrando para fazermos as compras, preferi marcar para o dia seguinte.

Nós acabamos indo ao shopping center. Compramos muitas roupas baratas para a nossa viagem. Como a nossa cidade é tropical e a demanda de roupas mais quentes não é muito grande, a sua aquisição foi vantajosa, por causa do preço. No final do dia, Clara levou as crianças e o marido para jantarem conosco, assim todos nós comemos e ficamos muito felizes por estarmos juntos. Clara repetiu este ato durante os outros quatro dias que faltavam para a partida da viagem. No último dia, enquanto estávamos comendo, Clara virou-se para mim e perguntou:

— Irmão, você poderia fazer um favor para mim?

— Sim?

— Você pode comprar uma lembrança bem bonita para a minha casa?

— Desculpe, irmã, mas isso eu não posso fazer — sorri.

— Mas por que não? — Clara perguntou, confusa.

— Você disse que pediria um favor e, para mim, isso não é um favor, é um prazer! — mantive o meu sorriso, junto de Clara, que agradeceu pelo carinho.

Após o jantar, pela segunda vez depois do retorno de seus problemas intestinais, nossa mãe não assistiu à sua novela predileta, preferindo ir dormir, no dia seguinte teríamos que acardar bem cedo. Eu consegui gravar a novela favorita de nossa mãe naquele dia e Clara ficou de gravar o restante dos episódios. Nós fomos para o aeroporto assim que raiou o dia. Disse para os meus pais que ligaríamos para Clara assim que fizéssemos o *check in*, pois estavam aflitos querendo passar antes na casa de minha irmã para se despedirem. Para a nossa surpresa, assim que chegamos ao guichê do *check in*, avistamos Clara. Ela estava com uma mala grande e uma pequena para despachar.

— Clara, o que faz aqui?! — perguntei, surpreso.

— Você acha mesmo que eu seria irresponsável a ponto de te pedir pra comprar uma lembrança para a minha casa e não ir com vocês para te instruir na compra do presente? Irmão, eu te amo muito, mas você tem um péssimo gosto para presentes, por isso irei com vocês!

Apesar da felicidade de nossos pais pela presença de Clara na viagem, a nossa mãe não conseguiu deixar de demonstrar a sua preocupação.

— Mas, filha, como você vai fazer com relação ao seu trabalho?

— Fica tranquila, mamãe, eu consegui licença premium assim como o Joel! — Clara respondeu, sorrindo.

Nossa mãe ficou muito feliz. Antes de embarcarmos, os nossos pais foram ao banheiro. Clara foi com a nossa mãe, para ajudá-la, caso precisasse. Após eles chegarem, eu convidei Clara para tomar um café. Enquanto nos encaminhávamos para o local, eu disse para Clara:

— Irmã, sei que você não tem licença premium, pois este benefício é concedido apenas aos servidores públicos e eu sei que você não é! Então, me fala a verdade, como você conseguiu dinheiro e tempo para a viagem?

— Pela sua indagação, parece que você já sabe a resposta!

— Irmã, não encare isso como uma interferência na sua vida, mas você considerou o seu futuro e a da sua família com relação a isso? Você conversou com o seu marido e filhos antes de tomar essa atitude?

— Você pode ficar despreocupado, meu irmão, eu os avisei e eles me apoiaram. Esses momentos serão únicos para nós, não posso perdê-los!

Eu sorri e entendi a atitude de Clara, e assim tomamos o nosso café. Pela resposta da minha irmã, ficou explícito que ela pediu demissão do trabalho e conseguiu fazer com que os seus direitos fossem preservados, diante de um possível acordo, assim ela obteve dinheiro para nossa viagem. Apesar de não gostar da ideia, eu não sabia o sofrimento de Clara naquela época, mas deve ter sido muito grande, ponto de tomar aquela atitude para estar presente nos últimos momentos de vida da nossa mãe.

Capítulo 3
A primeira parte da última viagem de Isabel

Embarcamos no avião rumo a Lisboa. A viagem durou oito horas.

Nós não nos sentamos em lugares próximos, visto que o avião estava lotado. Eu e Clara ficamos na parte extrema esquerda do avião, enquanto nossos pais ficaram na parte extrema direita. Ficamos preocupados com eles, pois distantes não poderíamos ajudá-los se fosse necessário, não sabíamos como a nossa mãe passaria a viagem.

Eu e Clara revezávamos: eu assistia a um filme, ou buscava outro meio de entretenimento, enquanto Clara ficava observando nossos pais à distância, e quando meu entretenimento terminava, nós invertíamos.

Ficamos felizes por nossa mãe não ter passado mal durante todo o voo, deixando-nos também aliviados porque, no decorrer da viagem, precisaríamos fazer outros embarques, para Paris, Lourdes, Lisieux e Israel. Pelo itinerário que faríamos nessa viagem, ficaríamos três dias em Lisboa e iríamos para Fátima, onde passaríamos dois dias, depois retornaríamos para Lisboa, onde passaríamos uma noite e viajaríamos no dia seguinte para Paris. Lá ficaríamos três dias, depois seguiríamos para Lourdes, onde passaríamos dois dias e, logo após, iríamos para Lisieux, onde ficaríamos dois dias e retornaríamos para Paris por uma noite, depois iríamos para Israel, por sete dias, antes de retornarmos a Paris. Chegando lá, passaríamos o nosso último dia de viagem antes de regressarmos para o Brasil. Com relação à nossa chegada em Portugal, não tivemos problemas na alfândega, pois tínhamos dupla nacionalidade, a brasileira e a portuguesa.

Os nossos avós paternos eram portugueses de nascimento, com isso, o nosso pai, que nascera no Brasil, conseguiu também obter a nacionalidade portuguesa. A nossa mãe, por ser cônjuge de português, automaticamente adquirira a nacionalidade portuguesa. Quanto a mim e minha irmã, por sermos filhos de pais portugueses, também não tivemos dificuldades em conseguir a dupla nacionalidade.

Saindo do Aeroporto de Lisboa, revisamos o nosso planejamento da viagem. Tínhamos reservado o primeiro dia para descansarmos. Nós acreditávamos que os nossos pais estariam cansados da viagem, porém só o nosso pai estava. A vitalidade de nossa mãe era algo surpreendente, apesar de todo o sofrimento que estava passando. Embora nossos parentes tivessem moradia em Lisboa, decidimos não contactá-los, hospedando-nos em um hotel luxuoso escolhido por Clara.

Chegando no hotel, nossa previsão inicial era descansar naquele dia, porém a nossa mãe não queria repousar e decidiu dar uma volta pela capital portuguesa. O nosso pai queria acompanhá--la, mas não tinha condições físicas para tal, então preferiu ficar no hotel descansando, e eu o acompanhei, enquanto Clara ficou com a nossa mãe. A ideia de ir a Portugal, para visitar a Cidade de Fátima, fora bem interessante, pois já havia muito tempo que ela e nosso pai não visitavam o país, mesmo com parentes próximos no local. A nossa mãe tinha muitos conhecidos que moravam em Portugal, alguns daqueles que não haviam tido condições de comparecer à sua festa de aniversário. Eu nunca soube o real motivo de nossa mãe querer visitar Portugal, pois ela já conhecia todo o país. Ela visitava aquele país desde quando começou a namorar o nosso pai, mas do jeito que era uma pessoa engenhosa, acredito que tenha incluído o país no roteiro de nossa viagem para ter condições de se despedir de algumas pessoas.

Foi marcado um jantar no dia seguinte, na casa de alguns conhecidos. Naquela noite, saímos e fomos jantar em um luxuoso restaurante que ficava no bairro de Belém. A nossa mãe queria sair da dieta, mas eu e Clara a impedimos. Mesmo assim ela acabou comendo um prato líquido, porém gorduroso, e nós começamos a torcer para que ela não passasse mal no dia seguinte. Era quase impossível impedi-la de fazer as próprias vontades, ela sempre conseguia arrumar um jeito de fazê-las.

Retornamos ao hotel para descansarmos e, naquele momento, comecei a sentir o impacto do fuso horário, mas sabia que logo me adaptaria. Na manhã seguinte acordamos cedo e tomamos o café da manhã no hotel. As refeições acompanhavam o luxo do lugar, além de serem muito saborosas. Após a refeição, nosso pai sentiu-se mais disposto, assim como a nossa mãe, que mantinha a energia para continuar saindo. Nós visitamos o Zoológico da cidade, assim como o Jardim Botânico. Depois de almoçarmos, fomos ao hotel descansar, afinal à noite teríamos um grande jantar para ir.

Chegando à casa dos conhecidos para o jantar patrocinado por nossos parentes, constatamos a presença de muitas pessoas especiais na vida de nossos pais, como parentes e amigos de parentes que residiam em outros países da Europa, por exemplo. Foi uma agradável surpresa. Assim, o que seria um evento simples, com poucas pessoas, tornou-se um evento maravilhoso, com um número significativo de pessoas, o suficiente para ocuparem duas mesas.

Eu e Clara nos sentimos muito gratificados ao conferir a alegria de nossos pais naquele evento. Como não poderia ser diferente, o jantar foi um delicioso bacalhau. A parte portuguesa da família adorava preparar este prato e o fazia com tamanha excelência, que era impressionante! O jantar começou por volta das oito horas da noite e não tinha previsão de término.

— É, minha irmã, a ideia da viagem foi muito boa mesmo, olha como ela está feliz!

— É verdade, irmão! A nossa mãe é muito forte!

— É sim! Essa viagem deve estar sendo revigorante para ela. Obrigado por proporcionar isso!

— É o mínimo que poderia fazer, depois de tudo que ela fez por nós!

Eu sorri, concordando.

A nossa mãe ficou no jantar até altas horas, pois queria aproveitar o máximo daquele momento, assim como todos os presentes. Alguns sabiam que seria uma das últimas oportunidades que teriam para vê-la.

Por volta de uma hora da manhã, nossos pais queriam continuar na casa dos conhecidos que estavam nos recepcionando, porém o cansaço físico não lhes permitia e, por esse motivo, os levamos para o hotel.

No dia seguinte, cancelamos todos os compromissos que tínhamos marcado, pois os meus pais fizeram questão de almoçar com outros parentes que foram vê-los, então decidimos almoçar num restaurante próximo ao aeroporto, pois alguns retornariam ao seu país naquele final de tarde. Após a refeição, voltamos ao hotel, pois os nossos pais ainda estavam cansados da noite anterior. Depois de repousarem durante o resto da tarde, fomos jantar no restaurante do hotel.

No dia seguinte fomos para Fátima de carro. O percurso da viagem era muito bonito. A viagem durou, aproximadamente, duas horas. Acordamos cedo e fomos tomar o café da manhã, depois pegamos o carro na locadora e começamos a viagem.

Nós não sabíamos como a nossa mãe se comportaria durante a viagem de carro, mesmo aparentando estar melhor do que na época em que descobriu que estava doente. Pouco tempo depois a nossa mãe começou a se sentir mal e quis parar. Como era eu quem estava dirigindo, parei no encostamento, para ela sair do carro. Infelizmente a nossa mãe não aguentou, então vomitou e fez as suas necessidades no carro e fora dele também. Ela se sentiu bastante envergonhada, como sempre se sentia quando isso acontecia. Nós a acalmamos alguns metros à frente, pois ela estava chorando muito.

— Mãezinha, não fique assim! Pararemos num hotel na próxima cidade, assim a senhora poderá se limpar e tomar um banho!

— Mas, filho, isso não estava previsto no nosso roteiro de viagem!

Olhando para a nossa mãe, mesmo me sentindo muito mal e destruído por dentro, eu sorri e disse:

— Por isso que esta viagem está sendo a melhor que eu fiz. A imprevisibilidade dela é a melhor coisa, pois nunca saberemos o que virá pela frente. Nós esperávamos um jantar simples com os parentes, para poucas pessoas nativas de Portugal, entretanto vieram algumas pessoas de países próximos. O jantar que seria simples acabou se tornando grandioso. Agora, nós não estávamos programados para parar na próxima cidade e mesmo assim o faremos! Quem sabe o que nos espera por lá? Esta felicidade de estarmos todos aqui é a senhora que nos está proporcionando, mãe!

A nossa mãe sorriu e respondeu:

— Acho que fiquei assim porque fugi da dieta. Tenho que voltar a fazê-la. O que você acha, meu filho?

— A senhora está maluca, mãe? Está em Portugal e depois na França e em Israel! Com a dieta, perderá a degustação maravilhosa. Deve manter a dieta quando estivermos sozinhos, mas não durante toda a viagem, entendeu, mãezinha? As maravilhas gastronômicas a senhora não poderá comer no nosso país, mas poderá comer de forma moderada aqui e nos demais países que iremos visitar. Se os problemas são os seus enjoos e a sua digestão, colocamos uma fralda na senhora, mas não deve se privar de comer moderadamente as maravilhas que esta viagem te proporcionará!

Eu sei que foi totalmente irresponsável aquilo que disse para a nossa mãe, mas sabia que ela estava morrendo e ninguém poderia reverter isso. Seria melhor ela aproveitar ao máximo todos os momentos, afinal fora por isso que ela optara por não fazer o tratamento.

— Mas você trocará as minhas fraldas, isso não será problema para você?

— Está de brincadeira, mãe? Quantas fraldas minhas a senhora trocou na sua vida? Não será nenhum incômodo para mim, será um dos maiores prazeres da minha vida!

Demoramos pouco mais de vinte minutos para chegarmos à cidade mais próxima. Chegando lá, entramos em um hotel simples, pois não iríamos pernoitar naquele local, servindo apenas para a nossa mãe se limpar. Após a nossa mãe se recuperar, pagamos o hotel localizado naquela cidade, que fica no caminho de Fátima, e nos preparamos para seguir viagem. Verificamos o horário e percebemos que demoraríamos cerca de uma hora e trinta minutos para chegarmos, então decidimos almoçar na cidade onde estávamos, pois sabíamos que em Fátima havia um horário em que todos os restaurantes ficavam fechados e que possivelmente coincidiria com a nossa chegada à cidade. O restaurante tinha na parede um letreiro com projeto diferente. Os donos do restaurante convidavam os clientes do local a pagar um prato de comida para os moradores pobres da cidade e o restaurante, outro prato para o cidadão carente. Nós ficamos surpreendidos com aquela atitude. Deixamos pago o preço de quatro pratos para os moradores pobres daquela cidade, assim soubemos que oito moradores de rua teriam pelo menos uma refeição naquele dia.

Durante a nossa refeição, percebi que a nossa mãe estava comendo pouco. Ela acreditava que daquela forma poderia controlar o seu mal-estar. Após o almoço, seguimos viagem rumo à cidade de Fátima.

— Está vendo, mãezinha? Se não tivéssemos parado naquela cidade, não teríamos a oportunidade de vivenciar algo tão bom! Os percalços que temos, e teremos, servirão para nos mostrar algo de bom!

A nossa mãe esboçou um sorriso, concordando comigo.

Continuando a viagem, conforme a minha previsão durante a paralisação na outra cidade, chegamos a Fátima no horário da *"siesta"*, o que justificava o fechamento dos restaurantes.

Entramos no hotel e, posteriormente, entregamos o saco com a roupa suja de nossa mãe para que os funcionários providenciassem a lavagem. Chegando no quarto, os nossos pais aproveitaram para descansar, assim como eu, pois estava cansado da viagem, já que dirigira sozinho. A minha irmã preferiu sair para rezar. Eu sabia que aquela cidade tinha o seu contexto totalmente religioso, mas tinha esquecido que a minha irmã era muito religiosa. Aparentemente ela se apegara muito mais à fé depois da descoberta da doença de nossa mãe.

Eu descansei um pouco e, quando acordei, não vi a minha irmã no quarto, então decidi procurá-la pela cidade. Como a localidade era muito pequena, imaginei que seria fácil.

Com o meu esquecimento quanto à religiosidade de Clara, procurei-a nas lojas. Fui em quase todas, mas não a encontrei. Cheguei a pensar que não a encontraria, ou que ela tivesse retornado ao hotel sem que eu percebesse.

Devido ao fato de já me encontrar nas ruas de Fátima, decidi aproveitar a minha estadia para aumentar a minha fé, então fui até a Catedral rezar. Chegando lá, avistei a minha irmã e fiquei feliz por finalmente encontrá-la. Sentei-me nos fundos da igreja e rezei, enquanto Clara estava nos primeiros bancos fazendo o mesmo. Quando Clara terminou, eu me dirigi até onde ela estava.

— Irmã, não sabia que você era tão religiosa!

— Eu também não sabia que você era religioso, Joel! Esta viagem está sendo muito útil, pois, além de podermos ficar mais tempo com a nossa mãe, está servindo para aumentar a nossa fé!

— Será que ela sabia de tudo?

— Eu não sei, do jeito que a nossa mãe é engenhosa, é bem possível que sim, que tenha arquitetado tudo. Mas, me diz uma coisa, irmão... o que você estava pedindo ao rezar?

— Eu pedi que a nossa mãe ficasse o máximo de tempo conosco. E você, o que pediu?

— Eu pedi que Deus tirasse o sofrimento de nossa mãe, mesmo que se fosse necessário levá-la ao encontro D'Ele!

— Mas se Deus te atender, nós ficaremos sem a nossa mãe! Você quer isso?!

— Eu quero que ela pare de sofrer! Você está vendo que, mesmo não reclamando, estamos sentindo a dor dela?! A nossa mãe está sofrendo muito por dentro, mas não externa o sofrimento. Nós mesmos já presenciamos vários casos de mal-estar dela. Imagina internamente como a nossa mãe deve estar sofrendo! Eu sei que esta será a nossa última viagem e a oportunidade final para ficarmos juntos dela ainda razoavelmente bem fisicamente, por isso fiz todo o sacrifício de proporcionar esta viagem, irmão. Está na hora de nós a deixarmos ir. É egoísmo nosso querer que a nossa mãe fique aqui, fisicamente, sofrendo!

Eu entendi a minha irmã. Parecia que todos já haviam aceitado a morte iminente da nossa mãe, menos eu. Logo após a conversa, nossos pais nos encontraram, e, quando a nossa mãe nos viu na igreja, abriu um grande sorriso. Perguntei como eles imaginaram que nos encontrariam e o meu pai disse que eles não sabiam, e que foram à Catedral, na verdade, para rezar o terço, afinal já eram quase dezoito horas, o horário tradicional de se rezar o terço naquela localidade. Eu e Clara aproveitamos e ficamos para fazer o mesmo.

Após o terço, fomos a um restaurante. Fazia muito frio e, após o jantar, voltamos para o hotel, onde pegamos mais roupas para enfrentar o frio que estava fazendo e depois fomos à praça que cercava a Catedral, onde ocorreram as aparições de Nossa Senhora aos pastorinhos. Naquela noite haveria a procissão das velas, um evento tradicional e religioso do local. Sob a luz do luar, velas eram acesas e rezava-se um rosário. Confesso que tive receio quanto aos nossos pais por causa do frio que fazia naquele local, mas eles suportaram bem.

Apesar de, na época, eu não ser uma pessoa tão religiosa, aquela viagem fez com que os nossos pais e a minha irmã aumentassem a sua fé, o que foi muito bom para todos. Depois da procissão, fomos à Capela, onde estava acontecendo uma adoração ao Santíssimo Sacramento. Eu os acompanhei e nós ficamos lá por volta de trinta minutos.

Ao retornarmos, Clara se despediu de nossa mãe e foi para o nosso quarto, e logo cheguei ao quarto deles.

— Mãezinha, vamos trocar a fralda que a senhora está usando?

— Meu filho, não é necessário, eu não fiz sujeira!

— Então no banheiro nós veremos se será necessário trocar a fralda ou não!

Chegando ao banheiro, tirei a roupa dela e, ao retirar a sua fralda, percebi que estava suja. Minha mãe fizera as suas necessidades e nem percebera. Aquela situação era sinal de que ela, além de perder o controle de fazer as suas necessidades, estava perdendo a sensibilidade naquela região. Ao perceber que se sujara, ficou envergonhada, como sempre. Eu disse que daria banho, mas ela rejeitou dizendo que poderia se banhar sozinha.

No dia seguinte acordamos cedo, tomamos o café da manhã no hotel e fomos fazer uma caminhada pelo caminho dos pastorinhos. Era onde os peregrinos conheciam onde os pastorinhos foram presos por perturbar a ordem, quando informavam a sociedade sobre as visões e aparições de Nossa Senhora de Fátima, bem como onde encontraram o anjo que premeditou as aparições. Era um caminho relativamente longo, que continha imagens da Via Sacra e que percorremos sem reclamações, tanto que nem precisamos parar para descansar. Apenas paramos quando atingimos a imagem da crucificação, que foi colocada no final daquele caminho.

Durante a nossa caminhada, rezamos o terço; a vontade de nossa mãe em percorrer o caminho era algo que fazia bem para nós. Apesar de a doença já afetar bastante a nossa mãe, ela mantinha a vontade de viver.

Após retornarmos do caminho, fomos para o hotel descansar antes de almoçarmos. Depois de um determinado tempo, recebi no meu quarto uma ligação telefônica vinda do quarto dos nossos pais, dizendo que eu tinha de correr para lá. Preocupado que fosse algo com a nossa mãe, que ela pudesse estar passando mal ou algo do gênero, apressei-me, junto com a Clara, e fomos ao quarto dos nossos pais o quanto antes. Ao chegarmos, perguntei ao nosso pai onde se encontrava ela, tendo ele me respondido que ela estava no banheiro. Eu pensei que a nossa mãe estivesse no banho, mas não ouvi o barulho do chuveiro.

— Mãezinha, está tudo bem aí? — perguntei, encostado na porta fechada do banheiro.

— Está tudo ótimo, meu filho, estou na privada!

A voz de nossa mãe demonstrava uma alegria contida e, ao acabar o que estava fazendo, entrou no banho, do qual saiu vestindo um roupão, demonstrando alegria.

— Vocês estão sentindo este cheiro, meus filhos?

Eu e Clara respondemos que sim.

— Desta vez, fiz as minhas necessidades por conta própria!

— Eu acho que dá até para perceber! — brinquei, tampando o nariz.

A nossa mãe foi se arrumar, toda feliz, enquanto eu puxei a descarga. Na hora eu não entendi o motivo de ela ter ficado tão feliz por ter feito algo tão simples, mas em seguida percebi que aquela tinha sido a primeira vez que a nossa mãe fizera as suas necessidades por conta própria, depois de alguns dias. Ela também conseguira se segurar para não fazer as necessidades no meio do caminho. Parece até uma atitude infantil, mas a alegria dela só demonstrou que realmente só valorizamos algo quando perdemos, mesmo que seja algo tão simples.

Saímos para almoçar e depois, durante o período da *"siesta"*, os nossos pais foram descansar, enquanto eu e Clara fomos rezar na Catedral. Minha fé estava aumentando. Ainda bem que, durante a nossa viagem, frequentaríamos outros lugares também tão ou mais mágicos do que aquele.

Quando chegou o horário das dezoito horas, eu e Clara estávamos na Catedral, quando os nossos pais se aproximaram dizendo que nós éramos irresponsáveis. Sem entender nada, perguntamos o motivo de tal afirmação, e eles nos responderam que tínhamos esquecidos os nossos terços, por isso os tinham trazido. Nós sorrimos, pegamos os terços e começamos a rezar.

Logo depois, fomos ao restaurante jantar; tínhamos que comer muito rápido, pois naquela noite haveria uma missa a céu aberto, de que a nossa mãe queria muito participar. Chegando a hora, nós fomos à missa e, mais uma vez, estávamos bem protegidos com as nossas roupas de frio. Após a missa, fomos para o hotel descansar, pois inicialmente a nossa saída estava marcada para a parte da manhã.

No dia seguinte, acordamos cedo e tomamos o café da manhã no hotel. A nossa mãe pediu para ficarmos na cidade de Fátima até o horário do almoço, para que, mais uma vez, rezássemos o terço. Nós atendemos a solicitação de nossa mãe, afinal, sabíamos que seria a última vez que ela estaria naquela cidade.

Saímos do hotel no horário limite e fomos almoçar. Logo após, pegamos a estrada para Lisboa, onde passaríamos aquele dia e seguiríamos viagem no dia posterior para a capital da França.

Os nossos pais estavam menos cansados quando chegamos em Lisboa do que no dia em que chegamos a Fátima. Eu fui com os meus pais até o quarto deles para verificar se a nossa mãe sujara a roupa e constatei que, infelizmente, sim, então tirei a sua roupa. Ela entrou no banho e solicitou a minha ajuda. Com a maior paciência ajudei a nossa mãe a se banhar e se vestir. Apesar de tudo, não demonstrou insatisfação ou constrangimento, parecia estar aceitando aquela situação. Enquanto nossa mãe não ficava pronta, nosso pai a aguardava para saírem. Eu não os acompanhei nesta saída, pois estava cansado da viagem, então Clara foi com eles. Combinamos de nos encontrar para o jantar num famoso restaurante do local.

Deitei e descansei, tendo pedido ao recepcionista para ser despertado próximo ao horário combinado.

Naquela tarde, eu tive um sonho diferente, parecia estar conversando com Deus. Eu estava num lindo campo de flores silvestres e percebi a Sua presença, apesar de não vê-Lo em uma forma específica.

— Por quê?

— Qual é o motivo do questionamento? — uma voz me questionou.

— O Senhor é Deus, é onisciente, e sabe o motivo desta pergunta, então por que não me responde?

— Sim, sei o motivo desta pergunta, mas gosto de escutar a voz dos meus filhos. O seu próprio pai biológico, João, te conhece e, por ser o seu pai, sabe quando está precisando de algo ou não, muitas vezes sabe o que você está precisando, mas, mesmo assim, te dá escolhas de procurá-lo e conversar com ele. Se assim preferir, se o seu pai biológico costuma ter esta atitude e tem o direito de fazê-lo, então por que você quer impedir a minha atitude? Me diga, qual o motivo desta sua pergunta?

— Por que a minha mãe está morrendo?

— Porque a hora dela está chegando!

— Mas por que está chegando a hora dela?

— Porque todos que estão nesta vida têm o momento certo de voltar até Mim. Às vezes este momento é encurtado, por parte deles próprios, mas geralmente está tudo predeterminado, principalmente a duração da vida de todos os humanos!

— Por que tem que ser desta forma, com esta doença, e por que a minha mãe tem que sofrer tanto?

— Para prepará-los! Se ela estivesse bem, repleta de saúde e morresse da noite para o dia, vocês não entenderiam e provavelmente não gostariam. Vocês remoeriam a sua morte por muito tempo e sofreriam pelo mesmo período. A descoberta da doença de sua mãe, bem como o sofrimento que ela está tendo, serve principalmente para que vocês aceitem a sua partida!

— Então está próximo mesmo... não poderemos ficar mais tempo com ela?

— Infelizmente não, meu filho, mas quando chegar a hora de vocês virem ao meu encontro, será possível reencontrá-la!

Naquele momento, entendi o motivo de estar presenciando aquilo. Eu precisava deixar a minha mãe ir ao encontro de Deus e, no meu íntimo, procurava impedi-la.

— Pode pelo menos me fazer um favor, Deus?

— O que desejas que eu faça, meu filho?

— Pode me ajudar, bem como a todos que sentirem a falta da minha mãe, a superar a dor da saudade dela no dia que ela for ao Seu encontro?

— A dor da saudade faz parte do próprio ser humano. Muitas vezes ela pode servir para o próprio crescimento como pessoa, mas nunca os deixarei desamparados, meu filho!

Após aquela conversa, o telefone do quarto tocou: era o funcionário da recepção ligando no horário combinado para me despertar. Acordei entendendo o que Deus queria dizer para mim naquele sonho. Apesar de Clara inúmeras vezes tentar me convencer de que a nossa mãe morreria, e que eu deveria aceitar isto, precisei ser convencido por Deus a aceitar aquela situação. Eu não sei explicar bem, mas passei a ficar mais tranquilo para o que viria a acontecer futuramente.

Tomei um banho, arrumei-me e fui para a recepção, pois restavam quarenta minutos para o horário combinado com os meus pais e minha irmã. O período que demoraria na caminhada, entre o hotel e o restaurante combinado, seria de aproximadamente dez minutos, por isso preferi tomar um café e ler um jornal local. Quando faltavam vinte minutos para o horário, fui ao encontro de Clara e os nossos pais no restaurante combinado. Fizemos uma deliciosa refeição no restaurante, embora nossa mãe não tivesse comido muito, provavelmente por conta dos problemas digestivos que voltaram a acontecer.

Acabamos o jantar e voltamos ao hotel, onde eu fui para o quarto dos nossos pais, enquanto Clara foi direto para o nosso quarto, pois estava bem cansada dos passeios que fizéramos no decorrer do dia. Eu verifiquei se a minha mãe tinha sujado a fralda, mas não sujara, e me senti feliz por isso. Perguntei se ela queria que eu a ajudasse a tomar banho, mas disse que não precisava. Fiquei feliz com a resposta e a aguardei fora do banheiro, mas dentro do quarto.

Estava vendo televisão com o meu pai, quando ouvi a minha mãe me chamando no banheiro de forma efusiva. Corri imaginando que ela tivesse caído na banheira, ou algo do gênero, mas, felizmente, por um lado, imaginei errado, pois ela acabara fazendo as suas necessidades dentro da banheira. Eu limpei a banheira e depois a limpei, tirando-a de lá. Ela estava envergonhada, mas eu não podia fazer nada a respeito disso.

Após o banho, arrumei a minha mãe e depois saímos do banheiro. Ela estava um pouco triste com o ocorrido e eu a tentei animar, lembrando que no dia seguinte iríamos para Paris, a cidade que a minha mãe tanto amava. Eu estava descansado, queria conversar com alguém sobre o ocorrido, porém Clara estava dormindo num sono tão profundo que decidi não a acordar, então eu resolvi sair, refletir sobre tudo aquilo, pois a angústia que sentia necessitava ser externada.

Andando pela rua, passei em frente a uma igreja católica, onde havia um padre rezando. Eu precisava conversar com alguém, então fiquei no fundo daquela igreja. Após a prece, fui perguntar se ele estava ocupado. O padre me olhou, talvez percebendo a minha aflição, e me respondeu que não. Ele perguntou se eu queria confessar, e eu respondi que queria apenas conversar com alguém, então ele sorriu e disse que eu podia falar, que ele me escutaria.

— Então, filho, me conte o que te aflige.

— Padre, a minha mãe foi diagnosticada com câncer e, embora eu saiba que é egoísmo de minha parte, queria que ela ficasse mais tempo conosco, porém ela está sofrendo muito. Ela preferiu não fazer os tratamentos, que poderiam prolongar um pouco mais a sua vida.

— O sofrimento dela deve estar te machucando muito, não?

Eu abaixei a cabeça.

— Sim, padre, está me machucando muito!
— Então, por que você queria que ela vivesse mais, se a vida que ela tem hoje te faz sofrer?
— Porque sei que a ausência dela vai me fazer sofrer mais ainda!
— Você segue os ensinamentos de Deus? É um cristão praticante?
— Na verdade eu não sou praticante padre, mas tenho buscado aumentar a minha fé nesta viagem que estamos fazendo!
— A sua mãe é uma cristã praticante?
— Sim, ela sempre foi uma cristã praticante, padre!
— Então ela está salva e irá ao encontro de Deus quando for o momento certo!
— E quanto a mim, padre, como ficarei?
— Se você é mesmo cristão, confie no Senhor, pois Ele sabe de tudo e saberá da sua dor e a amenizará!

Após agradecer ao padre a sua paciência e orientação, saí daquela igreja e retornei ao hotel, tomei banho e fui dormir.

Acordamos cedo no dia seguinte, fomos tomar o café da manhã no restaurante do hotel e logo depois partimos. Nós pegamos as nossas malas e fomos ao aeroporto. Chegando lá, deparamo-nos com uma bela surpresa: alguns dos nossos parentes, que moravam em Portugal, estavam presentes. Eles tinham ido ao aeroporto para se despedirem de nós. Os nossos pais acabaram ficando muito felizes e surpresos, bem como eu, porém Clara não ficou surpresa, o que me fez desconfiar que ela tivesse armado tudo aquilo.

Após ingressarmos no saguão de embarque internacional do aeroporto, fui tomar o tradicional café com a minha irmã, para conversar com ela.

— Foi você quem armou tudo, não foi, irmã?
— Como eu armaria tudo isso, meu irmão? — Clara perguntou, parecendo surpresa.
— Como os nossos parentes descobririam o horário do nosso embarque?

— Não sei, mas talvez eles descobrissem através da companhia aérea, sei lá... mas por que você está supondo qualquer coisa diferente, Joel?

— Você nunca soube mentir para mim, nem para os nossos pais. Todos ficaram surpresos, menos você, e isso entregou tudo!

— Realmente, eu não sei mentir muito bem... — Clara sorriu.

— Foi uma bela surpresa, os nossos pais ficaram muito felizes. Parabéns!

Clara ficou feliz pelo meu reconhecimento. Depois de tomarmos o café, fomos ao encontro dos nossos pais e ficamos esperando o horário de embarque no avião. Ficamos nas poltronas da parte de trás, onde os nossos pais estavam, mas não tivemos necessidade de nenhuma intervenção, pois a nossa mãe não demonstrou desconforto.

Ao chegarmos a Paris, fomos ao hotel e entramos nos quartos para guardarmos os nossos pertences. Eu e Clara fomos ao quarto de nossos pais, assim que chegamos, para verificar se nossa mãe estava limpa, mas, infelizmente, ela estava suja. Porém, diferentemente da última vez, parecia estar feliz. Eu a questionei sobre o motivo e ela respondeu:

— Meu filho, eu estou feliz por saber que agora vai demorar até fazer novamente as minhas necessidades, assim poderemos ir ao museu sem nos preocupar!

A definição do roteiro dos passeios em Paris ficou desta forma:

– No primeiro dia, iríamos ao Louvre, pois o nosso pai era apaixonado por aquele museu.

– No segundo dia, iríamos para o Palácio de Versailles, pois a nossa mãe também era apaixonada pelo palácio, e no final daquele dia faríamos o último passeio no Bateau Mouche, pelo Rio Sena.

– No terceiro dia faríamos compras na Avenida Champs-Élysées.

– No quarto dia iríamos à cidade de Lourdes.

Nossa mãe tomou o seu banho sem que nenhum de nós a ajudasse e se arrumou, também sozinha, para sair. Começamos o nosso passeio pelo Museu do Louvre. Foi o dia em que o nosso pai mais gostou da nossa viagem. Ele era professor de história antes de se aposentar, e estar num museu para ele era como se estivesse num parque de diversões. O dia foi se estendendo dentro do museu e o nosso pai parava diante de cada exposição, para apreciá-la ao máximo. Ele estava definitivamente muito feliz.

Após ficarmos o dia inteiro no Museu do Louvre, fomos comer algo, já estávamos muito tempo sem nos alimentarmos. Jantamos em um restaurante em frente ao Rio Sena e aproveitamos para comprar os ingressos do Bateau Mouche para o dia seguinte. Saindo do restaurante, percebemos que estávamos no dia de domingo e que tínhamos faltado à missa. Religiosa como nossa mãe era, resolveu ir à Igreja de Notre Dame, para pelo menos rezar naquele dia, além de a igreja ficar próxima ao restaurante onde jantamos. Ao entrarmos, deparamo-nos com uma surpresa: estava sendo celebrada uma missa, que acabamos pegando pela metade, então decidimos ficar e participar do restante dela.

Após a missa, retornamos ao hotel, onde eu fui para o quarto dos nossos pais, enquanto Clara foi descansar. A nossa mãe se encontrava no banheiro, sentada no vaso sanitário. A sua fralda não estava suja, conseguindo mais uma vez fazer as suas necessidades por conta própria, deixando todos nós, incluindo ela mesma, felizes. Depois de fazer as suas necessidades, a nossa mãe tomou banho sozinha, arrumou-se e foi se deitar.

O semblante do nosso pai estava transmitindo muita felicidade. Ele acabara de visitar o seu museu favorito e ainda percebeu que a sua esposa estava feliz por ter conseguido fazer as próprias necessidades em local próprio.

Ao retornar ao meu quarto, percebi que Clara estava acordada.

— Irmã, por que você não foi comigo para o quarto dos nossos pais?

— Irmão, você me desculpa, sei que estou sendo egoísta, mas eu não quero ter a imagem de nossa mãe frágil com essa doença que a está destruindo. Você me desculpa, irmão, pela minha fraqueza!

Eu pensei nas palavras dela, olhei profundamente nos olhos, coloquei a minha mão em seu ombro e falei:

— Irmã, você não está sendo fraca, de jeito nenhum, é uma opção sua, não posso julgá-la! Você está fazendo o seu máximo, buscando estar presente na vida de nossos pais, e confesso que para mim também está sendo difícil ver a nossa mãe nesse estado. Não a culpo por não querer vê-la na hora de sua higiene. O que me deixa muito feliz é ver tudo que você está fazendo, sacrificando o seu emprego, deixando a sua família de lado, para ficar com os nossos pais nesse momento em que eles precisam mais da sua presença. Você pode ter muitos defeitos, irmã, mas fraca você não é, pois, se fosse, não faria metade das coisas que fez e está fazendo!

Clara sorriu, me abraçou e agradeceu pelas palavras ditas por mim.

No dia seguinte, acordamos cedo e fomos tomar o café da manhã no restaurante do hotel. Após a refeição, nossa condução para o Palácio de Versailles estava nos aguardando.

Chegando lá, Clara foi com a nossa mãe ao banheiro, pois tínhamos levado uma bolsa com algumas fraldas extras e uma muda de roupa. Nós sabíamos que ficaríamos fora do hotel o dia todo. Clara limpou a nossa mãe e posteriormente trocou as roupas dela, colocando as sujas num saco.

Continuamos com a nossa visita ao Palácio de Versailles, a qual foi maravilhosa. Eu estava preocupado com a nossa mãe, pois ela insistira em andar pela imenso jardim que existe no local, mas, apesar da minha preocupação, ela não se cansou. Nós almoçamos no próprio palácio, onde havia um restaurante. A nossa mãe, como nas últimas vezes, comeu pouco.

Retornamos do Palácio de Versailles por volta das quinze horas e fomos direto para o hotel. De lá, seguimos para o quarto dos nossos pais, onde eu limpei a nossa mãe e, posteriormente, Clara a vestiu. Estávamos apressados, pois teríamos de chegar no Rio Sena em menos de uma hora. Apesar da nossa pressa, o trânsito nos atrapalhou, e conseguimos chegar no horário. Ingressamos no

Bateau Mouche, pelo qual passeamos no Rio Sena seu último passeio daquele dia. A nossa mãe estava maravilhada, pois, apesar de ela conhecer todos os lugares onde passamos, parecia que andava por ali pela primeira vez.

Novamente jantamos na beira do Rio Sena, cujo local parece mágico, principalmente ao escurecer, porém, ao contrário da última vez, apesar de a paisagem estar esplêndida, naquela noite parecia que a comida não estava muito gostosa e que o cozinheiro tinha excedido no sal. Todos nós reparamos isso, mas a nossa mãe estava comendo como se a refeição estivesse deliciosa, e isso chamou muito a minha atenção.

Eu solicitei ao garçom que refizessem o prato com menos sal e a nossa mãe me recriminou, dizendo que o prato estava no ponto certo. Ainda curioso com a sua afirmação, experimentei o prato de comida dela e constatei que também estava muito salgado. Mais uma vez eu solicitei ao garçom que refizesse os pratos, inclusive o de nossa mãe, e assim ele o fez. Quando o garçom voltou com os pratos refeitos, o sal e a comida estavam sob um ponto de equilíbrio perfeito. Eu não sabia se o gosto de nossa mãe mudara ou se ela me recriminara por educação.

Depois do jantar, nós voltamos para o hotel. Aproveitei e fui estudar na internet sobre possíveis perdas de paladar nos pacientes que sofriam da doença de nossa mãe, então descobri que existiam casos que se enquadravam com a perda de apetite e outros com a perda de paladar. Eu precisava ter certeza de que ela estava perdendo a sensibilidade no paladar, mas só descobriria no dia seguinte.

Antes de irmos para o quarto de nossos pais pela manhã, fui conversar com Clara sobre o que descobrira.

— Irmã, pelo que analisei na internet, alguns pacientes com a patologia de nossa mãe sofrem alguns problemas de perda do paladar. Desconfio que isso esteja acontecendo com ela!

— Por que você está suspeitando disso?

— Você se lembra ontem, quando eu pedi para provar a comida de nossa mãe, pois a dela estava tão salgada quanto a nossa?

— Sim, mas isso pode ser devido à educação dela!

— Eu também imagino isso, mas quero ter certeza!

— Como você vai ter certeza disso, irmão?

— Hoje, quando descermos para tomar café da manhã, prepararei o café de nossa mãe. Colocarei sal ao invés de açúcar na xícara dela. Se ela perceber, é porque não perdeu a sensibilidade do paladar!

— Isso é cruel demais para se fazer, meu irmão!

— Sei bem disso, irmã, mas é o único jeito de descobrirmos!

Clara acabou concordando comigo e então fomos ao quarto de nossos pais, que já estavam prontos para tomar o café da manhã.

Ao chegarmos à mesa, informei a eles que prepararia o café da manhã para a nossa mãe, enquanto Clara fazia a mesma coisa para o nosso pai. Eles gostaram da ideia. Na hora, decidi fazer diferente, pois estava preocupado com a quantidade de sódio que a nossa mãe ingerira na refeição anterior, então optei por levar o seu café sem açúcar. Esperei Clara num ponto onde estavam expostos os pratos e a informei sobre a mudança de planos. Ela aprovou a mudança. Então fomos até a mesa para entregar os pratos aos nossos pais. Logo após, fomos preparar os nossos e retornamos, para assim começarmos a comer juntos.

Durante a refeição, percebi que a nossa mãe estava tomando aquele café como se tivesse açúcar, pois ela não gostava de café com adoçante e detestava café puro, então eu e Clara percebemos que as minhas suspeitas estavam certas.

Depois do café da manhã, subimos para o quarto de nossos pais, tendo eu trocado a fralda de nossa mãe. Depois Clara foi para o nosso quarto, após arrumar a nossa mãe, e combinamos que todos se encontrariam no saguão do hotel. No quarto, percebi que Clara estava chorando.

— O que aconteceu, Clara? — perguntei, preocupado.

— A nossa mãe não precisava estar passando por isso, é desumano demais!

— Sei bem como você se sente, minha irmã, sinto a mesma coisa, mas não devemos deixar isso interferir na nossa viagem. Nós não podemos ser fracos na presença de nossa mãe, então enxugue as lágrimas e vamos descer!

Clara concordou comigo e foi lavar o rosto. Chegando ao saguão do hotel, ela e nossa mãe combinaram de fazer compras e passaram a ficar eufóricas. Eu nunca entendi, e também acredito que nunca entenderei, por que fazer compras traz tanta felicidade para algumas mulheres. Normalmente, o nosso pai detestava acompanhar a nossa mãe nessas compras, mas dessa vez ele acompanhou sem reclamar.

Almoçamos na Avenida Champs-Élysées e no final do dia retornamos ao hotel. No dia seguinte iríamos para Lourdes. Eu me encaminhei para o quarto de nossa mãe para limpá-la, mas antes fui ao meu quarto, onde estava arrumando a minha mala. Posteriormente, fui ao quarto dos nossos pais, mas Clara já limpara a nossa mãe. Com isso, eu auxiliei os nossos pais a arrumar as malas deles e, posteriormente, fui para o meu quarto dormir.

Acordamos cedo e fomos tomar o café da manhã no restaurante do hotel e, após a refeição, assinamos a nossa saída e fomos em direção ao aeroporto, pois viajaríamos para a região sul da França naquele mesmo dia. Ao chegarmos à área de embarque do aeroporto, nossa mãe se sentiu mal e acabou vomitando. Ela ficou bastante envergonhada e foi para o banheiro com Clara. Pouco tempo depois os funcionários do aeroporto estavam no local para limpar a sujeira que a nossa mãe tinha feito. Percebi a apreensão de nosso pai com aquilo, então o questionei:

— Por que o senhor está assim, pai?

— Sua mãe tem piorado bastante nestes últimos dias. Não sei se fizemos bem em fazer esta viagem!

— Claro que fizemos, pai! Nós sabíamos que era questão de tempo para a nossa mãe piorar!

— Eu sei, meu filho, mas esta piora está começando a afetá-la psicologicamente! — comentou ainda preocupado.

— Ela é forte, pai, e parece não demonstrar este possível abalo emocional para nós!

— Sei que não, mas eu a conheço bem, meu filho, e acredite... por dentro, ela está destruída! Esta maldita doença está tirando o resto de dignidade que ela tem!

— Eu sei, meu pai, mas temos que permanecer firmes, assim como ela nos passa força, devemos fazer o mesmo. Se fraquejarmos, será pior para a mamãe, pois, por mais sensíveis que estejamos com a doença dela, não podemos demonstrar! — disse eu, abalado.

O meu pai concordou comigo e eu me recompus. Algum tempo depois, a nossa mãe saiu do banheiro com a Clara. Ela parecia estar melhor emocionalmente.

Embarcamos e seguimos em direção a Lourdes. Levou menos de uma hora para chegarmos, foi um voo fácil, e a nossa mãe não se sentiu mal nem aparentou desconforto durante a viagem.

A cidade de Lourdes, na Província de Pireneus, era mais uma cidade fantástica, voltada para o catolicismo. Assim que chegamos, fomos direto para o hotel, onde deixamos as nossas malas e fomos verificar o que visitaríamos lá. Além da gruta e da catedral, verificamos que havia um museu de artes e tradições populares, uma fortaleza e um "funicular", que era uma espécie de mirante. Nós tínhamos que buscar visitá-los em tempo recorde, pois só ficaríamos na cidade por dois dias, e sabendo disso decidimos ir ao "funicular" antes de visitar a gruta, pois tínhamos a intenção de ir lá às dezoito horas, quando a nossa mãe rezava o terço.

Fomos ao mirante e tiramos muitas fotos. Realmente, o lugar era muito bonito. Eu consegui animar a nossa mãe, que estava desanimada desde quando ocorreu o incidente no aeroporto. Apesar de ela tentar não demonstrar para nós, consegui perceber. Logo depois, fomos a um restaurante almoçar. A nossa mãe pediu uma sopa, acredito que na intenção de voltar à dieta líquida para ver se melhorava do quadros de vômito e diarreia. Após o almoço, voltamos ao hotel para descansar, mas naqueles dias o fuso horário já não nos atrapalhava, pelo contrário, estávamos acostumados com ele. Eu fui ao quarto dos nossos pais para trocar a nossa mãe, enquanto Clara ficou no quarto descansando. Quando cheguei, reparei que a nossa mãe já se encontrava descansando, então preferi não a acordar e fui para o meu quarto fazer o mesmo, pois, além do cansaço físico, estava muito abalado emocionalmente. Eu sabia que a viagem estava sendo muito proveitosa para todos, principalmente para a nossa mãe, mas ver o seu corpo deteriorando daquela maneira me torturava.

Por causa do meu cansaço físico e abalo emocional, eu acabei descansando demais e, quando acordei, eram dezoito e vinte. Levantei, lavei o rosto, arrumei-me e saí do hotel, em direção à gruta, imaginando que encontraria Clara com os nossos pais naquele local. Assim que cheguei, facilmente os encontrei. O horário do terço já acabara pouco tempo antes que eu chegasse, mas Clara e os nossos pais ficaram na gruta, pois imaginavam que eu iria procurá-los lá após acordar, então eles aproveitaram e rezaram mais um pouco. Assim que me aproximei deles, pedi desculpas por ter perdido o horário, mas eles entenderam. Depois, nós seguimos em direção a um restaurante para jantarmos.

Aproveitando que os nossos pais tomaram a dianteira para fazer as reservas no restaurante, eu fui conversar com Clara:

— Por que você não me acordou, irmã?

— Você estava dormindo tão profundamente, que não quis te acordar!

Eu entendi e agradeci. Pouco tempo depois, chegamos ao restaurante, pedimos a nossa comida e aproveitamos a refeição. Após o jantar, voltamos para o hotel. Fui para o quarto dos nossos pais, juntamente com Clara, para ver a nossa mãe, que tinha se sujado um pouco. Eu ia limpá-la, mas Clara me surpreendeu e disse que limparia a nossa mãe.

Naquela noite, algo diferente acontecia na cidade de Lourdes, pois estava acontecendo uma exposição de um artista local, que se mudara para outro país e ficara mundialmente famoso por seu trabalho. Ele resolveu fazer uma exposição no museu da cidade, por isso o museu ficaria aberto a noite inteira. Como ficaríamos pouco tempo na cidade, decidimos ir a essa exposição naquela mesma noite, assim poderíamos descansar melhor no dia seguinte, já que havia apenas a fortaleza para visitar. Realmente a exposição só demonstrou que o sucesso daquele artista plástico era verdadeiro, pois as suas obras eram maravilhosas. O meu pai aproveitou e visitou o museu todo, já que estava aberto não só o local de exposição das obras do artista, mas também todo o seu complexo. Ficamos até tarde da noite daquele dia, depois retornamos para o hotel. Fui para o quarto dos nossos pais, para verificar se nossa mãe se sujara, enquanto Clara foi descansar.

Chegando ao quarto de nossos pais, dei banho em nossa mãe e depois a arrumei; meu pai estava tão cansado que acabou dormindo com a roupa com que tinha saído. Após sair do banheiro, eu cobri o meu pai e dei um beijo de boa-noite na minha mãe. Eu não beijei o meu pai porque não queria acordá-lo; apesar de ter o sono pesado, ele poderia acordar com o contato físico.

No dia seguinte, eu acordei cedo, enquanto Clara ainda estava descansando, então preferi não a acordar. Desci e segui para o restaurante do hotel, para tomar o café da manhã. Eu não percebi a presença de nossos pais no local, o que me fez subir para o quarto deles e procurar saber se estava tudo bem.

Ao entrar no quarto deles, verifiquei que estavam dormindo, mas a nossa mãe sujara a cama, porém não o nosso pai. Por este motivo, decidi acordá-los para mamãe tomar um banho e papai não se sujar. A nossa mãe acordou com o meu pai e ele acabou saindo da cama, sentando-se numa poltrona que havia no quarto e assistindo à televisão, enquanto eu a conduzia até o banheiro. A nossa mãe parecia estar feliz, e eu questionei o motivo da felicidade. Ela me disse que nunca ficara tão limpa na vida, já que depois da doença passara a tomar banho umas três ou quatro vezes por dia. Ainda disse que nunca fora tão bem assistida na vida e que aquilo a deixava feliz. Era impressionante a forma como ela estava lidando com a doença, sempre observando o lado positivo em tudo.

Após ajudar a minha mãe a tomar banho e vesti-la, chamei o meu pai para escovar os dentes e posteriormente tomar banho. Enquanto o meu pai fazia o que lhe sugeri, eu e minha mãe ficamos assistindo a um programa na televisão. Depois que ele acabou de se arrumar, fui para o meu quarto verificar se Clara estava acordada. Ela não estava. Então, novamente decidi não acordá-la e fui ao restaurante do hotel, onde os nossos pais estavam me esperando. Eles questionaram a ausência de Clara. Depois de explicar a eles, pude preparar os seus pratos e, posteriormente, o meu. Assim que comemos, nossos pais foram descansar mais um pouco, pois tinham dormido mal na noite anterior. Chegando ao meu quarto, vi que Clara estava acordando. Ela me viu e perguntou que horas eram.

— Nós perdemos o café da manhã!

— Nós não, minha irmã, você apenas perdeu a refeição. Eu tomei o café com os nossos pais e agora eles estão descansando!

— Você não me acordou por qual motivo, irmão?

— Irmã, você estava dormindo tão profundamente, que decidi não a acordar!

— Então isso é uma vingança por eu não ter te acordado ontem?

— É claro que não, irmã, eu só não queria perturbar o seu sono. Sei que por causa do nosso abalo emocional, devido à doença de nossa mãe, não conseguimos descansar direito e, em razão disso, achei que não deveria te acordar. Me desculpe, irmã!

— Tudo bem, irmão. Sabe de uma coisa? Eu sempre dormia esperando acordar logo e viver a realidade. Você sabe que sou mais realista do que sonhadora, mas, hoje em dia, depois da evolução da doença da nossa mãe, passei a preferir continuar dormindo a acordar e presenciar essa realidade!

— Clara, eu te confesso que também prefiro, mas quando me vêm estas ideias na cabeça, penso que dormindo estarei perdendo o pouco de vida que ainda resta à nossa mãe, então eu prefiro estar acordando a continuar dormindo! — disse, emocionado.

— Que bom que você está aqui me ajudando a enfrentar isso. Obrigada, irmão!

— Obrigado por você estar aqui, pois eu também não suportaria enfrentar isso tudo sozinho!

— Você me acompanha para o café da manhã, mesmo que já tenha comido?

— Sim, claro, minha irmã!

Então Clara foi se arrumar, enquanto eu fui para o quarto dos nossos pais, avisá-los. Eles estavam dormindo, então deixei o bilhete à mostra e saí com Clara. Nós acabamos indo para um local em frente ao hotel, que preparava também a refeição. Ao retornarmos, seguimos para o quarto dos nossos pais, que ainda estavam descansando, então fui para o meu quarto e pedi a Clara que ficasse com nossos pais e me avisasse quando eles acordassem. Demorou cerca de uma hora para que Clara me informasse que os nossos pais tinham acordado. Eu me arrumei e fui ao encontro deles, que estavam aguardando no saguão do hotel.

Saímos e fomos visitar a fortaleza da cidade de Lourdes, onde por volta das treze horas. Após isso, e fomos almoçar num restaurante que funcionava próximo ao local. Não era muito bonito, mas a comida era muito boa. Após comermos, nós voltamos ao hotel, onde eu segui para o quarto dos nossos pais, pensando em ter que limpar a nossa mãe, porém não houve necessidade, pois, ela não estava suja.

Meus pais e Clara descansaram, enquanto fui passear pela cidade. Eu sabia que iria para a Gruta de Nossa Senhora de Lourdes mais tarde com eles, por isso decidi ir a uma igreja próxima da gruta para rezar. Eu soube que naquela igreja, na noite daquele mesmo dia, haveria uma celebração diferente, pois seria investido o novo Bispo da região, então decidi que contaria aos meus pais sobre a celebração e comprei artigos religiosos para muitas pessoas, principalmente para os meus colegas de trabalho.

Chegando ao hotel, fui para o quarto e chamei Clara, depois seguimos para o quarto dos nossos pais, que já estavam acordados. Eu contei sobre a celebração que aconteceria naquela noite e eles ficaram animados para comparecer. Depois que eu contei, percebi que a minha mãe tinha se sujado novamente, então dei um banho nela e a arrumei.

Quando deram quase dezoito horas, fomos à Gruta de Nossa Senhora de Lourdes para rezar o terço e depois comemos em um restaurante, que parecia ser mais luxuoso, comparado ao do almoço. Quando terminou o jantar, voltamos para o hotel para descansar, pois a celebração aconteceria às duas horas. Aproveitei o tempo que teríamos e fui para o meu quarto arrumar a minha mala. Depois, fui com Clara ao quarto dos nossos pais. Eu e Clara arrumamos as malas dos nossos pais e, em seguida, fomos à celebração religiosa.

Chegamos bem cedo ao local, cerca de uma hora antes do início. A igreja já estava muito cheia, mas conseguimos um lugar para sentarmos. Durante a celebração, a nossa mãe se sentiu mal e, preocupados com o estado físico dela, a levamos para fora da igreja, onde acabou vomitando. Depois disso, nós resolvemos levar a nossa mãe para o hospital, mas ela não quis ir, então fomos para o hotel. Após a melhora do seu estado físico, foi dormir e nós, filhos, retornamos para o nosso quarto para descansar.

Acordamos de manhã cedo no dia seguinte e, assim que levantei, fui para o quarto dos nossos pais para limpar a nossa mãe, caso fosse necessário, porém o nosso pai já o fizera. Diante da surpresa, de certa forma fiquei feliz por nosso pai tê-la limpado, mas, mesmo assim, eu o aconselhei a nos avisar quando nossa mãe se sujasse, pois eu prometera a ela limpá-la e cuidá-la durante a viagem. Descemos e fomos ao restaurante do hotel, onde tomamos o café da manhã. Eu preparei o café da manhã do nosso pai, enquanto Clara preparou o café da nossa mãe, e assim todos nós tomamos aquele último café na cidade de Lourdes. Fizemos a saída do hotel e fomos para o aeroporto e, chegando lá, nos dirigimos à área de embarque. Clara seguiu com a nossa mãe até o banheiro para limpá-la. Eu fiquei esperando do lado de fora com o nosso pai. Após as duas saírem, sentamos e aguardamos a autorização para o embarque.

* * *

Foi uma viagem sem nenhum problema, e nossa mãe não reclamou de desconforto. Chegamos à cidade de Lisieux depois de uma hora e vinte minutos. Assim que descemos do avião, Clara foi para o banheiro com a nossa mãe para limpá-la, porém saíram rápido de lá, pois não houve necessidade de limpá-la. Pegamos a nossa mala e nos dirigimos à saída do aeroporto, onde havia um senhor encarregado de fazer o transporte, depois seguimos para o nosso hotel.

Chegando lá, demos a entrada e fomos para o quarto deixar as nossas malas. Diferente de quando chegamos a Paris e Lourdes, a nossa mãe estava cansada e por isso decidiu descansar um pouco. Estimamos em uma hora o período necessário para ela descansar. Enquanto isso, fui com Clara dar um passeio e verificar o que poderíamos fazer naquele dia.

Lisieux era uma cidade com o estilo colonial, onde não havia muito o que fazer, pois o turismo era voltado para a parte histórica e religiosa, por isso o investimento naquela cidade não foi muito grande. Os habitantes de Lisieux prefeririam manter o turismo de sempre a criar um novo estilo, então eu e Clara decidimos que seria interessante, após o período de descanso dos nossos pais, visitarmos a fonte, o museu que havia na cidade e, posteriormente, a catedral local.

No dia seguinte, poderíamos ir ao Jardim Zoológico e escolher algum *chateau* para visitar, já que existiam alguns na região. Passado o período de uma hora, retornamos ao hotel, onde fui até o quarto dos nossos pais, enquanto Clara foi ao nosso quarto para vestir uma roupa de frio, pois a temperatura estava caindo e não sabíamos se cairia mais ainda ou se estabilizaria. Chegando lá, percebi que meu pai ainda estava dormindo, enquanto a minha mãe tentava limpar a sujeira que fizera no local. Acordei o meu pai e ajudei a minha mãe, depois fui ao banheiro com ela e a limpei, dando-lhe um banho e a trocando. O meu pai se arrumou também, depois fomos para o saguão do hotel, onde Clara estava nos aguardando. Ela questionou a nossa demora, mas não dissemos nada, pois a nossa mãe estava envergonhada e não quis falar, então, posteriormente, num momento em que eles não estavam por perto, expliquei o que acontecera para Clara.

A nossa situação era constrangedora, pois, apesar de nossa mãe aceitar os seus problemas digestivos, nenhum hóspede do hotel tinha o mesmo problema que ela, mesmo que removêssemos bem a sujeita, sempre ficava algum vestígio. Saímos de lá e fomos à praça, onde ficava a fonte da cidade. Nela aproveitamos para tirar algumas fotos, pois queríamos deixar tudo registrado, não apenas em nossas memórias, pois sabíamos do simbolismo daquela viagem. Depois disso, almoçamos num restaurante e em seguida fomos ao museu, que meu pai adorou, e ficamos lá durante toda a parte da tarde. Quando já estava anoitecendo, fomos à catedral, por volta das dezoito horas, onde rezamos o terço. Em seguida, fomos jantar e, em seguida, retornamos ao hotel, onde segui para o quarto de nossos pais, enquanto Clara foi para o nosso quarto. Fui com a nossa mãe ao banheiro, limpei-a e arrumei-a. O meu pai estava nos aguardando no saguão do hotel com a Clara, pois sairíamos naquela noite. Confesso que não estava muito animado com o itinerário da viagem.

Quando eu descobri que iríamos a Lourdes e a Lisieux, cidades com o turismo voltado para a religiosidade e poucas atrações, não gostei muito, mas, diante da felicidade de nossa mãe, busquei me alegrar com a programação. Passeamos boa parte da noite na cidade e tiramos muitas fotos, registrando todos os momentos. Após o passeio, retornamos ao hotel e fui limpar a nossa mãe, enquanto o nosso pai foi para o nosso quarto falar com Clara. Eles conversaram bastante. Limpei a nossa mãe e dei banho nela, depois resolvemos assistir à televisão, enquanto esperávamos o meu pai chegar. Ele demorou cerca de uma hora para retornar.

Chegando ao meu quarto, vi Clara na cama, chorando.

— O que houve, irmã, por que está chorando? — perguntei, preocupado.

— Eu não estou mais aguentando assistir ao sofrimento de nossos pais. A nossa mãe está sofrendo por causa da doença e o nosso pai está sofrendo por assistir ao sofrimento dela. Ele não descarrega em cima de você o que sente, mas descarregou em cima de mim o dia todo!

— Ele te agrediu, física ou verbalmente?

— Não, ele não me agrediu.

— Então como ele descarregou em você?

— Ele chorou o dia inteiro, externou a sua angústia e mágoa por causa da doença de nossa mãe. Nenhum filho deveria assistir a isso que estamos assistindo, meu irmão!

— Sei, minha irmã, estou sofrendo muito também. Não tenho como mensurar o nosso sofrimento, mas está sendo muito difícil para mim também. É por isso que devemos permanecer fortes, pois é a nossa força que mantém a de nossos pais!

Clara concordou comigo, enxugou as lágrimas e foi tomar um banho. Apesar de sempre buscar demonstrar ser forte, quando Clara entrou no banho, desabei e comecei a chorar copiosamente. A nossa situação era extremamente delicada, e eu poderia aparentar estar passando por aquilo de forma tranquila, mas estava doendo muito! Não demorei para me recompor, mas, como Clara sempre demorava no banho, ela me viu chorando, para a minha sorte, pois eu não queria que ela me visse externar o meu sofrimento. Já bastava o que ela presenciara do nosso pai.

Assim que Clara saiu do banheiro, entrei e tomei banho de forma demorada, pois ainda estava externando o meu sofrimento debaixo do chuveiro. Quando acabei, Clara já estava dormindo e eu tive muito cuidado para não a acordar.

No dia seguinte, pela manhã, percebi que Clara não estava no quarto, então fui para os nossos pais. Chegando lá, notei que o meu pai também não estava lá, apenas a minha mãe, dormindo. Fui então ao saguão do hotel, perguntei sobre o meu pai e Clara, e os recepcionistas me informaram que eles tinham ido para a catedral. Sabendo disso, retornei para o quarto onde a minha mãe estava. Tive que acordá-la para limpá-la. Naquele dia a minha mãe quis tomar o seu banho sozinha e prontamente respeitei a sua vontade.

— Filho, onde está o seu pai e a sua irmã? — me perguntou, assim que saiu do banho.

— Eles foram para a catedral rezar, minha mãe!

— Ótimo! — disse, com um enorme sorriso no rosto.

Eu não entendi a sua reação tão positiva, mas fiquei satisfeito com a sua felicidade. Esperamos o meu pai chegar, juntamente com Clara, assistindo ao noticiário na televisão. Depois de duas horas, eles chegaram e fomos tomar café da manhã fora das dependências do hotel, pois pelo horário a refeição já não estava sendo mais fornecida. Após a refeição, fomos ao Jardim Zoológico, como programado. Ficamos lá cerca de duas horas. Depois, fomos almoçar num restaurante que havia por perto e voltamos para o hotel. Clara foi para o nosso quarto descansar, enquanto eu segui até o quarto dos nossos pais para limpar a nossa mãe. Conduzi-a até o banheiro, onde posteriormente acabei limpando-a e a auxiliando-a no banho. No horário do terço, fomos à catedral, onde rezamos, e, posteriormente, fomos ao restaurante para jantar.

Retornando para o hotel, preparamos as nossas malas e descansamos. Desta vez eu estava cansado e Clara acabou limpando a nossa mãe, bem como arrumando as malas de nossos pais. Acordamos cedo no dia seguinte e fomos para o aeroporto sem tomar café da manhã, pois o nosso voo estava marcado para bem cedo.

Chegando lá, fomos ao guichê da companhia aérea e despachamos as malas, depois fomos tomar o café da manhã, pois não havia como deixar de fazê-lo, já que a nossa fome estava muito grande. Um tempo depois, fomos à área de embarque do aeroporto, onde esperamos o nosso avião aterrissar. Depois de algum tempo sentados, sentimos um odor, então verificamos a situação de nossa mãe e percebemos que ela se sujara. Clara foi com a nossa mãe até o banheiro feminino, onde a limpou, enquanto eu aproveitei para ir ao banheiro masculino, assim como meu pai.

Saindo do banheiro, ficamos aguardando Clara e nossa mãe. Esperamos bastante as duas, porém, de forma surpreendente, elas tinham acabado antes de nós e estavam nos aguardando próximas à fila para o embarque, que já se formara. Elas sorriram e acharam graça da nossa espera, próximo do banheiro.

Embarcamos no avião e o voo para Paris não foi demorado. Ao desembarcarmos, fomos pegar as malas e, em seguida, Clara foi para o banheiro.

Assim que chegamos no hotel, demos entrada e fomos para o nosso quarto. O funcionário mostrou o quarto para nós e, assim que ele saiu, acabei correndo para o banheiro, aproveitando que Clara fora acompanhar os nossos pais. Acabei passando mal, tive uma diarreia muito forte, e Clara entrou no nosso quarto pouco depois que saí do banheiro. Eu contei o que aconteceu e ela me informou que o nosso pai teve a mesma reação. Fiquei surpreso e imaginei que fosse por causa do café da manhã, mas em seguida pensei: "Eu, meu pai e minha mãe passamos mal. Se realmente fosse o café da manhã, Clara também teria passado mal... então, deve ter sido outra coisa!". Liguei pelo telefone do quarto para os nossos pais, afinal o dia que passaríamos em Paris serviria apenas para descanso e não tínhamos a intenção de sair, já que a nossa viagem para Israel aconteceria no dia seguinte. Depois de uma hora, Clara apresentou os mesmos sintomas, confirmando que o problema era mesmo o café da manhã. Nós não almoçamos naquele dia e, como passamos a tarde inteira sem mais problemas intestinais, resolvemos sair para jantar no final do dia. Comemos uma comida muito leve, pois tínhamos receio de passar mal novamente.

    Após o jantar, retornamos ao hotel, onde segui para o quarto de nossos pais, junto de Clara. Entrei com a nossa mãe no banheiro, onde a limpei e a ajudei a tomar banho. Quando saímos do banheiro, me despedi de nossos pais e fui com Clara para o nosso quarto descansar.

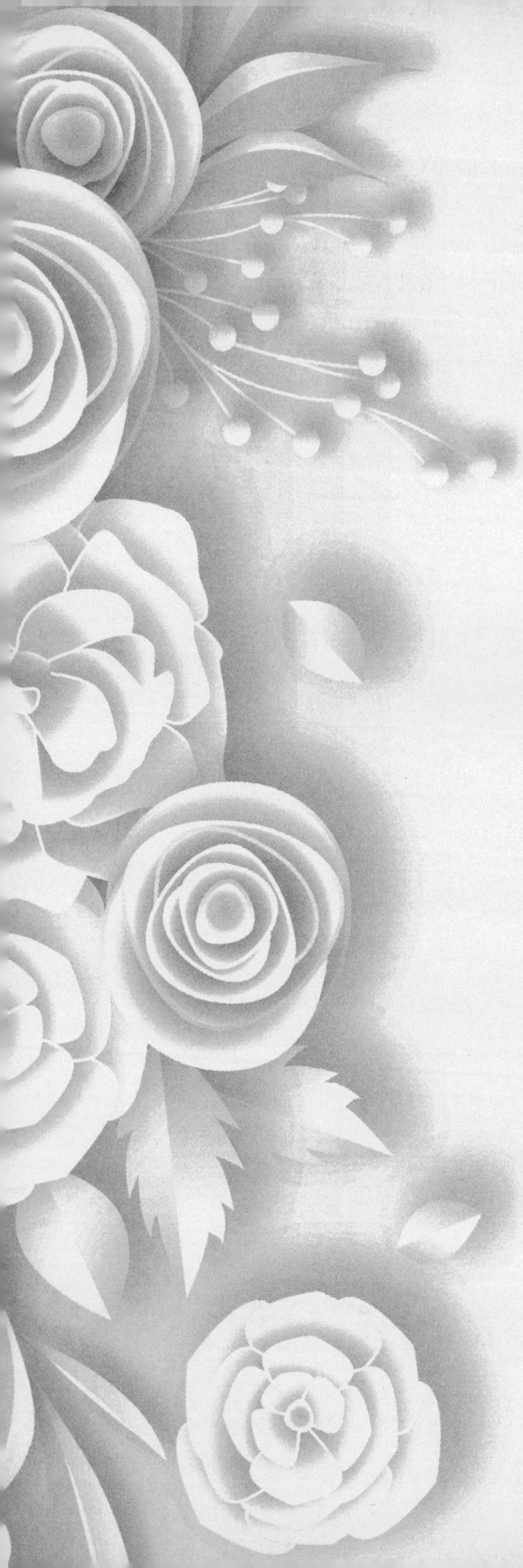

Capítulo 4

A última parte da viagem e o retorno

Minha irmã e eu acordamos cedo. Enquanto eu fui para o quarto dos meus pais para acordá-los, Clara ainda estava se levantando da cama. Notei que a minha mãe não se sujara durante a noite, ficando feliz por isso. Quando se levantou, seguiu sozinha para o banheiro. Pouco tempo depois, escutei um grito vindo do banheiro e fiquei assustado, pensando que tinha acontecido algo grave com ela. Apressei-me e corri para o banheiro, abri a porta e a encontrei sentada na privada.

— Mãe, o que aconteceu?

— Fiz novamente as minhas necessidades por vontade própria!

— Que bom, minha mãe, mas a senhora terá que se manifestar de forma diferente, pois já é a segunda vez que acontece isso! A senhora grita e eu corro desesperadamente para te socorrer! Se manifeste de outra forma, pois assim me deixa apreensivo...

— Pode deixar, meu filho, me manifestarei de forma diferente da próxima vez!

Ao sair do banheiro, meu pai me perguntou o que tinha acontecido. Ele ficou feliz ao saber do ocorrido.

As malas estavam todas arrumadas, pois não precisamos tirar nada delas, além dos itens de higiene pessoal e da roupa de dormir. Descemos e encontramos Clara no restaurante do hotel, onde ela estava nos aguardando para tomar o café da manhã. Eu preparei o prato do nosso pai, enquanto Clara preparou o prato da nossa mãe. Por causa do desconforto que tivemos no dia anterior, decidimos ingerir frutas e alimentos que ficassem mais tempo no intestino. Mesmo assim, os nossos pais comeram pouco e acabaram deixando comida no prato.

Eu e minha mãe fomos para o quarto, pois queria me certificar de que ela não tivera nenhum problema durante o café da manhã e, para a minha surpresa, tivera. Deixamos o hotel e fomos em direção ao aeroporto. Seria a última vez que minha mãe sairia de Paris. Chegando lá, pegamos as nossas passagens e despachamos as nossas malas. Ao chegar na área de embarque de passageiros, Clara foi com a nossa mãe ao banheiro e, ao sair da lá, ela me chamou para tomar o famoso café. Ela queria me contar alguma coisa longe dos nossos pais.

— Irmão, hoje de manhã, quando você foi no banheiro do quarto dos nossos pais com a nossa mãe, ela fez as suas necessidades?

— Não, irmã, ela não fez as necessidades dela hoje, por que esta pergunta?

— Porque ela não fez aqui e ultimamente tem sido quase instantâneo. Pensei que o intestino dela estivesse falhando!

— É provável que não, irmã... porém, acho que só saberemos mais para frente! Talvez o tipo de alimentação que demos à nossa mãe, para reter os alimentos, tenha funcionado!

Voltamos para onde estavam os nossos pais e, assim que o avião chegou, fomos chamados para embarcar, seguindo a nossa viagem em direção a Israel. O percurso levaria por volta de quatro horas. Chegamos no aeroporto de Israel no início da noite de sábado. O céu estava incrível para ser admirado, apesar do frio que fazia. Nós ficamos extremamente preocupados, pois a nossa mãe queria passar a noite no Monte das Oliveiras, mas não sabíamos se ela aguentaria a jornada que queria fazer. Na verdade, não entendemos direito a sua motivação, além de continuarmos preocupados com o frio que fazia no local. Seguimos naquela noite para Jerusalém, para deixarmos as nossas malas no hotel.

Assim que chegamos, eu e Clara convencemos os nossos pais a descansarem, pois precisariam estar bem para a jornada que enfrentariam posteriormente. Eu limpei a minha mãe e ajudei-a no banho, depois ela se deitou com o meu pai, que já estava dormindo.

Após duas horas, eu fui, com Clara, para o quarto dos nossos pais, acordando-os. Verificamos se a nossa mãe se sujara, o que não ocorrera, depois arrumamos os nossos pais e fomos ao restaurante do hotel para jantarmos. Mantivemos a preferência por alimentos leves que serviam para a retenção no intestino.

Após o jantar, ficamos mais uma hora no hotel, no quarto dos nossos pais, para saber se a nossa mãe teria algum problema. Estávamos certos, pois depois de trinta minutos ela acabou fazendo as suas necessidades, sem que percebesse. Sentimos o odor. Naquela época, a nossa mãe nem se envergonhava mais, a não ser que fosse em público. Eu e Clara ficamos muito felizes, pois o acontecido mostrara que a nossa mãe ainda não estava entrando em quadro de falência dos órgãos digestivos, como Clara suspeitara anteriormente. Depois de limparmos a nossa mãe e darmos um banho nela, estávamos prontos para seguir com a nossa jornada. Saímos do hotel e fomos em direção ao Monte das Oliveiras e, ao chegarmos lá, contemplamos a cidade vista do alto.

— Meus filhos e meu marido, contemplando este cenário incrível, percebo como eu sou feliz, pois tenho vocês. Eu ainda tenho um tempo de vida e estou fazendo esta viagem maravilhosa com vocês. Muito obrigado por me proporcionarem isso tudo!

— Desculpe, mãe, mas a senhora está errada! — retruquei.
— Nós é que estamos felizes por ter a senhora como a nossa mãe. Se a senhora acha que somos bons filhos, foi porque nos ensinou muito bem!
— Eu não fiz nada além da minha obrigação como esposa e como mãe...
— Não, mãezinha, a senhora superou todas as expectativas! — retruquei novamente.
— Sabe, este monte é mágico! Só em estar aqui eu me sinto em paz. Foi aqui, nos jardins de Getsêmani, onde Jesus Cristo passou a noite orando, procurando se preparar para o que aconteceria. Por isso preferi vir para cá à noite, precisava orar, precisava me preparar para o que virá. Antes de Jesus Cristo e depois Dele, muitos seres humanos vieram aqui para orar, em suas respectivas religiões, se preparando para o que poderia vir.
— Acredito que precisamos orar pelo mesmo motivo, mãezinha!
A nossa mãe disse:
— Finalmente vocês estão entendendo o motivo desta viagem!
Com essa resposta, a ficha caiu. A viagem basicamente não era para ela, e sim para nós. Acredito que a nossa mãe tenha feito essa viagem para nos preparar para a sua partida, fortalecer a nossa fé, pois necessitaríamos disso para enfrentar a sua morte. Ficamos no local, contemplando aquela paisagem maravilhosa.
Meu pai e minha mãe ficaram muito quietos por um tempo, então fui em direção a eles e vi que, na realidade, estavam rezando enquanto seguravam os seus terços. Fui então conversar com a minha irmã, mas ela estava ajoelhada, também rezando. Percebi que todos os meus familiares estavam ocupados, então decidi acompanhá-los. Depois daquele sonho que tive, passei a achar que, pela primeira vez, imaginei como seria falar abertamente com Deus.

— Senhor, sei que tudo sabe e sei que tudo vê, pois está presente em todo lugar... então por que o Senhor está fazendo isso com a minha mãe e não a livra deste mal, para que possa ser curada?

Continuei os meus pensamentos, libertei a mente e uma voz me respondeu, como se Deus estivesse falando comigo.

— Meu filho, sinto a sua aflição, bem como a de todos que amam Isabel. Eu gostaria que fosse diferente, mas essa foi a única forma de aceitarem a morte dela. Sua irmã sente que muitas coisas deveriam ser resolvidas entre ela e sua mãe, e possivelmente sem a doença Clara não teria se aproximado de seus pais neste momento. Se a sua mãe viesse até mim, sem essa doença, a partida seria muito mais difícil para todos, para o seu pai, para você e principalmente para a sua irmã, pois ela não resolveria as coisas que julga importante. A sua mãe aceitou a passagem desde a descoberta da doença, mas não está em paz, pois está sentindo o sofrimento de vocês, mesmo sem querer transtorná-los. Tudo isso está acontecendo para que esse final de vida seja o mais confortável para todos; se não fosse assim, muitos não dariam a atenção de que Isabel precisa neste momento. Apesar de respeitar a vontade dos meus filhos e de nela não interferir, concedendo o livre--arbítrio, estou muito feliz pela forma como estão conduzindo toda essa situação. Por isso acho que não deve contestar, pois isso acontecerá muito em breve; se não o fizer, dificilmente o fará depois. Faça como a sua irmã e aproveite este período que ainda lhes resta para aceitar aquilo que acontecerá.

Aquilo foi um choque de realidade para mim, pois, pela primeira vez, entendi o que acontecia. Estava sendo materializado um propósito maior, e depois deste dia deixei de questionar a vontade de Deus, bem como passei a rezar para que fosse amenizado o sofrimento das pessoas em geral.

Quando se aproximou de uma hora da manhã, todos fomos ao "Getsêmani", onde Jesus Cristo fez a Sua oração antes do início da Paixão.

— Meus amados, já tarde da noite Jesus Cristo subiu até este local para rezar para o nosso Pai, para implorar por uma saída, mas mesmo neste momento de humanidade Ele não deixou de ser Santo e disse que fosse feita a vontade do Pai. Neste momento, eu peço que sejam como Jesus Cristo e peçam a vontade do Pai, para que eu possa ir em paz, pois não estarei sabendo que vocês não aceitam a minha partida. Neste local, se despeçam de tudo que me prende a vocês, pois todos nós sabemos que é questão de pouco tempo para que eu vá ao encontro do Senhor. Por favor, deixem tudo que os prendam a mim neste monte e aceitem a minha partida!

Nossa mãe estava preparada para morrer, mas nós ainda não estávamos, pelo menos eu não. Naquele frio interminável, parecia que ela partiria congelada e não por causa da doença, mas o seu semblante estava calmo e sereno. Nós sabíamos que aquele era o momento de aceitarmos o inevitável, assim, todos nós rezamos durante a noite inteira, e ao terminarmos, percebemos algo diferente: já estava amanhecendo. Aquela visão extraordinária que tínhamos na parte superior do monte durante a noite ficou ainda mais incrível ao amanhecer. Eu fiquei surpreso com o fato de os meus pais se manterem acordados durante a noite inteira, com a idade avançada que tinham. Acabou que aquela oração se tornou uma vigília.

Decidimos retornar para o hotel.

— Irmã, por que você está tão calma e serena? Você já aceitou que a nossa mãe vai morrer?

— Sim, meu irmão, só falta você aceitar!

Naquele momento entendi que o problema era eu mesmo, pois sabia que faltavam seis dias para aquela viagem acabar e tinha de aceitar o que aconteceria depois dela. Chegamos no hotel extremamente cansados e com fome, então decidimos tomar o café da manhã. Nós sabíamos que provavelmente a nossa mãe estava suja, mas decidimos não fazermos a higiene dela naquela hora, pois queríamos comer antes.

No restaurante do hotel, fizemos o que tradicionalmente fazíamos: preparei o café da manhã do nosso pai e Clara preparou o da nossa mãe. Deixamos os dois pratos na mesa e fomos preparar os nossos. Dessa vez mesclamos alimentação para retenção intestinal e alimentação comum, pois pretendíamos verificar se os problemas intestinais continuariam.

Após o café da manhã, fui para o quarto dos nossos pais para ver o estado da minha mãe, que, surpreendentemente, estava limpa. Aconselhei que ela fosse ao banheiro para tentar fazer as suas necessidades, e ela aceitou a sugestão. Decorridos aproximadamente trinta minutos, ela saiu do banheiro, muito feliz. Naquela hora, o meu pai já estava dormindo.

— Conseguiu, mãezinha?

Ela sorriu e gesticulou com a cabeça de forma positiva. Em seguida, deitou-se e eu a cobri, indo depois para ao meu quarto. Chegando lá, percebi que Clara já estava dormindo, então tomei banho, arrumei-me e fui descansar. Acordei por volta das dezessete horas. Não percebi a presença de Clara, então fui até o quarto dos nossos pais, encontrando-os com Clara. Todos pareciam estar felizes.

"Realmente, minha mãe foi a primeira pessoa que aceitou a sua morte, meu pai acabou aceitando posteriormente e agora parece que Clara também aceitou. Só falta eu aceitar!", pensei comigo mesmo.

— Então, o que vamos fazer agora? — perguntei.

— Irmão, não temos o que fazer agora. Vamos comer algo!

Eu sugeri que fossemos comer num restaurante fora do hotel, mas que antes passássemos no Muro das Lamentações, assim visitaríamos outro ponto turístico e religioso no caminho. Eles gostaram da ideia e aceitaram a indicação, então fomos ao Muro das Lamentações, que, apesar de ser a ruína de um Templo de Jerusalém, construído por Herodes, o Grande, é um ponto turístico visitado por integrantes de diversas religiões e que realmente tínhamos o interesse de conhecer. Foi triste, pois sentimos todo o sofrimento que havia no local. Aproveitei para lamentar a iminente morte da minha mãe. Ficamos ali por cerca de trinta minutos e depois fomos para o restaurante. Ao iniciarmos a nossa refeição, percebemos que a comida estava apimentada demais. Apesar de Clara, eu e nosso pai não conseguirmos comer, e nossa mãe não parou, somente ao perceber que estávamos tendo dificuldades para ingerir.

— Por que vocês não estão comendo?

Eu me esqueci que não havíamos contado para ela que perdera a sensibilidade do paladar.

— Mãezinha, a senhora não está vendo que a comida está apimentada demais?

Assim que eu disse isso, fui repreendido por Clara.

— Não estou sentindo nada apimentado! Na verdade, eu tenho sentido o mesmo gosto com todas as comidas!

Eu olhei para Clara, que estava com um semblante triste. Eu sabia que teríamos de contar a verdade para a nossa mãe.

— Mãezinha, na verdade... você perdeu a sensibilidade do paladar!

— Como é que vocês sabem disso?

— A senhora não gosta de café puro, sem nada para adoçar, não é verdade?

— Eu detesto! Não suporto café puro!

— A senhora se lembra da noite em que jantamos no restaurante à margem do Rio Senna e a comida estava muito ruim?

— Sim, eu me lembro que vocês reclamaram, mas eu não achei aquela comida com gosto ruim, meu filho!

— Eu suspeitei naquele dia que a senhora pudesse ter perdido a sensibilidade do paladar, então, no dia seguinte, durante o café da manhã, preparei o seu prato e deixei o café sem açúcar. Em seguida, depois de lhe dar o café, perguntei se o açúcar estava do seu agrado e a senhora disse que sim, então ali eu confirmei a sua perda de paladar. Sinto muito, mãe!

A nossa mãe parou um pouco, perplexa, mas, depois de um tempo assimilando tudo que eu disse, ela sorriu.

— Não tem problema, afinal, poderei comer as comidas mal preparadas!

A compreensão e aceitação de nossa mãe com relação à doença e suas características eram impressionantes e nos confortavam como algo de que precisávamos. Na verdade, eu nunca descobri se aquela aceitação era pela iminência do que se aproximava a cada dia, ou se servia para nos confortar.

Após a refeição, retornamos para o hotel. Eu fui para o quarto dos nossos pais, enquanto Clara seguiu para o nosso quarto. A minha mãe fizera as suas necessidades na fralda, então aproveitei e a limpei, depois ajudei a banhá-la. Apesar de ela ainda não necessitar que eu desse banho, dificilmente rejeitava o meu auxílio. Logo depois, fiquei vendo televisão com ela, enquanto o meu pai tomava banho. Assim que ele saiu, fui para o meu quarto e percebi que Clara ainda estava acordada. Depois de tomar banho, fiquei assistindo televisão com ela.

Acordamos cedo e fomos para o quarto dos nossos pais para verificar se a nossa mãe fizera as suas necessidades na cama, confirmando o ocorrido, então Clara foi limpá-la, enquanto eu fiquei com o nosso pai. Após as duas saírem do banheiro, todos descemos para tomar o café da manhã, como de costume. Ficaram esperando eu e Clara retornarmos com os nossos pratos, depois de nós levarmos os deles, para iniciarem a refeição conosco.

— Claro que tem açúcar, mãezinha, eu só te dei sem açúcar naquele dia, pode ficar tranquila!

— Bem, isso não faz mais diferença, eu não saberia distinguir mesmo! — sorriu.

Diante das palavras de nossa mãe, todos caímos na gargalhada, inclusive ela mesma, que foi a primeira a sorrir. Tomamos o nosso café e, durante a refeição, percebi um odor e já sabia o motivo dele, então sugeri que fôssemos ao quarto, para limpar a nossa mãe.

— Meu filho, eu acabei de me limpar, por que já estaria suja?

Mesmo discordando, acabou indo para o quarto comigo e percebeu que realmente estava suja. Depois de limpar e arrumar novamente a minha mãe, eu a ajudei a se vestir. O meu pai e Clara ficaram nos aguardando no saguão do hotel. Fomos até o encontro deles e saímos juntos, pois iríamos fazer compras e posteriormente almoçar. Os nossos pais seguiram na frente, então aproveitei para conversar com a Clara.

— Irmã, acredito que a situação da nossa mãe esteja piorando! Ela fez suas necessidades enquanto estava comendo!

— Eu também acho que esteja piorando, mas o fato de ela ter descoberto que não está com sensibilidade no paladar é positivo, pois poderemos alimentá-la só com comida que se mantenha mais tempo em seu seu organismo!

— É verdade, minha irmã, você tem toda a razão!

— Mas toma cuidado, pois tempos que ser cautelosos em certos assuntos diante dela!

— Está bem, minha irmã, sei que errei, me desculpe!

Clara estava certa, eu tinha que ter mais cuidado ao falar das coisas para a nossa mãe. Na verdade, eu estava em conflito, afinal a nossa mãe estava aceitando tão bem a doença, que nem ficava chateado ao esconder qualquer coisa dela, mas respeitei a posição da minha irmã.

Fomos fazer compras. Os nossos pais aparentavam estar bem, acredito que a noite de sono lhes fizera bem. Após as compras, deixamos todos os presentes no hotel e fomos almoçar num bom restaurante perto. Pedimos um prato para a nossa mãe que serviria para reter por mais tempo o alimento em seu intestino, e quanto a nós, pedimos outros pratos, mas minimamente temperados, por causa da experiência anterior. Depois de comermos, retornamos para o hotel e fomos limpar a nossa mãe. Mais uma vez, de forma instantânea, a nossa mãe fizera as suas necessidades durante a refeição e aquela situação já estava nos preocupando. Depois de limparmos a nossa mãe e o nosso pai se deitar, para descansar um pouco, saímos do quarto, mas avisamos que os buscaríamos em trinta minutos, pois visitaríamos o Santo Sepulcro naquele dia. Fui com Clara para o elevador e comentei com ela:

— Irmã, aconteceu novamente! Nem ingerindo alimentos que servem para reter por um tempo o funcionamento do intestino, nossa mãe, mais uma vez, fez as suas necessidades durante a refeição! — disse eu, emocionado.

— Eu sei, irmão, mas vamos ver como ficará mais para frente, voltamos com a dieta agora, então é melhor esperar surtir o efeito esperado! — disse Clara, aparentando também estar emocionada.

Concordei com ela. Passamos uns trinta minutos no nosso quarto e Clara aproveitou para descansar um pouco, porém antes ela telefonou para a sua família. Eu não me lembro de vê-la telefonando antes; na verdade, acredito ser a primeira vez que presenciei isso desde quando iniciamos a viagem, mas acredito que ela tivesse telefonado antes, só eu que não havia testemunhado.

Passados os trinta minutos, acordei Clara e seguimos para acordar os nossos pais. Ao chegar no quarto, percebi que a nossa mãe não fizera as suas necessidades, então falei com ela para ir ao banheiro, pois não queria que ela passasse constrangimento no passeio que faríamos. A nossa mãe seguiu a minha sugestão e foi fazer as suas necessidades, porém, mesmo forçando, nada saiu. Após dez minutos sem sucesso, ela desistiu e foi se arrumar para sairmos.

Chegando ao Santo Sepulcro, havia uma fila imensa de pessoas. Nós sabíamos que levaríamos um relativo tempo para conseguir chegar no local, porém os nossos pais não aparentavam estar desconfortáveis por isso. O Santo Sepulcro é o local onde o corpo de Jesus Cristo foi levado para ser sepultado, um dos pontos turísticos e religiosos mais visitados de Jerusalém, por isso a fila estava grande demais. Levamos quase uma hora para chegar e os visitantes podiam colocar as mãos na lápide.

Esse lugar sofre uma discordância por parte de cristãos protestantes e de alguns pesquisadores, os quais entendem que, na realidade, ele se situa em outro lugar de Jerusalém, tomando como base os relatos bíblicos; entretanto, o local mais visitado pelos turistas e atribuído como sendo o verdadeiro para a maioria das pessoas é aquele que estávamos visitando, onde fica a lápide. Aquele local é realmente sagrado para os católicos de rito ocidental e oriental.

Todas as minhas frustrações vindas da doença da minha mãe pareciam ter ficado naquele lugar. Após eu tocar na lápide do Santo Sepulcro, finalmente eu passei aceitar a iminente morte dela. Demorou muito para conseguirmos chegar naquele Santo local, mas valeu esperar cada minuto. Após todos colocarmos as mãos na lápide, parecia que não era apenas eu que deixara as frustrações naquele local, todos pareciam estar muito serenos. A minha mãe, que era a única serena do grupo desde o início da viagem, parecia estar mais calma do que o seu costume.

Assistimos a uma missa na Igreja do Santo Sepulcro, mesmo sem entender a linguagem que estava sendo falada, a aramaica, mas, como estávamos acostumados, então não tivemos muita dificuldade em acompanhá-la. Os maiores problemas de entendimento que tivemos foram nas leituras e no sermão. Depois da missa, voltamos para o hotel e verificarmos se a nossa mãe estava suja. Ela estava limpa, mas, mesmo assim, resolvemos trocar a sua fralda, para não correr o risco de ter assaduras devido ao suor. Arrumamos a nossa mãe e fomos a um restaurante próximo ao hotel para jantar. O restaurante estava cheio, pois era um dos mais conhecidos de Jerusalém, então tivemos que ficar esperando do lado de fora. Enquanto aguardávamos uma vaga, Clara me puxou para conversar.

— Irmão, você acha interessante jantarmos neste restaurante? Afinal, nossa mãe está com o intestino solto e os nossos pais já esperaram muito para poder entrar no Santo Sepulcro. Você não acha que eles precisam descansar um pouco?

Eu observei como estavam os nossos pais e, apesar de demonstrarem cansaço, aparentavam também estar felizes.

— Irmã, veja a felicidade dos nossos pais! Não seria justo tirarmos isso deles. Eu confesso que a sua preocupação é muito válida, mas não devemos privá-la de viver como quer. Se a nossa mãe deixasse de ir a este restaurante por causa do seu estado físico, não estaríamos sendo justos com ela, afinal a escolha do local foi dela!

— Você está certo, meu irmão, então vamos continuar esperando!

Esperamos cerca de quinze minutos para conseguirmos uma mesa e mais alguns minutos para sentarmos. Apesar da preocupação de Clara, durante a refeição a nossa mãe não teve problemas. A comida estava muito gostosa e, pelo visto, a fama do restaurante não era exagerada; só fiquei triste por nossa mãe não sentir o gosto dela. Depois que saímos do restaurante, voltamos para o hotel e, durante a nossa caminhada, nossa mãe foi na frente com o nosso pai, enquanto eu e Clara ficamos conversando.

— Que bom que a nossa mãe não fez as suas necessidades durante a refeição, naquele restaurante conhecido! Se fizesse, possivelmente ela ficaria muito constrangida!

— É verdade, irmã! Acredito que a dieta, que agora ela voltou a fazer, esteja finalmente surtindo efeito!

Clara concordou comigo. Chegando no hotel, seguimos em direção ao quarto dos nossos pais, para verificar se nossa mãe estava suja, mas, felizmente, ela estava limpa, assim, mais uma vez, sugeri que ela tentasse fazer as suas necessidades. Ela demorou uns vinte minutos, até escutarmos o barulho do chuveiro. Clara entrou no banheiro e perguntou se estava tudo bem. Nossa mãe respondeu que sim, que tinha conseguido fazer e agora estava tomando banho. Então Clara perguntou se ela queria ajuda, mas a nossa mãe recusou.

O dia seguinte seria puxado para nós, pois iríamos ao Calvário, local que ficava fora da cidade. A nossa viagem estava acabando, faltavam três dias apenas, mas não poderíamos estar fazendo viagem melhor. Assim que cheguei no meu quarto, fui tomar banho, e senti que o peso que eu carregava por não aceitar a morte de minha mãe acabara. Eu estava muito mais tranquilo e sereno com relação ao que aconteceria. Na verdade, eu não sei se passei a ficar assim após a subida do Monte das Oliveiras, ou após a visita ao Santo Sepulcro. Depois do banho, me arrumei e saí do banheiro, encontrando Clara dentro do quarto. Era a vez dela de tomar banho, enquanto eu me sentei na poltrona e liguei a televisão. Estava tão cansado que acordei apenas no dia seguinte. Ao despertar, olhei para Clara, que já estava acordada, e percebi que não estava na minha cama, e sim na poltrona onde me sentara no dia anterior, enquanto assistia à televisão.

— Irmã, por que você não me acordou para que eu pudesse dormir na cama?

— Você estava dormindo de maneira tão profunda que não quis acordá-lo!

Eu lancei um olhar de reprovação no início, mas depois sorri e disse:

— Temos que melhorar a nossa comunicação com relação a isso!

Clara sorriu, concordando comigo. Fui para o quarto dos nossos pais, para poder acordá-los, e, assim que cheguei, vi o meu pai acordado e a minha mãe dormindo. Ela tinha sujado a cama. O meu pai me disse que era para deixá-la dormir, pois a peregrinação que faríamos seria grande naquele dia. Eu concordei com ele e deixei-a dormir mais um pouco.

Depois de trinta minutos, preocupado com o horário do café da manhã, que se encerraria em pouco tempo, eu e meu pai decidimos acordar a minha mãe. Naquela hora Clara já estava conosco no quarto dos nossos pais.

— Bom dia, meus filhos. Ainda não fui!

— Mãe, por que você está dizendo isso? — perguntei, curioso.

— Porque eu tive um sonho, meu filho, eu conversava com Deus! Era tão real o sonho, que pensei que a minha hora já tinha chegado!

— E sobre o que vocês conversavam, mãezinha?

— Era sobre a minha vida inteira, mas algo que Deus disse me fez me sentir bem!

— O que Ele disse, mãezinha?

— Ele disse que vocês já aceitaram a minha morte!

— Talvez isso seja certo, mas espero que ainda demore muito para isso acontecer, afinal a senhora só poderá ir ao encontro de Deus depois de fazer tudo que pretende fazer, e eu sei que ainda falta muita coisa para a senhora realizar!

— É verdade, meu filho, você tem razão!

— Hoje o dia será cheio, mãezinha, então vamos levantar, pois veremos o lugar onde Jesus Cristo foi crucificado!

A nossa mãe levantou e eu iria limpá-la, mas fui em direção a Clara e perguntei se ela queria fazê-lo. Clara respondeu que sim, sem contestar, assim ela foi limpar a nossa mãe e arrumá-la. Desci com o nosso pai e as aguardamos dentro do restaurante do hotel, explicamos a situação de nossa mãe para o responsável e pedimos permissão para tomar café da manhã, mesmo já estando além do horário permitido, o que foi concedido.

Depois de quarenta minutos, Clara desceu com a nossa mãe e estávamos prontos para tomar o café da manhã. Queríamos comer rápido para não causar nenhum tipo de transtorno para a equipe da cozinha, mas fomos orientados pelos funcionários que poderíamos nos alimentar sem presa, pois não seria um transtorno para eles ficar um pouco mais tarde, então fizemos a refeição normalmente e preparamos para a nossa mãe um café da manhã leve, com alimentos que poderiam manter o intestino preso. Após a refeição, meus pais retornaram para o quarto deles com Clara e eu fui agradecer ao pessoal da cozinha, assim como me desculpar pelo transtorno. Os funcionários nos agradeceram também e eu fiquei abismado, perguntando o motivo.

— Sabemos da doença da sua mãe e do estágio. Percebendo o quanto vocês a tratam com carinho, vimos o quanto somos felizes em ter a nossa família! Vocês nos ajudaram a mudar o nosso modo de enxergar os nossos familiares! — um dos funcionários respondeu, em inglês.

— Mas como vocês descobriram sobre a doença dela e o estágio avançado?

— Ao reparar que vocês estavam sujando muito a roupa de cama no quarto onde estão hospedados, percebemos que algo estranho acontecia, então decidimos perguntar ao seu pai, que nos confidenciou tudo. Nós somos muito agradecidos por vocês serem este exemplo de família!

Eu sequer me dava conta do quanto deveria estar sendo trabalhoso para a equipe de limpeza dos hotéis onde nos hospedamos durante a nossa viagem. Apesar de eu buscar limpá-la, sempre ficava uma sujeira que a equipe de limpeza dos hotéis tinha de trabalhar mais para limpar. Lembrando-me disso, fui à recepção para agradecer a equipe de limpeza. O gerente chamou os funcionários, mas como estavam trabalhando naquele momento, veio apenas o responsável por eles. Ele me informou que não era nenhum problema, que era um prazer, e ainda agradeceu. A minha mãe realmente a todos que estavam à sua volta, era praticamente impossível alguém ter raiva dela. Eu fiquei feliz ao saber que, mesmo tendo tanto trabalho, os funcionários não estavam revoltados conosco.

Subi para o quarto dos meus pais, para ver se estava tudo bem lá. Encontrei Clara e o nosso pai sentados assistindo à televisão, sem a nossa mãe. Perguntei onde ela estava e Clara respondeu que estava no banheiro.

— Mãezinha, está tudo bem aí? — perguntei, atrás da porta fechada do banheiro.

— Sim, filho, aqui está tudo bem e vai ficar melhor daqui a pouco!

— Se precisar de mim, mãezinha, eu estou aqui!

Depois de dez minutos, minha mãe saiu do banheiro; conseguira novamente fazer as suas necessidades por vontade própria! Eu estava feliz, afinal isso também havia acontecido no dia anterior e eu estava com esperanças de que ela conseguisse controlar aquele problema através da dieta.

Descemos e começamos a nossa jornada em direção ao Calvário. Fiquei preocupado, pois a nossa mãe tinha vontade de seguir os passos de Jesus, desde o local do Seu julgamento até o lugar da Sua crucificação. Só pensei que talvez os meus pais não aguentassem a jornada. O clima estava ótimo, apesar de estarmos no período de inverno, e o frio não estava tão tenebroso. O problema, na verdade, era a caminhada, pois o Calvário ficava fora dos portões da cidade, e uma caminhada daquele tipo seria desgastante para eles.

Iniciamos a caminhada sabendo que Jesus Cristo, na concepção cristã, sofreu tudo aquilo para que o Seu sangue lavasse o pecado de toda a humanidade. Era gratificante e temeroso ao mesmo tempo, pois, enquanto sentíamos o alívio com o Seu ato, sabíamos que os nossos erros mostravam o quanto aquele sacrifício foi difícil. A caminhada foi intensa. A cada pisada no solo que dávamos, sentíamos como se fosse o sofrimento de Jesus Cristo, sendo que não estávamos carregando nada conosco e naquela caminhada Jesus ainda teve de carregar uma grande e pesada cruz consigo quase todo o percurso sozinho, segundo os relatos cristãos. A longa caminhada se perpetuou por quase uma hora, até alcançarmos os portões da cidade de Jerusalém. Ao chegarmos, paramos para descansar. O surpreendente era que eu e Clara estávamos cansados, mas os nossos pais aparentemente não. Descansamos cerca de cinco minutos e continuamos a nossa caminhada em direção ao Calvário. A subida até o local foi muito pesada, pois assim que chegamos lá percebemos que talvez, se não parássemos nos portões da cidade, não teríamos conseguido chegar ao local.

Ao chegarmos ao Calvário, um misto de dor e sofrimento foi perceptível. Apesar de, para os cristãos, a crucificação de Jesus Cristo ter sido o maior e mais incrível ato de Deus ao dar o Seu filho para se sacrificar pela humanidade, chegando ao local não havia como ter outro tipo de sentimento. Ficamos lá rezando e refletindo sobre o ato de Jesus Cristo por aproximadamente uma hora, e depois que voltamos, percebemos que a nossa mãe se sujara, pois a fralda não suportara e vazara. Para a nossa sorte, tínhamos levado uma muda de roupas dela, bem como fraldas extras, já que passaríamos muito tempo fora.

Assim que descemos, não descansamos. Entramos na cidade de Jerusalém e paramos no primeiro restaurante, onde Clara foi com a nossa mãe para o banheiro. Solicitamos ao garçom, uma sacola plástica, para que pudéssemos colocar a roupa suja da nossa mãe. Eu não sabia se aquele quadro intestinal era decorrente da doença ou da emoção que sentira no Calvário, com a esperança de que fosse a segunda hipótese. Quando as duas saíram do banheiro, pedimos o nosso almoço e ficamos conversando enquanto esperávamos que a comida chegasse. Nosso assunto na mesa era a Paixão de Cristo, e reviver apenas os passos, sem o flagelo e a crucificação, foi muito difícil. Depois de quase trinta minutos de conversa, a nossa comida chegou. Confesso que, quando vi o restaurante, antes de entrar, fiquei receoso, pois não aparentava ter a melhor estrutura. A sua beleza arquitetônica não era suntuosa, e se nada tivesse acontecido com nossa mãe talvez nem teríamos entrado naquele estabelecimento. Apesar do meu receio, a comida era muito boa, então percebi o quanto eu estava sendo preconceituoso. Após comermos, conversamos com o *chef* de cozinha. O restaurante não estava tão cheio assim, por isso ele nos deu a oportunidade de conversar. Eu agradeci e elogiei, em inglês, a comida que nos fora servida, e o *chef*, por sua vez, agradeceu o fato de termos gostado da comida e compartilhado a nossa satisfação com ele. Saímos satisfeitos do restaurante e fomos direto para o hotel.

Ao chegarmos, fomos para o quarto dos nossos pais, para fazermos a checagem de sempre, mas a nossa mãe não fizera as suas necessidades durante o percurso do restaurante até o hotel, então eu e Clara avisamos que, se precisassem de nós, era para ligar para o nosso quarto. Fomos descansar e, por volta de uma hora depois, acordei. Clara ainda estava descansando. Esse último passeio fora tão profundo para mim, que decidi ir a uma igreja para conversar com Deus. Antes de sair do hotel, fui ao quarto dos meus pais, para verificar se estava tudo bem, e percebi que eles estavam dormindo, então decidi não os acordar. Na recepção, busquei saber qual era a igreja católica mais próxima do hotel. Chegando lá, comecei a rezar. Em minha concentração, eu disse a Deus:

— Pois é, Pai, o Senhor estava certo! Eu tinha que aceitar a morte da minha mãe. Confesso que foi difícil fazê-lo. Desde o descobrimento da doença até os dias de hoje, não me lembro de ter vivido momentos de paz, como estou vivendo agora. Eu poderia estar aqui para Te recriminar, me desesperar, ou sofrer por antecedência, mas não, prefiro agradecer, pois o Senhor me proporcionou tanto tempo com a minha mãe, me proporcionou tantas alegrias com ela, que eu não posso, não consigo, Te recriminar! Muitas pessoas sequer conhecem as próprias mães e muitas não são felizes com elas... e eu só Te peço que o tempo de vida que ainda resta não seja tão sofrido. Peço ainda que cuide de nós quando o Senhor achar necessário levá-la para junto de Ti, e que a falta dela não seja tão traumatizante aos que ficarem!

Depois que conversei com Deus, fiquei ainda mais em paz comigo. Eu sei que Ele me conhece do fundo da minha alma e que o meu apelo não precisaria ser escutado, nem o meu agradecimento, então algumas vezes me pergunto sobre qual seria o motivo para rezarmos. Analisando os meus pais e imaginando como seria também se eu tivesse filhos, através do conhecimento obtido pela minha experiência de vida, imagino que os pais, mesmo conhecendo a sua prole profundamente e sabendo das aflições e desejos dela, gostam de escutar a sua voz, assim como acredito que Deus deve sentir o mesmo prazer quando O procuramos, para agradecer ou pedir algo, então talvez seja por isso que rezamos, seja por nós mesmos ou por tantas outras pessoas.

Retornei ao hotel, fui para o quarto dos meus pais e constatei que minha mãe estava acordada e tomando banho. Ela sujara a roupa de cama, mas agora isso não me incomodava mais, por causa da conversa que tivera com o chefe dos funcionários do serviço de limpeza do hotel. Fui em direção ao banheiro e perguntei se estava tudo bem com ela, que respondeu que sim, então sugeri que colocasse fraldas para dormir também, e ela me disse que já pensara nessa hipótese. Saí do quarto e fui para o meu, onde encontrei Clara ao telefone. Imaginei que ela estivesse falando com a sua família, já que Clara parecia estar feliz, então decidi sair para dar privacidade a ela. Voltei para o quarto dos meus pais, e minha mãe já tinha acabado de tomar banho e estava se arrumando, enquanto o meu pai já estava arrumado. Sairíamos para jantar. Assim que a minha mãe acabou de se arrumar, fui para o meu quarto para avisar à minha irmã que a estaríamos aguardando no saguão do hotel. Ela já terminara a ligação e levou cerca de dez minutos para descer, encontrando-nos no saguão do hotel, depois seguimos em direção ao restaurante. Minha irmã me puxou durante a caminhada, retardando os meus passos, querendo falar comigo.

— Você saiu do quarto mais cedo e não estava com os nossos pais... estava onde? — perguntou, curiosa.

— Estava rezando numa igreja. Eu precisava conversar com Deus!

— Que bom que você estava conversando com Deus, meu irmão!

— Como está a sua família? Era com eles que você estava falando no telefone assim que eu cheguei no quarto?

— Eles estão bem, mas eu não estava conversando com eles naquela hora.

— Com quem estava falando, então?

— Estava conversando com uma emissora concorrente da minha e eles estão aguardando o meu retorno para poder conversar comigo. Parece que vão criar um novo programa e me querem na direção!

— Que bom, minha irmã, será um grande sucesso! — disse, deixando transparecer uma imensa felicidade.

— Como você sabe que será um grande sucesso, meu irmão?

— Você dirigirá, não tem como não ser um grande sucesso!

Ela sorriu e me agradeceu pelas palavras. Realmente, a medida de Clara para conseguir pagar a nossa viagem fora extrema, o que me causava muita preocupação, mas não havia como recriminá-la, pois estava sendo uma viagem maravilhosa. Assim que eu descobri que Clara já tinha uma proposta de emprego, fiquei muito mais tranquilo. Era natural que ela não ficasse desempregada por muito tempo, afinal era extremamente conhecida em seu ramo de trabalho. Confesso que na época eu não entendia o motivo da direção da emissora onde Clara trabalhava para não buscar fazer um acordo e proporcionar a viagem sem que a despedissem. Talvez os diretores não soubessem o real motivo do pedido de demissão por parte dela...

* * *

Apressamos o nosso passo e alcançamos os nossos pais. Chegando no restaurante escolhido para jantarmos, não tivemos tanta dificuldade para conseguir uma mesa como no jantar do dia anterior. Eu estava tão feliz por Clara ter sido convidada para um novo emprego que não consegui esconder isso, mesmo enquanto escolhíamos o nosso pedido. Nossa mãe, ao ver a minha felicidade em demasia, perguntou-me o motivo dela e eu pensei: "Ainda não está tudo certo, além do mais, não posso contar para os meus pais algo que é relativo à vida pessoal e profissional da minha irmã!". Por isso, decidi não contar sobre o ocorrido e disse apenas que estava feliz por ter me conciliado com Deus. Eles ficaram felizes com a minha resposta. Parecia que eu aprendera a mentir para os meus pais, pois já era a segunda que eu dissera e eles tinham aceitado.

Após o jantar, fomos para o hotel e seguimos para o quarto dos nossos pais. Fazendo a checagem de sempre, percebi que a nossa mãe estava limpa. Aconselhei-a fazer as suas necessidades no banheiro e ela assim o fez. Depois de alguns minutos, escutei o chuveiro ligado e presumi que ela estivesse tomando banho, mas não quis incomodar perguntando se precisaria de ajuda. O fato de ela ter terminado num curto prazo de tempo, após a alimentação, causou-me certa preocupação, pois era sinal de que o seu intestino não estava funcionando direito e estava expelindo os alimentos rapidamente, mas depois lembrei que isso já era normal e diminuiu a minha preocupação. Fui até Clara e perguntei se ela ficaria no quarto dos nossos pais, tendo ela me respondido que sim, assim fizemos companhia ao nosso pai, aguardando a nossa mãe acabar o banho, porém pouco depois minha irmã acabou se retirando sem falar nada. Então decidi descer para a recepção. Chegando lá, solicitei falar com o encarregado dos serviços gerais.

— Meu amigo, obrigado por ter trocado a roupa de cama. Sei que existe um horário de serviço e que a limpeza das necessidades da minha mãe extrapolou o tempo de trabalho de sua equipe, por isso gostaria de recompensá-los financeiramente!

Eu peguei minha carteira, mas fui repreendido pelo encarregado.

— Senhor, não necessita nos pagar pelos serviços inerentes a nossa profissão, o hotel já faz isso. Sempre que vocês deixam as dependências do hotel, verificamos o quarto em que os seus pais estão hospedados, pois já estamos cientes da doença da sua mãe, por isso não é nenhum problema extrapolarmos o nosso horário de serviço para atendê-los. Mais uma vez, nós é que agradecemos a preferência a nossa rede de hotéis e o exemplo que vocês estão nos dando!

Fiquei feliz com a atenção que estávamos recebendo. Eu poderia ter ficado envergonhado pela atenção ser derivada do sofrimento que minha mãe estava passando, mas aquela viagem estava sendo tão incrível que estava me fazendo mudar de pensamento e de ideias.

Depois disso, fui para o meu quarto tomar banho e dormir. Percebi que Clara não estava lá e estranhei isso. Decidi tomar banho. Depois que saí para me arrumar, percebi que Clara tinha voltado para o quarto, e ela parecia estar bem.

— Irmã, aonde você foi?

— Irmão, eu fui à igreja para rezar!

Eu fiquei feliz com a atitude de Clara, talvez a minha ida à igreja mais cedo a tivesse influenciado a fazer o mesmo. Então fui me deitar, enquanto Clara tomava o seu banho. Não demorou muito para eu conseguir dormir e, quando acordei, já era outro dia. Clara ainda estava descansando quando eu acordei e desci para o saguão. Peguei um jornal local para ler, porém não consegui por causa do idioma, por isso peguei uma revista e me distraí com as imagens. Depois fui para o quarto dos nossos pais, que já estavam acordados. Usando fralda enquanto dormia naquela noite, a nossa mãe acabara não sujando a roupa de cama. O meu pai já estava pronto, enquanto minha mãe estava tomando banho. Eu fui até a porta do banheiro para ver se ela queria ajuda, mas disse que não precisava, então eu fui falar com o meu pai, perguntar como eles tinham passado a noite. Meu pai disse que foi tudo bem e que a minha mãe estava feliz por não ter sujado a roupa de cama, apesar de ter feito as necessidades enquanto dormia.

Logo depois descemos até o piso onde fica o restaurante para tomarmos o café da manhã. Como sempre, eu e minha irmã preparamos os pratos do nosso pai e da nossa mãe e os servimos, depois pegamos os nossos pratos. Após tomarmos o café da manhã, voltamos para o quarto para descansarmos mais um pouco, pois só sairíamos de lá às quatorze horas. Também aproveitei para sair e fazer algumas compras. Eu queria levar alguns artigos religiosos para alguns colegas de trabalho cuja religião eu conhecia.

Depois de uma hora vagando pela cidade e comprando lembranças, retornei ao hotel e fui para o quarto dos meus pais para poder verificar se estava tudo bem por lá. Ao chegar, vi que a minha mãe estava descansando junto com o meu pai, então, resolvi ir para o meu quarto descansar também. Nem percebi por quanto tempo dormi, mas ainda me sentia cansado quando acordei. Fui acordado por Clara. A nossa conversa sobre melhorar a nossa comunicação enquanto o outro dormia surtira efeito... mas foi melhor assim. Então eu me arrumei e desci juntamente de Clara, mas antes fui para o quarto dos nossos pais, enquanto Clara seguiu em direção ao saguão do hotel. Chegando lá, vi que eles não estavam no quarto. Imaginei que estivessem no saguão, então desci para encontrá-los, porém Clara estava sozinha. Perguntei para o gerente do hotel se os meus pais tinham saído e ele me respondeu que sim, então decidi aguardar o retorno deles no saguão.

Cada minuto que passava eu ficava mais apreensivo, pensando nos riscos de duas pessoas de idade, estrangeiras, uma delas fisicamente comprometida, ficarem circulando por uma cidade desconhecida. Cerca de quarenta minutos depois, nossos pais retornaram ao hotel. Eu fui em direção ao meu pai e perguntei aonde eles tinham ido.

— Estávamos na igreja rezando, filho.

Eu fiquei mais tranquilo ao saber disso. Os meus pais já queriam sair para o nosso passeio que estava programado, mas, antes de partirmos, perguntei ao meu pai se ele trocara a minha mãe após o café da manhã. Como meu pai me respondeu que não, então eu disse que só sairíamos depois de trocar a minha mãe. Subi com ela para o seu quarto, limpei-a e troquei a sua roupa, enquanto Clara permaneceu no saguão do hotel com o nosso pai. A minha mãe não queria tomar banho naquela hora, e realmente não precisava, já que não se sujara muito. Durante toda a nossa vida, eu estive mais próximo da nossa mãe, enquanto Clara esteve mais próxima do nosso pai.

Nós saímos do hotel e fomos ao restaurante onde combinamos de almoçar. Era um restaurante muito conhecido, mas nem por isso tivemos de esperar liberarem a mesa para sentar. Almoçamos fartamente, pois, além de a comida ser muito saborosa, a quantidade era substancial, diferente do outro restaurante também conhecido onde tínhamos ido jantar outro dia. Saímos do restaurante e fomos em direção ao Monte Sião, que fazia a divisão territorial da Cidade Antiga de Jerusalém. Pegamos uma condução e em seguida subimos ao ponto turístico. Não fizemos como no Monte das Oliveiras ou no Calvário, por isso não demoramos muito para chegar ao local. Assim que chegamos, fomos em direção ao Cenáculo, onde ocorreu a Última Ceia de Jesus Cristo. O local, da mesma forma que o Santo Sepulcro, estava cheio de pessoas e tinha uma fila muito grande para visitar, a qual nós respeitamos e onde aguardamos nossa vez pacientemente.

Ao chegarmos naquele local, um misto de emoções me tomou. Foi naquele local que Jesus demonstrou o sacrifício que faria pela humanidade e foi lá onde Ele disse para Judas fazer o que era necessário, segundo as escrituras. Aquele local testemunhou o princípio das dores e sofrimento de Jesus Cristo, que tinha também a natureza humana e sabia o que iria acontecer, bem como a maneira como seria feito, mesmo assim tendo respeitado a vontade de Deus e aceitado a Sua missão.

Assim como no Calvário, acredito que percebo a natureza de Jesus Cristo, bem como os Seus motivos. Aquilo só me mostrou o quanto eu era errado e fraco, mas sentia que toda a minha fraqueza acabaria depois daquela viagem, assim como a minha fé e relação com Deus tinham mudado. Ficamos no Cenáculo, concentrados, absorvendo a história do local, rezando, quando escutei um ruído diferente, que na verdade fazia algum tempo que não escutava. Era a minha mãe chorando. Temendo que ela estivesse com dor ou algo semelhante, fui até ela rapidamente. A minha mãe não conseguia explicar o que estava acontecendo, só chorava sem parar. A empresa responsável pela administração do local interveio logo, com pessoas para socorrer, pois se tratava de uma pessoa idosa que poderia estar se sentindo mal. Elas quiseram encaminhá-la até um local onde seria atendida, mas ela disse que não precisava, só queria sair de onde estávamos. Ao fazê-lo, nossa mãe se sentou em um banco e bebeu a água que trouxemos para ela.

— Mãezinha, o que aconteceu lá? Por que a senhora teve aquela crise de choro?

— Lá foi o local onde Jesus Cristo fez a sua última refeição, meus filhos. Ele sabia que ia morrer logo e a forma como morreria, mas, mesmo assim, aceitou-a, sem reclamar!

— Sim, mãe, nós sabemos disso que a senhora está falando!

— Logo também será a minha última refeição, porém Jesus Cristo apareceu para os apóstolos depois de sua morte, já eu não os verei até vocês morrerem. Acredito que isso será muito tempo depois da minha morte, acho que já estou com saudades!

— Mãezinha, quando acontecer de você ir ao encontro de Deus, muitas pessoas maravilhosas estarão à sua espera lá — disse emocionado, com algumas lágrimas caindo no meu rosto.

A nossa mãe sorriu e concordou comigo, mas me causou muita preocupação o fato de ela demonstrar aquele sentimento. Na verdade, era a primeira vez depois da descoberta da doença que vi a nossa mãe daquele jeito, já que ela sempre demonstrara aceitá-la bem.

Eu me recompus, bem como os demais, e saímos do local em direção ao hotel. No quarto, Clara fez companhia para o nosso pai, enquanto eu ficava no banheiro com a nossa mãe, para verificar se estava suja... e estava muito suja. Limpei-a e a ajudei a se arrumar, enquanto o nosso pai já estava descansando. Em seguida eu e Clara fomos para o nosso quarto descansar.

— Hoje foi a primeira vez que vimos a nossa mãe demonstrar algum descontentamento com a doença — comentei muito emocionado, vendo Clara ao chegar no nosso quarto.

— É verdade, irmão, a nossa mãe sempre demonstrou estar bem e é um pouco difícil, pois ela deve estar sofrendo muito com a doença. Eu acredito que, procurando não demonstrar esta dor para nós, ela está tentando maquiar a situação, fingindo estar forte com relação a tudo que está acontecendo! — comentou minha irmã, também muito emocionada.

Depois da conversa, acabamos descansando, já que sabíamos que faltavam três horas para sairmos para jantar. Nós calculamos que poderíamos descansar por volta de duas horas. Quando deu a hora, fui até o quarto dos nossos pais, que estavam dormindo ainda. Acordei-os e segui para o banheiro com a minha mãe, limpei-a e perguntei se queria tomar banho, tendo ela me respondido que não, pois o faria quando chegasse para dormir. Assim, saímos do banheiro e esperamos o meu pai se arrumar no quarto. Eu telefonei para o meu quarto, procurando saber se Clara desceria até o dos nossos pais, ou se nos esperaria no saguão do hotel, e ela preferiu nos aguardar no saguão. Depois de dez minutos, meu pai acabou de se arrumar e descemos para nos encontrarmos com Clara, depois seguimos em direção ao restaurante. Como na noite anterior, mais uma vez Clara retardou os meus passos, puxando-me para conversar comigo.

— Irmão, em pouco tempo terminará a nossa viagem!
— Eu sei, minha irmã, foi maravilhosa, obrigado!
— De nada, irmão, mas confesso que estou um pouco aflita!
— Por que, irmã? — perguntei, surpreso.
— Estou com um pressentimento de que nossa mãe irá sofrer ainda mais!
— Eu também sinto isso, minha irmã, mas por que você não aproveita e fala com os nossos pais sobre a proposta de emprego que recebeu? Talvez possa alegrar a nossa mãe!
— Eu vou falar sim, mas prefiro que seja amanhã!

Depois da conversa, nos apressamos para poder acompanhar os passos dos nossos pais. Chegamos no restaurante e fizemos o nosso pedido. A nossa mãe queria tomar vinho e eu não queria permitir, mas fui convencido por Clara a deixá-la tomar. Assim, nossa mãe conseguiu satisfazer a sua vontade e nós a acompanhamos, apesar de não sentir o gosto do vinho. Foi um jantar muito agradável.

Após o jantar, voltamos para o hotel e eu fui para o quarto dos nossos pais para ver o estado de nossa mãe. Diferente da noite anterior, ela se sujara bastante, mas a limpei sem nenhum problema, assim como a ajudei a tomar banho e posteriormente se arrumar. Em seguida, esperei o meu pai se arrumar para me despedir, enquanto assistia à televisão com a minha mãe.

Chegando no quarto, vi que Clara estava falando no telefone, então decidi ir ao saguão para deixá-la mais à vontade. Eu me sentei na poltrona e comecei a refletir sobre o estado físico de nossa mãe. Ela estava piorando bastante, além de não conseguir reter os alimentos e perder a sensibilidade tanto do paladar quanto de outras regiões. O estado dela estava se deteriorando rapidamente e isso poderia ser o início do fim do sofrimento dela. O fato de ela estar piorando poderia ser ocasionado pelo início do processo de falência de alguns órgãos.

Apesar de o meu egoísmo não querer que o inevitável acontecesse, no fundo eu estava me sentindo em paz, pois o sofrimento dela logo acabaria, caso a minha dedução estivesse certa. Naquele momento, confirmei que tinha aceitado totalmente o inevitável.

Após refletir, sentado na poltrona, fui conversar com o pessoal da recepção, precisava me distrair. Eles aparentavam estar tristes e eu quis saber o motivo. Um dos funcionários me confessou que o motivo era que nós estávamos indo embora em dois dias. Eu fiquei abismado, afinal nenhum profissional dos locais onde havíamos estado manifestara tal sentimento. O mesmo funcionário me disse que não éramos hospedes comuns e que eles nos admiravam muito. Já nos tinham dito isso, mas eu pensei que fosse para nos deixar mais confortáveis com a situação da nossa mãe. Vendo a verdade em seus olhos, peguei uma das fotos reveladas de nossa viagem e entreguei para o funcionário.

— Podem ficar com essa foto, assim, quando sentirem a nossa falta, é só olharem para ela!

O recepcionista transpareceu extremo contentamento diante da minha atitude. Em seguida, subi para o meu quarto e me recolhi. Aproveitei a ausência de Clara e comecei a fazer as minhas orações.

— O Senhor age em nossas vidas de maneira surpreendente, pois, mesmo com a doença da nossa mãe, nos faz de exemplo para tantas pessoas! Muito obrigado, Senhor, por tudo que fez, faz e ainda fará. Obrigado por esta viagem, por me confortar e me fazer entender o motivo da doença da minha mãe. Ela veio para manifestar o nosso melhor como pessoas e como família. Apesar de todas as apreensões que estamos passando, o Senhor não nos deixa desamparados. Muito obrigado por tudo, Senhor!

Após acabar as minhas preces, obtive mais paz. Realmente, eu tinha medo da morte da minha mãe, mas o sofrimento dela estava me corroendo e eu queria que acabasse. Na realidade, era muito egoísmo da minha parte querer que minha mãe ficasse conosco sofrendo. Liguei a televisão e fiquei assistindo, enquanto esperava Clara retornar do quarto dos nossos pais.

No dia seguinte, acordamos cedo e fomos para o quarto dos nossos pais. No meio do caminho Clara me pediu para que ela arrumasse a nossa mãe e eu concordei. Chegando no quarto, o nosso pai estava acordado e nossa mãe ainda estava dormindo, por isso foi acordada por Clara com um doce e suave beijo. Eu fiquei conversando com o nosso pai sobre a vida, enquanto Clara limpava e dava banho na nossa mãe. Depois que nossos pais se arrumaram, fomos ao restaurante do hotel.

Nós sabíamos que a vida mudaria quando voltássemos e tínhamos conhecimento de que a doença de nossa mãe pioraria e que teríamos menos tempo para ficarmos juntos. Eu também sabia que, por causa do novo emprego, Clara ficaria menos tempo ainda com os nossos pais, então concluí que realmente aquela viagem fora providencial para a nossa família naquele momento. Conversando enquanto comíamos, percebemos que estávamos sozinhos no restaurante, pois todos os hóspedes tinham deixado o local, então resolvemos sair para não atrasar os funcionários do restaurante. Decidimos passar o dia fazendo compras, já que ainda tínhamos muitas encomendas e presentes que queríamos comprar para os nossos amigos. Seguimos para o elevador, enquanto o nosso pai foi em direção ao saguão do hotel. Clara me puxou e fez um sinal com a cabeça, indicando que que limparia a nossa mãe. Avisei à nossa mãe que faria companhia ao nosso pai.

Um tempo depois, as duas desceram e se encontraram conosco, então saímos. Clara andava na frente com o nosso pai, enquanto eu fazia companhia para a nossa mãe. Andamos por quase duas horas, passamos em várias lojas e compramos muitas lembranças. Após as compras, fomos a um restaurante almoçar, pois estávamos com fome e cansados. Chegando lá, Clara foi com a nossa mãe ao banheiro para poder limpá-la, pois estávamos equipados para tal. Depois de uns quinze minutos no banheiro, as duas saíram e fizemos os pedidos dos pratos.

Retornando ao hotel, fui para o quarto dos nossos pais para limpar a nossa mãe. Nós descansaríamos até as dezessete horas, pois sairíamos pouco depois daquele horário. Acordei por volta de trinta minutos antes do horário da saída. Acordei Clara, lavei o rosto e escovei os dentes, indo em seguida para o quarto dos meus pais, acordando-os e limpando a minha mãe, que optou por não tomar banho naquele momento. Descemos para o saguão do hotel, onde Clara já estava à nossa espera.

Nossa mãe preferiu voltar ao Monte das Oliveiras, o mesmo lugar que tínhamos visitado no dia que chegamos, para contemplarmos o pôr do sol. Pelo menos não estava frio como no primeiro dia, mas a nossa mãe estava mais ofegante, além de aparentar estar muito cansada, mas, ainda assim, feliz.

— Agora a viagem está completa, assim como a minha missão. Sei que vocês aceitaram a minha morte, então posso ir em paz, estou pronta!

Um misto de emoções tomou conta de mim quando ela disse aquilo e percebi que o meu pai também ficou um pouco emocionado. Olhei para Clara e ela balançou a cabeça positivamente para mim.

— Mãezinha, a Clara tem uma notícia para te dar!

— O que você quer me dizer, minha filha?

— Mãe, obtive uma proposta irrecusável de emprego e devo mudar de emissora. Vou ter uma reunião assim que retornar ao Brasil!

— Como você se atreve a mentir num lugar santo? — a nossa mãe perguntou, num tom de voz firme.

— Eu não estou mentindo, mãe! Realmente recebi uma proposta irrecusável!

— Eu vejo verdade nisso! O que eu não vejo verdade é no seu emprego atual. Você acha mesmo que eu acreditei que conseguira uma licença premium? Isso só existe para funcionário público! Mas fico feliz em saber que praticamente conseguiu um novo emprego!

— Quando foi que a senhora descobriu? — Clara perguntou, surpresa.

— Desde o começo! Você achou mesmo que estava me enganando? Eu imaginei o quanto vocês gastaram na festa, e gastar mais dinheiro numa viagem deste porte os faria buscar uma nova fonte de renda, então deduzi que você havia pedido demissão e, com o dinheiro da indenização, pagou por essa viagem!

— A senhora realmente acertou, mãe!

— Obrigada, minha filha! Eu acredito que precisávamos mesmo desta viagem!

Clara sorriu e ficou feliz com o reconhecimento da nossa mãe.

— Mas, mãezinha, esta viagem não foi boa apenas para nós, mas para muitas pessoas! Se lembra do restaurante daquela cidade onde paramos antes de chegar em Fátima? Nós compramos aqueles pratos para quem não tinha o que comer! A nossa viagem também foi boa para que pudéssemos visitar alguns parentes nossos que moram na Europa! Também foi bom para os funcionários do hotel onde ficamos! Essa viagem foi boa para todos, não só para nós!

— É realmente impressionante. Não havia planejado isso, mas aconteceu!

— A senhora é muito especial, minha mãe! Consegue extrair o melhor de todo mundo!

— Pare com essa bobagem, meu filho! — nossa mãe disse, emocionada com as minhas palavras. Depois que se recompôs, ela sorriu para nós. — Está ficando tarde, meus filhos. Vamos para o hotel arrumar as nossas malas e depois comer!

Nós concordamos com nossa mãe, ligamos as lanternas, que o hotel nos fornecera, e seguimos a trilha para a descida do Monte das Oliveiras. Chegando no hotel, fui para o quarto dos nossos pais para limpar a nossa mãe e dar banho nela. Após isso, eu os ajudei a preparar as malas, depois fui para o meu quarto para preparar a minha. Quando cheguei, deparei-me com a surpresa que Clara fizera para mim.

— Irmã, por que você fez a minha mala?

— Você estava limpando a nossa mãe e preparando a mala dos nossos pais, então foi um prazer te ajudar!

Eu sorri e agradeci a minha irmã, tendo ela também sorrido e dito "nada, irmão!". Liguei para quarto dos nossos pais, procurando saber onde eles queriam jantar. O nosso pai disse que, por indicação de nossa mãe, jantaríamos no hotel, já que seria a nossa última noite. Eu e Clara concordamos e descemos para o restaurante. Pedimos pratos diferentes do habitual e uma garrafa de vinho. Foi a nossa última noite em Israel, então deveríamos torná-la mais especial. A nossa preocupação com a restrição alimentar de nossa mãe não era mais tão grande, visto que nada poderíamos fazer para melhorar o quadro em que ela se encontrava, com o intestino solto.

Ao sairmos do restaurante, demos uma volta pelas ruas de Jerusalém, tomamos um café e em seguida retornamos ao hotel. Clara foi direto para o nosso quarto, enquanto eu fui para o dos nossos pais, para ver a nossa mãe. Ela se sujara, mas não muito. Limpei-a e depois a ajudei a tomar banho. O meu pai já estava dormindo, então preferi não o acordar e fui para o meu quarto. Chegando lá, encontrei Clara já dormindo. Busquei não fazer barulho para não a acordar e fui tomar banho. Ao sair, reparei que minha irmã estava acordada.

— Irmã, me desculpe, não queria incomodá-la!

— Não me incomodou, meu irmão, eu precisava conversar contigo mesmo!

— Pode falar!

Clara me perguntou inicialmente se eu tinha gostado da viagem, tendo respondido que amara. Aproveitei, também, para agradecer mais uma vez a ela por essa oportunidade.

— Provavelmente esta foi a última viagem de nossa mãe. Poderíamos ter feito em outra época, mas vamos aproveitar e viajar mais juntos, principalmente com o nosso pai. Ele precisará do máximo da nossa atenção assim que nossa mãe partir!

— Eu sei disso, minha irmã, vamos viajar e procurar tirar o nosso pai da rotina também, pois só desta maneira ele não ficará pensando em nossa mãe!

Eu dei um beijo de boa-noite na minha irmã e em seguida fui dormir.

No dia seguinte acordei cedo, mais do que de costume, e fui para o quarto dos meus pai verificar se minha mãe estava suja. Eles ainda não tinham acordado, então eu os acordei com um sereno beijo e acompanhei a minha mãe até o banheiro, enquanto meu pai ficou nos aguardando. Limpei a minha mãe e posteriormente a ajudei a tomar um banho. Ela parecia contente, não sei se por causa da viagem ou por qualquer outra coisa, mas me alegrou vê-la daquele jeito. Após o banho de minha mãe, fui para o meu quarto. Eu iria deixar a minha mala pronta para ser pega pelo funcionário do hotel, porém Clara já fizera isso, então descemos para o restaurante, esperando os nossos pais descerem. Eles levaram mais de quinze minutos.

Assim que chegaram, eu e Clara nos levantamos da mesa em que estávamos sentados para guardá-la e fomos em direção ao *buffet*. Preparamos os pratos dos nossos pais e os servimos, depois preparamos a nossa refeição. Percebemos que a atenção que os funcionários do restaurante nos davam era diferente do comum. Eles estavam mais atenciosos que o normal, demonstrando um misto de sentimentos, alguns felicidade, outros tristeza. Fizemos a nossa refeição e depois nos dirigimos para o quarto dos nossos pais. Levei a nossa mãe ao banheiro e percebi que não tinha se sujado, então sugeri que ela tentasse fazer as suas necessidades. Demorou mais do que o comum, cerca de vinte e cinco minutos, mas ela conseguiu. A sua demora me preocupou um pouco. Eu esperava que ela seria mais rápida, principalmente por causa do intestino solto que passou a ter depois da doença.

Ligamos para a recepção do hotel, informando que faríamos o *check-out* naquele momento, e que era para o profissional fazer a inspeção dos quartos. O recepcionista me informou que, para que o profissional fizesse a inspeção, deveríamos estar no quarto. Eu contestei informando que em nenhum hotel onde nos hospedara haviam feito essa exigência, porém o recepcionista disse que eram as regras daquela rede de hotéis. Portanto, eu e Clara ficamos no nosso quarto e dissemos para os nossos pais que eles deveriam aguardar no quarto deles até o final da inspeção.

Concluída a inspeção, eu e Clara fomos até o quarto dos nossos pais e descemos com eles até a recepção. Assim que chegamos para fazer o nosso *check-out*, os funcionários vieram ao nosso encontro para nos cumprimentar e agradecer, bem como desejar uma boa viagem. Minha mãe ficou muito emocionada, assim como o meu pai. Eu e Clara ficamos perplexos e felizes com a atitude deles.

Pegamos um taxi em direção ao aeroporto, em Tel Aviv, capital administrativa de Israel. Chegando lá, embarcamos as nossas malas e fomos à ala de embarque de passageiros do aeroporto, aguardar o nosso voo. Depois de algum tempo, chegara a hora! Embarcamos com destino a Paris.

A viagem foi um pouco complicada, pois a nossa mãe acabou passando mal, sentiu-se enjoada e acabou vomitando algumas vezes. Chegando a Paris, fomos à ala de embarque internacional, onde esperaríamos mais duas horas para regressarmos ao Brasil. Decidimos almoçar no aeroporto. Comemos comidas leves, por causa do mal-estar de nossa mãe. Após almoçarmos, senti um odor vindo da minha mãe e sabia o que era, então pedi para Clara ir com ela ao banheiro. Depois disso, ficamos aguardando o nosso voo chegar, que demorou uns trinta minutos.

Mais uma vez, durante o voo, nossa mãe acabou passando mal e vomitando algumas vezes, o que era estranho, visto que, na minha interpretação, ela já liberara toda a comida na ida ao banheiro no aeroporto.

Na viagem para o Brasil, nossa mãe começou a apresentar desconforto, uma forte dor na região pélvica, seguida de enjoos, depois de cinco horas de voo. Lembramos das medicações prescritas pelo oncologista que tratara de nossa mãe, nos instruindo sobre cada medicação derivada aos sintomas. Apesar de termos levado as medicações e não terem sido necessárias durante toda a viagem, diante daquele quadro inédito e desesperador decidimos usá-las naquele momento.

Após a chegada do avião em solo brasileiro, fomos direto para as nossas casas, pois estávamos muito cansados depois de oito horas de viagem. Flávia, a enfermeira que contratamos para a nossa mãe, estava nos aguardando no saguão internacional do aeroporto. Ela seguiu com os nossos pais para a casa deles. O marido de Clara não fora buscá-la no aeroporto com os filhos, por isso resolvi levá-la até a sua casa. Confesso que essa situação me incomodou. Perguntei se ela sabia que o marido não a buscaria e ela respondeu que sim. Decidi então perguntar o motivo, mas ela novamente pediu para que eu não interferisse em sua vida. Eu sabia que algo estava acontecendo naquele lar, mas preferi respeitar a vontade de minha irmã. Deixei-a em casa e aproveitei para dar um abraço em meus sobrinhos. Percebi o comportamento frio por parte do marido de Clara com relação a ela, uma frieza maior do que comigo.

Depois fui para casa descansar. Dormi e acordei no meio da madrugada, ainda sob o efeito do fuso horário, mas aquilo era comum. Esperei chegar de manhã cedo para ir à padaria e comprar os alimentos para a preparação do café da manhã dos meus pais. Decidi não chamar Clara, pois imaginei que ela precisaria dar mais atenção à sua família, principalmente aos filhos, que deviam estar carentes da sua atenção. Cheguei cedo na casa dos meus pais e fui preparar o café da manhã. Ao entrar, vi que já estavam acordados. Era pouco antes das sete horas da manhã, horário que eles geralmente acordavam. Parece que a diferença do fuso horário não estava surtindo efeito apenas em mim. Eles ficaram felizes em me encontrar, afinal nossa ligação sempre fora muito forte, então tomamos o café da manhã juntos, eu, Flávia, meu pai e minha mãe.

Após o café da manhã, minha mãe me perguntou se eu almoçaria com eles naquele dia, tendo eu respondido que não, pois iria para o meu trabalho almoçar com os meus colegas. Ela ficou feliz com isso. Acredito que minha mãe sentiu muito a doença, principalmente por se achar um fardo para mim e Clara, mesmo ela não sendo. Foi nossa escolha dar o máximo de atenção a ela nos seus últimos dias de vida!

Esperei dar onze horas para ir ao trabalho. Chegando lá com os presentes e lembranças de todos, entreguei um a um o que trouxera para os meus colegas. Acabei almoçando com Michel naquele dia. Aproveitei e conversei com ele sobre a viagem e tudo que vivenciamos lá. Michel trabalhava comigo havia dez anos, ele me conhecia muito bem e sabia quando estava aflito ou quando estava feliz. Apesar de eu não querer demonstrar a minha preocupação, ele percebeu a minha aflição, mas acredito que, como eu não comentei o motivo, ele respeitou o meu silêncio. Confesso que foi muito bom ter ido àquele almoço, bem como fazer aquela visita ao meu trabalho, pois tudo me ajudou a esquecer um pouco dos meus problemas.

Quando acabamos de almoçar, retornamos ao trabalho, onde conversei mais um pouco com os meus colegas e me despedi deles, afinal, ainda faltava algum tempo para acabar o período da minha licença premium. Assim que saí de lá, fui para a casa dos meus pais. Esperava me encontrar com Clara, ou vê-la passar por lá mais tarde, mas nada disso aconteceu, então decidi telefonar para ela.

— Oi, irmã, tudo bem? — perguntei assim que Clara atendeu.

— Está tudo bem comigo, irmão, e contigo?

— Comigo está tudo bem! Fui hoje no trabalho para entregar as lembranças do pessoal!

— Que bom, irmão! Como é que foi a entrega das lembranças?

— Foi tudo bem. Você virá hoje à casa dos nossos pais?

— Não, irmão, amanhã eu irei fazer a entrevista com a emissora bem cedo, então vou aproveitar para descansar, ainda estou sob o efeito do fuso horário!

— Faz isso, sim! Será importante você estar bem fisicamente para a entrevista!
— É verdade... mas, me diga uma coisa... como está a nossa mãe?
— Passei a manhã com eles e estou retornando agora. Pela manhã, nada de anormal!
— Que bom!
— E como está a sua família? Eles te receberam bem?
— Maravilhosamente bem!
— Que bom! Vê se amanhã, depois da entrevista, você vem para a casa dos nossos pais!
— Pode deixar, irmão!

Assim que acabei de falar com Clara por telefone, informei aos meus pais que ela não viria para a casa deles naquele dia. Depois disso, fui conversar com Flávia para me situar sobre o estado da minha mãe durante o período da tarde. As informações não me alarmaram.

Permaneci na casa dos meus pais e acabamos jantando juntos, depois eu fiquei assistindo, com a minha mãe, ao capítulo da novela que ela gostava. Quando voltei para casa, acabei dormindo cedo ainda por causa da adaptação do fuso horário.

No dia seguinte, acordei de madrugada, esperei amanhecer e fui novamente comprar os alimentos para o café da manhã dos meus pais. Quando cheguei, eles já estavam acordados me esperando para tomar o café da manhã. Comecei a perceber que, com a doença da minha mãe, eu estava tomando atitudes pragmáticas, mas isso não me incomodava, afinal não tinha a intenção de fazer nenhuma surpresa, pelo menos não mais. Tomamos café da manhã e acompanhamos o jornal televisivo das oito e o das dez horas da manhã. O meu pai gostava muito de acompanhar os jornais matinais e ambos tinham uma duração média de duas horas cada.

Após acabarmos de assistir, fui até a cozinha com a Flávia para preparar o almoço dos meus pais. Levou cerca de trinta minutos para que ficasse pronto. Como eu não queria que minha mãe ficasse ofendida com uma alimentação diferenciada, decidi fazer o mesmo prato para todos nós, apenas acrescentei, de sobremesa para o meu pai, o mamão, pois sabia que ele não poderia ficar comendo alimentos que permanecessem retidos no organismo, enquanto a minha mãe comeria uma banana. Almoçamos e, depois da refeição, meus pais decidiram descansar. Quando deu a hora do nosso lanche, Clara apareceu, querendo lanchar conosco.

— Eu tenho novidades! Inicialmente farei alguns cursos na área em que irei trabalhar, aqui no Brasil mesmo, nos primeiros seis meses, depois irei para fora do país, onde terei maior conhecimento da plataforma para o formato do programa. Além disto, ganharei trinta por cento a mais do que ganhava na antiga emissora!

Todos nós ficamos felizes com a notícia. Depois de comermos, fui lavar a louça com a Clara.

— Irmã, eu sei que você não quer que eu interfira na sua vida, mas achei o seu marido muito frio contigo quando chegamos de viagem. Vocês estão se relacionando bem?

— Irmão, eu já te disse para não se preocupar nem se meter na minha vida!

— Eu sei disso, minha irmã, mas eu te amo e não tem como não me preocupar contigo, por mais que seja a sua vontade! Eu posso te prometer buscar me envolver o mínimo possível, mas você não pode me pedir para não me importar com a sua vida!

— Entendo, meu irmão... eu e o meu marido estamos bem. É claro que o afastamento está interferindo um pouco em nossa relação, mas as coisas estão voltando ao normal. Você me faz um favor?

— Diga, minha irmã!

— Não conte isso pra mamãe, para que ela não se sinta culpada!

— Você quer mesmo esconder isso dela? Não acha que ela tem o direito de saber?

— Meu irmão, pelo fato de amarmos as pessoas é que ocultamos muitas situações delas!

— Respeitarei a sua escolha, minha irmã!

Clara me agradeceu e continuamos a lavar a louça. Logo depois, a minha irmã saiu da casa dos nossos pais, com a promessa de que jantaria no dia seguinte. Mais uma vez, acompanhei a nossa mãe assistindo à sua novela favorita e durante esse período ela reclamou bastante de dores. Assim que a novela acabou, fui conversar com ela.

— Mãezinha, as suas dores estão me preocupando! Se elas não melhorarem até amanhã, eu te levarei ao médico!

— Não se preocupe comigo, meu filho! As dores não são muito fortes e conseguirei suportá-las, não quero você se preocupando comigo! Na verdade, quem está preocupado aqui sou eu, e com você!

— O que é que está te preocupando, minha mãe?

— Você tem que arranjar uma mulher, meu filho! Você já está sozinho há muito tempo e precisa de alguém para construir uma família!

— Eu concordo contigo, minha mãe, mas agora essa não é a minha prioridade...

— Por causa da minha doença?

— Claro que não, mãezinha! Isso só não é minha prioridade neste momento, pois não quero arranjar qualquer pessoa!

— Que bom que você pretende constituir uma nova família, meu filho! — minha mãe sorriu.

Essa tinha sido mais uma vez que eu menti para a minha mãe, sem que ela percebesse. Na realidade, passara a direcionar o meu foco na melhoria da qualidade de vida da minha mãe, o que me fez tirar o foco de outras coisas, como o trabalho e a vida social.

Fiquei até mais tarde na casa de meus pais, e, quando eles foram dormir, fui para a minha casa.

No dia seguinte, acordei no horário a que estava acostumado, então percebi que o fuso horário não estava mais me atrapalhando. Fui para a padaria, onde comprei os alimentos para preparar o café da manhã dos meus pais, e segui para a casa deles.

Chegando lá, percebi que também não estavam sob o efeito da mudança de fuso horário, pois estavam dormindo, então aguardei. Após os meus pais acordarem, tomamos o café da manhã e ficamos assistindo aos jornais televisivos e, em seguida, fui com Flávia preparar a comida dos meus pais. Quando ficou pronta, nós quatro almoçamos.

— Pessoal, hoje faremos algo diferente, pois iremos ao shopping para vermos um filme no cinema! É um filme muito renomado, vocês gostarão de assistir!

Meus pais gostaram da ideia, então eu arrumei a minha mãe, com a ajuda de Flávia, enquanto o meu pai também se arrumava. Em seguida, fomos no shopping center. Assim que chegamos, fomos direto ao cinema e compramos os ingressos.

Realmente, o filme era muito bom, mas não dava para escutá-lo muito bem, pois a minha mãe ficou praticamente a seção inteira emitindo um barulho estranho. Eu sabia o que era, e o bom de ir a uma seção de cinema na parte da tarde, durante a semana, é que há poucos frequentadores, pois em geral as pessoas estão em horário escolar ou no trabalho.

Após a saída do cinema, fomos fazer um pequeno lanche e depois fomos para a casa dos meus pais. Chegando lá eles descansaram, enquanto eu assistia à programação da televisão. Mais tarde, por volta das vinte e uma horas, Clara chegou com o marido e os filhos. Naquela hora os nossos pais ainda estavam descansando e só acordaram trinta minutos mais tarde. A nossa mãe estava reclamando de dor. Decidimos pedir comida para o jantar em vez de prepará-la, e enquanto pedíamos sugeri um prato que seguiria a restrição alimentar de nossa mãe, mas Clara achou melhor optar por uma comida que a nossa mãe mais gostasse. Diante da insistência dela, decidi acatar a sua vontade.

Durante a refeição, a nossa mãe reclamou bastante de dores. Eu decidi não comentar nada durante a refeição, por causa de Clara e de sua família. Depois que eles foram para casa, fui falar com a minha mãe.

— Mãezinha, amanhã iremos ao médico ver essas suas dores!

A minha mãe concordou comigo, então naquele dia eu não voltei para a minha casa e dormi na casa de meus pais.

Capítulo 5

Os últimos dias de Isabel e sua morte

Acordei de manhã cedo, saí para comprar os alimentos do café da manhã na padaria e retornei para a casa dos meus pais, que já estavam acordados me aguardando. Depois de comermos, limpei e arrumei a minha mãe com a ajuda de Flávia. Em seguida, aguardamos o meu pai se arrumar e saímos em direção ao hospital.

Chegando lá, fomos para a área de emergência. O médico de plantão perguntou o que a minha mãe estava sentindo e ela contou, assim o médico a encaminhou para alguns exames. Enquanto ela os fazia, eu e meu pai ficamos aguardando os resultados ficarem prontos na sala de espera do hospital. Quando ficaram prontos, o médico disse achar melhor que a nossa mãe ficasse internada no hospital. Perguntaram a ela qual colega de profissão estava cuidando do seu câncer e demos o nome do oncologista indicado pelo Dr. João. A minha mãe ficou nervosa, pois não queria ficar no hospital, mas conseguimos tranquilizá-la, aceitando a indicação do médico.

No final da tarde, o Dr. Felipe chegou no hospital e foi conversar com o colega plantonista que estava analisando o quadro da minha mãe. Depois de conversarem, foi até o quarto e me chamou no corredor.

Ele me perguntou há quanto tempo a minha mãe estava daquele jeito, sentindo dores.

Eu lembrei que as manifestações das dores tinham se iniciado no avião e respondi ao médico, bem como informando a medicação que tinha dado a ela devido aos sintomas apresentados, lembrando da prescrição e indicação deles.

O médico disse que a medicação pelos sintomas foram os adequados e complementou:

— A situação de sua mãe está bem avançada! Os órgãos dela estão dando sinais de início de falência, então precisamos mantê-la internada para garantirmos maior qualidade de vida no tempo que resta a ela!

Mesmo aceitando o inevitável, ao escutar que restava pouco tempo de vida para minha mãe, comecei a chorar. Depois de me recompor, falei:

— Esta decisão não nos compete, doutor, mas quanto tempo o senhor acredita que ela tem ainda de vida?

— Cada caso é um caso. Pode ser questão de dias, ou pode ser questão de semanas, mas... do jeito que o quadro dela está avançado, acredito que não chegue a duas semanas.

Eu e o médico entramos no quarto e a deixamos a par de toda a situação. O meu pai, ao saber que a morte da minha mãe estava muito próxima de acontecer, desesperou-se e saiu do quarto. Eu queria acompanhá-lo, mas preferi ficar com a minha mãe naquele momento, então Flávia foi atrás dele pelo corredor do hospital. A minha mãe disse ao médico oncologista que preferia concluir o resto da sua vida fora do hospital, o que ele entendeu e por isso receitou outra medicação mais forte (devido à mudança de medicação da prescrição inicial) para amenizarem as dores que ela estava sentindo e que sentiria com o início da falência de órgãos, embora também informasse que ela ficaria de observação naquele dia no hospital para verificarem se poderia mesmo voltar para casa.

Quando o médico saiu do quarto, eu perguntei para a minha mãe:
— Mãezinha, como a senhora está passando?
— Eu estou bem, meu filho. Finalmente as dores acabarão! — ela respondeu sorrindo.
— Eu vou avisar a Clara sobre o seu estado de saúde, mãezinha!
— Meu filho, eu posso te pedir um favor?
— O que a senhora quiser, minha mãe!
— Não conte à Clara! Ela está com problemas em seu seio familiar e está fazendo treinamento do seu novo emprego. Essa notícia só a atrapalhará, então, por favor, não conte!
— Está tudo bem, minha mãe. Se essa é a tua vontade, eu não falarei com a Clara!
— Eu posso pedir outro favor para você?
— Claro, mãezinha, pode sim!
— Se você não se incomodar... passa a noite aqui comigo?
— Claro que não me incomodo, minha mãe! É sempre um prazer passar um tempo a mais com a senhora... mas a senhora acha que o papai vai permitir isso?
— Deixa que irei me entender com o seu pai!

Nós esperamos o meu pai voltar para o quarto, e enquanto ele não chegava fiquei assistindo à televisão com a minha mãe.
— Sabe, eu acho que não verei o final da novela, mas acredito que já sei como será o final. Ultimamente os roteiristas têm sido tão previsíveis!
— É verdade, minha mãe, a senhora tem toda razão!

O meu pai chegou no final do horário de visitas e, quase simultaneamente, Clara me telefonou.
— Irmão, por que você não me disse que tinha levado a mamãe para o hospital? O nosso pai me telefonou e informou que ela está morrendo!

— Minha irmã, você sabe como o nosso pai é exagerado! Eu só a trouxe porque, desde que voltamos de viagem, ela não tinha vindo ao hospital para fazer a revisão do seu quadro de saúde, mas está tudo bem, só passará a noite aqui no hospital para aguardar o resultado de alguns exames! — respondi, com um tom de voz normal, para não transparecer o real estado físico de Isabel, buscando respeitar a vontade dela.

— Então, tudo bem... qualquer notícia me telefona informando!

— Pode deixar, minha irmã, eu telefonarei! — prometi, antes de desligar.

— Por que você mentiu para a sua irmã? Eu não te eduquei dessa forma! — meu pai perguntou, irritado e com o tom de voz áspero.

— Eu sei disso, mas eu aprendi recentemente a respeitar a vontade das pessoas! Eu menti por respeitar a vontade da minha mãe e espero que o senhor também respeite! — respondi, no mesmo tom de voz.

O meu pai confirmou esta situação com a minha mãe e depois se acalmou. Ela também manifestou diante dele a vontade de que eu passasse aquela noite no quarto e ele respeitou. No horário limite para o final da visita, meu pai se despediu de nós e foi embora com a Flávia.

— Filho, agora que está se aproximando do meu encontro com Deus, eu preciso te pedir mais alguns favores!

— O que a senhora quiser, minha mãe!

— Eu não quero mais voltar para o hospital, mesmo se eu ficar muito ruim. Quero morrer no meu quarto!

— Pode deixar, minha mãe... — disse, emocionado —, você não voltará para o hospital. Quanto a morrer no seu quarto, isso eu não posso te prometer.

— Realmente, você está certo, mas espero que consigamos isso, afinal, nada como a nossa cama, não é? Nós passamos tanto da nossa vida nela, então seria muito poético morrer nela também!

Eu me recompus e sorri, concordando com a minha mãe.

— Quero também te pedir outro favor, meu filho! Eu quero ser enterrada em Portugal. Você pode conseguir isto para mim?

— Posso, mas não entendo, mãe... a sua família toda está aqui no Brasil e a parte da família em Portugal e na Europa é toda do lado do meu pai, então por que a senhora gostaria de ser enterrada lá?

— Porque eu amo aquele país de todo o coração e dessa forma obrigarei os meus familiares a visitarem o meu túmulo em Portugal, assim, talvez, eles possam amar aquele país tanto quanto eu depois de conhecê-lo melhor!

— Minha mãe, a senhora sempre manipulando as pessoas e trazendo paz e amor a elas. A senhora é incrível, mãe... obrigado por ser tão especial assim!

No meu íntimo pensei: "a minha mãe não para de manipular as pessoas! Em sua vida sempre manipulou os outros e agora, próxima de sua morte, continua querendo manipular. Na verdade, possivelmente ninguém daqui do Brasil irá até Portugal, especialmente para visitar o túmulo da minha mãe, mas como é a vontade dela, não custa nada procurar atender".

Os meus pensamentos foram interrompidos pela voz da minha mãe.

— Posso pedir mais um favor a você?

— Claro que pode, mãezinha.

— Quero que você fique mais próximo do seu pai e dê apoio a ele! O seu pai precisará muito, e eu não quero me encontrar com ele tão rápido após partir! Consegui, com o final da minha vida, aproximar mais você de sua irmã, então seria importante, depois que eu fosse embora, que ficasse mais próximo do seu pai, pois sempre foi mais próximo a mim durante a minha vida!

— Pode deixar, minha mãe!

— Obrigado por ser um filho e uma pessoa tão maravilhosa!

— Não posso te responder isso, pois é uma mentira, já que tudo que atualmente sou é decorrente da formação que a senhora e o meu pai me deram. Ainda assim, é muito pouco o que eu demonstro ser, pois tudo se deve principalmente ao seu amor, minha mãe! — eu disse, emocionado.

Depois dessa conversa, ficamos assistindo televisão. Minutos depois, minha mãe acabou dormindo, então saí do seu quarto, fui até a recepção do hospital e comecei a chorar.

Apesar de respeitar a vontade da minha mãe em não fazer o procedimento, nem ficar no hospital para aumentar o seu tempo de vida conosco, bem como aceitar a sua morte, tudo isso estava me martirizando bastante. Confesso que não sabia o que estava sentindo ao vê-la reclamando que as dores estavam insuportáveis. Deixando o lado emocional de lado e começando a usar o lado racional, pensei que talvez fosse realmente melhor que ela morresse do que ficar conosco sofrendo.

Depois que me recompus, voltei para o quarto, deitei no sofá e aguardei o sono chegar. Eu não sei a que horas acabei dormindo, só que acordei cedo e o médico já estava no quarto. A enfermeira deu o café da manhã para a minha mãe, enquanto eu dormia.

— Mãezinha, a senhora está se sentindo bem ou está com algum desconforto?

— Meu filho, com tanto remédio que estão me dando, seria quase impossível sentir alguma coisa! — respondeu, sorrindo.

— Que bom que a senhora não está se sentindo desconfortável, minha mãe!

Telefonei para a casa dos meus pais e ninguém atendeu. Pouco tempo depois, meu pai e Flávia chegaram no quarto onde minha mãe estava. Eu perguntei a Flávia se meu pai tinha tomado o café da manhã, tendo ela me respondido que não, então pedi que ele me acompanhasse no refeitório do hospital para podermos tomar o café da manhã juntos. Inicialmente ele rejeitou, mas minha mãe insistiu que ele me fizesse companhia. Após muito relutar, acabou aceitando.

— Filho, como a sua mãe passou a noite? — perguntou, assim que chegamos no refeitório.

— Ela passou bem, graças a Deus! As dores cessaram e ela não reclamou!

— A hora de a sua mãe partir está chegando, não está?

— Infelizmente sim, pai, a hora está chegando, mas ela sabe disso e está bem. Por mais que seja muito difícil, ou quase impossível, devemos aceitar e buscar dar tranquilidade a ela, para que faça a passagem em paz. O senhor se lembra do que a mamãe disse no Monte das Oliveiras? Que era para deixarmos fazer a passagem em paz? Ela nos pediu para nós deixarmos tudo que nos prendia a ela naquele monte! O senhor não fez isso, meu pai?

— Sim, meu filho, eu fiz, mas é muito difícil, depois de todos esses anos junto com a sua mãe, deixar que isso aconteça! Por mais que eu saiba que esta é a vontade dela e de Deus, não posso deixar de demonstrar minha dor!

— Pai, eu sei que é difícil, está sendo difícil para todos nós! Para o senhor, para mim e para Clara... mas deve estar sendo mais difícil para a mamãe! O senhor se ponha no lugar dela! Sabendo que vai partir, não podendo fazer nada para impedir e vendo o nosso sofrimento... deve ser a pior coisa saber que o seu sofrimento está causando o mesmo para todos que você gosta. Por isso que nós devemos ser fortes, para que a mamãe não sofra mais. Ela não pode sofrer mais do que já sofre!

Depois que desabafei, o meu pai se recompôs, depois fomos escolher os itens para o nosso café. Após tomarmos o café da manhã, fomos ao quarto da minha mãe e, assim que entramos, tivemos uma surpresa ao vermos Clara lá. Ela tinha passado no hospital antes de ir para o curso que estava fazendo. Clara ficou cerca de dez minutos depois que chegou e, ao sair, despediu-se da nossa mãe, do nosso pai e solicitou que eu a acompanhasse ao estacionamento.

— Irmão, sei que mentiu para mim ontem, então me diga agora a verdade! Como realmente está a nossa mãe?

— Como você acha que ela realmente está?

— Aparentemente está bem, mas, se ela estivesse, não estaria aqui!

— Clara, a nossa mãe está morrendo, é questão de tempo e infelizmente pouco tempo — disse secamente —, mas eu estou bem,

pois ela está sofrendo muito, então seria egoísmo de nossa parte querer a permanência dela conosco!
— Então finalmente você aceitou a morte iminente da nossa mãe?
— Finalmente, minha irmã, eu aceitei! E você? Como está com relação a isso?
— Tenho o mesmo pensamento que você. No meu íntimo eu não quero que ela vá, mas também não quero que ela sofra. Eu sei que, se ela ficar aqui, sofrerá, então é melhor que faça a passagem logo!
— Sim, minha irmã, é o melhor para ela!
Chegamos no carro de Clara e nos despedimos, depois retornei para o quarto da nossa mãe. Fiquei até o final da tarde, aguardando que ela recebesse a alta hospitalar. Nós almoçamos no hospital naquela tarde. A médica nutricionista foi até o quarto para passar a dieta que ela necessitava fazer, depois o médico que estava de plantão concedeu a alta hospitalar para a minha mãe. Vesti-a com a roupa que tínhamos pego em sua casa e saímos do hospital.
Ao chegarmos, Flávia foi dar banho na minha mãe, enquanto eu telefonava para Clara avisando que ela já estava em casa. Eu avisei que passaria mais tarde em sua casa para conversarmos.
Assim que a minha mãe saiu do banho, fui falar com ela.
— Mãezinha, como te prometi, esta será a última vez que a senhora estará em um hospital, tudo bem?
— Que bom, meu filho! — ela sorriu.
O tempo foi passando.
Apanhamos a receita da dieta que a minha mãe teria que fazer, para preparar o jantar dela. Ela tinha que comer alimentos específicos por causa do início da falência dos seus órgãos. Depois do jantar, a minha mãe começou o medicamento que o médico oncologista passou para as dores. Não fiquei para assistir ao capítulo da novela naquele dia com a minha mãe, precisava ir à casa de Clara. Parei em uma importadora antes e decidi comprar um vinho. Sabia

que ela e seu marido, assim como minha mãe, tinham o hábito de beber aquela bebida alcoólica.

Chegando lá, fui recebido pelo meu cunhado. A minha irmã estava tomando banho e os meus sobrinhos estavam dormindo. O meu cunhado abriu a garrafa de vinho e serviu uma taça para que eu experimentasse. Realmente, aquele vinho da América do Sul era muito bom. Ainda não conhecia a marca, mas gostei muito. Aguardamos Clara acabar de tomar o banho e se vestir para nos juntarmos a ela no jardim da casa.

— Irmã, como estão as suas crianças?

— Elas estão muito bem, meu irmão!

— Como estão com relação a nossa mãe? Elas sabem o que está acontecendo e o que em breve acontecerá?

— Elas são muito pequenas para saberem disso, meu irmão!

— E você, como está com relação à doença da minha mãe? — perguntei para o meu cunhado.

— Isabel é uma santa, não merecia passar por isso! — respondeu, um pouco emocionado.

Voltei a olhar para a Clara.

— Irmã, a nossa mãe pediu para que não retornasse mais ao hospital e temos que acatar o pedido dela!

Clara inicialmente não concordou comigo, mas, depois de refletir sobre o assunto, concordou.

— Nós temos que aproveitar o tempo que lhe resta de vida para aproximarmos o maior número de pessoas amigas dela, pois ela me pediu que fosse enterrada em Portugal e nem todos poderão visitá-la lá!

— Por que a nossa mãe iria querer ser enterrada em Portugal?

— Ela me disse que era porque amava aquele país e, se as pessoas fossem visitar o seu túmulo, poderiam conhecer melhor Portugal e talvez se apaixonar pelo país como ela se apaixonou!

— Mas tem que ver se é possível fazer isso, afinal ela é brasileira, tendo nacionalidade portuguesa apenas por ela ser casada com o nosso pai!

— Buscarei informações com relação a isso a partir de amanhã, minha irmã, e enquanto faço isso, acho que as crianças deveriam visitar a avó delas!

— Eu não sei se é uma boa ideia. As crianças poderiam se apegar mais a Isabel e isso causar um trauma nelas! — meu cunhado contestou.

— Vamos analisar a viabilidade disso, meu irmão! — Clara retrucou.

Logo depois mudamos o assunto para o novo programa que Clara faria na nova emissora. Ela não quis falar muito sobre o novo programa que iria dirigir e acredito que tenha feito isso por receio que o seu marido fosse passar os dados para os diretores da emissora em que ele trabalhava, correndo o risco de roubar a sua ideia. Depois ela me informou que, como estava sobre uma clausula de confidencialidade no contrato que tinha assinado, infelizmente não poderia contar nada sobre o programa, me fazendo perceber que o julgamento que tinha feito de forma precipitada era errôneo.

No dia seguinte, acordei cedo e fui à padaria comprar os alimentos do café da manhã. Como eu tinha uma cópia da receita que a nutricionista passara para a minha mãe, comprei os alimentos que ela poderia comer. Fui para a casa dos meus pais para tomar o café, mas não ficaria para o almoço, pois combinara de almoçar com o Michel naquele dia. Precisava desabafar com alguém e Michel tinha me telefonado no dia anterior para saber como eu estava, então aproveitei e marquei um almoço com ele.

Depois do café da manhã, assistimos ao fim do jornal das oito horas, mas não fiquei para assistir ao jornal das dez horas, pois teria que ir ao Consulado de Portugal, onde tiraria a dúvida sobre a possibilidade de minha mãe ser enterrada no país que ela tanto amava. A informação que me deram foi que, para ocorrer o enterro, como a minha mãe não era portuguesa de nascimento, mas era casada com um português que tinha dupla nacionalidade, deveria ser apresentado um documento dele, junto com o de sua família. Seria também necessária a autorização dos familiares do meu pai para colocar o corpo dela no jazigo da família e a autorização do meu pai para regularizar o translado do corpo. Então, descobri que seria fácil resolver essa situação, pois imaginei que nem o meu pai, nem a sua família se negariam a atender ao pedido de minha mãe. Saí de lá e fui me encontrar com o Michel. Almoçamos e conversamos bastante.

Após o almoço, telefonei para Clara e pedi que ela fosse jantar conosco na casa dos nossos pais, para podermos conversar, e ela aceitou. Em seguida, acompanhei Michel até o trabalho e fui para a casa dos meus pais. Era final da tarde e os meus pais estavam descansando, então aproveitei para descansar também, no sofá da sala. Passada uma hora, aproximadamente, Flávia me acordou, chamando-me para lanchar com os meus pais. Aproveitei a oportunidade e perguntei se a minha mãe fizera as necessidades naquele dia. Flávia me respondeu que sim, duas horas depois da refeição. Então perguntei se a minha mãe estava dormindo quando o fato aconteceu e ela me respondeu que sim e em pouca quantidade se comparada à sua alimentação.

Eu fiquei feliz em saber que a dieta estava fazendo efeito e minha mãe voltara a fazer as suas necessidades. Eu mantinha a esperança de que o quadro digestivo se normalizasse com o tempo. Naquela época, a fé alimentava a minha esperança! Perguntei também a Flávia se a minha mãe se queixara de qualquer dor durante o dia e ela me respondera que não.

Fui à mesa da sala, onde o lanche estava servido. Comemos o lanche e assistimos ao jornal das dezoito horas e à novela. Antes de começar a novela, telefonei para Clara. Ela ainda não chegara em casa e informou que demoraria mais um pouco até chegar. Sabendo disso, fui preparar o jantar junto de Flávia, que ficou pronto quando o episódio da novela estava na metade. Eu deixei o jantar no forno para mantê-lo quente, pois sabia que minha mãe não comeria antes de acabar de assistir à novela. Clara chegou no final a tempo dos minutos finais, e depois jantou conosco.

Após a refeição, reservadamente, fui falar com o meu pai, enquanto Flávia estava dando banho na minha mãe.

— Pai, conversei ontem com Clara sobre um desejo que a nossa mãe demonstrou ter. Ela quer ser enterrada em Portugal! Então, busquei saber hoje de manhã sobre essa possibilidade. Eu preciso de um favor seu!

— O que posso fazer, meu filho?

— Já que ela quer ser enterrada em Portugal e é casada com o senhor, que é português e tem também a nacionalidade brasileira, eles necessitam que o senhor autorize o enterro dela naquele país. Precisam da autorização dos seus familiares também para ela ser sepultada no jazigo da família. O senhor faria isso?

— Se essa é a vontade da sua mãe, farei o possível para realizá-lo!

— Ela também não quer voltar mais para o hospital e deseja morrer aqui, na casa de vocês.

— Se esta é a vontade dela, então que seja!

Após a nossa conversa, minha mãe acabou de tomar banho, assim nossos pais foram dormir e Clara me puxou para conversar.

— Irmão, por que eu necessitava vir aqui para saber de tudo aquilo que já sabia?

— Porque é importante para os nossos pais terem a sua presença aqui, principalmente para opinar sobre decisões importantes!

Clara me entendeu, despediu-se de mim e seguiu até a porta. Eu perguntei a ela se estava de carro, tendo ela me dito que não, então ofereci uma carona, o que ela acabou aceitando.

— A partir de amanhã, começarei a convidar as pessoas que a mamãe conhece para se aproximarem dela. Elas precisam se despedir da nossa mãe antes que ela se vá! — comecei o assunto enquanto estávamos no carro.

— Então faça isso, meu irmão, se acha necessário!

— As crianças verão a nossa mãe? Se forem, é melhor fazerem isso o quanto antes, para não se traumatizarem com as transformações que a nossa mãe já está sofrendo!

— É verdade, vou ver com o meu marido ainda, mas a mamãe está tão ruim assim? Ela me pareceu tão bem!

— Irmã, a nossa mãe está muito mal, mas sabe omitir bem o seu estado físico. Ela já está fazendo isso há muito tempo!

— É verdade, meu irmão, você tem toda a razão!

No dia seguinte, fiz o ritual diário, acordei cedo e fui à padaria para comprar os alimentos, seguindo para a casa dos meus pais. Chegando lá, percebi que eles estavam acordados me esperando.

— Filho, falei com os meus familiares e eles aceitaram que sua mãe fosse enterrada no jazigo da família. Você pode pegar o formulário para eu preencher e resolver logo isso?

— Que bom, meu pai, providenciarei isso ainda hoje!

Era inevitável o sofrimento, apesar da aceitação do inevitável fim da vida de nossa mãe. Todos nós estávamos sofrendo por antecipação. Depois de tomarmos café, fui ao Consulado de Portugal para obter o formulário e entregá-lo ao meu pai.

No caminho, telefonei para alguns familiares e amigos de nossa mãe. Alguns avisaram que não seria possível ir a Portugal, mesmo que fosse para o enterro da minha mãe. Tive que dar essa notícia a ela.

— Mãezinha, nem todos poderão ir a Portugal para o seu enterro. — disse, assim que cheguei na casa deles. — Sei que a sua intenção é ser enterrada lá e sei dos seus motivos, mas a senhora não quer fazer um velório de um dia aqui conosco antes do traslado? Assim todos que não poderão ir a Portugal prestarão a sua última homenagem a senhora!

— Essa é uma boa ideia, meu filho, mas temos que ver com a sua irmã o que ela acha!

Eu telefonei para Clara, pois não sabia se me encontraria com ela naquele dia.

— Irmã, já comecei a falar com as pessoas e tive uma ideia que queria partilhar contigo!

Clara perguntou qual era a ideia e eu respondi:

— Muitos não poderão ir ao enterro da nossa mãe em Portugal, então sugeri a ela fazermos um velório aqui no Brasil antes do traslado do corpo. O que você acha?

— Acho bem interessante essa ideia, mas onde seria esse velório?

— Pode ser aqui na casa dos nossos pais mesmo!

— Você tem que ver com o papai se ele quer fazer isso!

— Pode deixar, minha irmã!

Conversei com o meu pai, na presença de minha mãe, e ele aceitou a ideia. Fiquei com os meus pais, assistindo ao jornal das dez horas da manhã, quando minha mãe começou a se mexer de um lado para o outro do sofá.

— Mãe, a senhora está se sentindo bem?

— Eu estou com um pouco de dor na região pélvica, mas vai passar logo!

Eu fiquei preocupado com a demonstração de desconforto da minha mãe. Pouco tempo depois, comecei a sentir um odor exalando do corpo dela e percebi que fizera as suas necessidades. Chamei Flávia para limpá-la.

Depois que ela fez o seu serviço, chamou-me e mostrou a fralda: além das necessidades, havia sangue. Eu fiquei apreensivo e decidi telefonar para o médico oncologista que estava cuidando do quadro da minha mãe. Efetuei a ligação telefônica e informei ao médico o que aconteceu. Ele disse que poderia ser alguma hemorragia, ou parte de um órgão, como o útero ou a parede intestinal, estar se descolando. Fiquei desesperado.

O médico me indicou levá-la ao hospital, então, diante da situação, fui conversar com a minha mãe sobre tudo que estava acontecendo e ela disse que não voltaria mais para o hospital. Informei a vontade dela para o médico, que me indicou uma equipe de imagem que trabalhava na casa dos pacientes. Os profissionais da equipe tinham um preço relativamente alto, mas não estávamos ligando para o valor, então os chamei. Depois de encaminharem a imagem para o médico oncologista, pouco tempo depois, telefonaram-me informando que a parede intestinal da minha mãe tinha se descolado. Num período de uma hora, a apreensão tomou conta da casa dos meus pais. O médico chegou e começou a examinar a minha mãe. Logo em seguida, foi falar conosco.

— Então, doutor, como a minha mãe está passando?!

— Ela está muito mal! Geralmente o descolamento da parede intestinal acelera o processo de falência do órgão. Nós temos que levá-la ao hospital!

— Doutor, a minha mãe não irá mais para o hospital. Como poderemos fazer para tratá-la aqui?

— Aqui não! Vocês não terão a estrutura necessária para tratá-la! A partir de agora as dores serão mais graves e intensas... será menos traumático para a família tratá-la no hospital!

— Desde quando descobrimos a doença dela, doutor, respeitamos a sua vontade, então esperamos que o senhor respeite a nossa. Como poderemos tratar dela aqui? — insisti, visivelmente emocionado.

O médico, no fim, aparentou estar compreensivo quanto à situação e não mais insistiu.

— Se vocês preferem isso, então chamarei a nutricionista para receitar uma nova dieta a ela, além de buscar deixá-la deitada o máximo possível. Receitarei remédios mais fortes também!

— Doutor... com este quadro, quanto tempo o senhor estima que ela ainda terá de vida?

— Com o avanço da doença, provavelmente, uma semana!

O doutor me passou o receituário dos remédios e ficamos aguardando a chegada da nutricionista. Eu me retirei da casa dos meus pais e chorei copiosamente, faltava menos tempo do que eu esperava para a minha mãe morrer. Liguei para Clara e reportei tudo que o médico oncologista me passara. Ela começou a chorar comigo no telefone. Aconselhei-a a ser forte e buscar estar o máximo presente com a nossa mãe, até o dia de sua morte. Depois do telefonema, entrei em contato com todos os conhecidos de nossa mãe que moravam em outros estados e outras cidades. Eles teriam que se apressar para visitá-la, caso quisessem, pois do contrário poderia ser tarde. A médica nutricionista apareceu pouco tempo depois e receitou uma nova dieta para a minha mãe. Eu me recompus e fui vê-la, observando como ela estava feliz, mesmo com tudo que estava passando.

— Mãe... a senhora está bem?

— Eu estou em paz, meu filho! — confessou, sorrindo.

— Mas nem pense em morrer agora! Muitas pessoas ainda querem te ver!

— Eu estou preparada para morrer, mas ainda não é o momento. Que anfitriã eu seria se não recebesse as pessoas? — perguntou, sorrindo.

Naquela noite, minha irmã apareceu com os filhos e o marido, bem como a sobrinha do meu pai, que ajudou a minha mãe naquele dia em que fomos ao teatro. A nossa mãe ficou feliz com as visitas que teve, afinal sempre gostou da casa cheia das pessoas que amava. Neste dia, todos nós ficamos assistindo ao capítulo da novela com a nossa mãe e também jantamos com ela e o nosso pai. Depois que todos saíram, fiquei um pouco mais com eles.

— Realmente, é uma tristeza, meu filho.

— O que é uma tristeza, mãe? A morte? — perguntei sem entender a sua afirmação.

— Não, meu filho, a morte é inerente à vida!

— Então o que é triste, minha mãezinha?

— Esta será a primeira novela que eu não verei o final!

— Mãe — dei uma gargalhada —, diante de tua situação, a senhora ainda está preocupada com a novela? Eu acho que a senhora ama mais a novela do que a nós todos!

— Se você soubesse o quanto eu amo vocês, meu filho!

— É verdade, minha mãe, eu sei que a senhora nos ama, mas eu lembro quando disse que já sabia como seria o final, que todos os roteiristas atualmente são previsíveis!

— É verdade, meu filho. Realmente, eu disse!

Esperei minha mãe dormir e fui para a minha casa. Busquei fazer um percurso maior para dar tempo de pensar em toda a situação em que a minha mãe se encontrava. Chegando em casa, tomei um banho demorado, retomando os meus pensamentos, depois fui dormir.

No dia seguinte acordei cedo, fui à padaria comprar os alimentos para o café da manhã, como quase todo dia. Realmente, estava sendo muito pragmático. Fui para a casa dos meus pais e, chegando lá, deparei-me com uma surpresa: minha prima, que estivera na casa dos meus pais na noite anterior, estava presente. Fiquei preocupado com o café da manhã, pois comprara os alimentos de forma fracionada, mas, para a minha sorte, minha prima já tinha tomado o café antes de ir à casa dos meus pais, por isso dispensou a refeição conosco. Depois da refeição, ficamos assistindo ao final do jornal das oito horas da manhã. O meu pai sempre atento ao jornal e a minha mãe atenta ao meu pai. Ela realmente o amava muito.

Após o jornal das oito horas, recebi uma ligação telefônica de uma mulher com voz trêmula. Era a única irmã viva da minha mãe que morava no Nordeste do país.

— Meu sobrinho, como vai passando a minha irmã? — minha tia perguntou.

— Está controlada, minha tia, a senhora virá?

— Estou com passagem comprada para daqui a dois dias! Será que dará tempo?

— Eu acho que dará sim! Ela está muito mal, mas acredito que resistirá mais alguns dias!

— Mas eu estou com um problema financeiro, não consegui ter dinheiro para comprar a passagem de volta e reservar o hotel!

— Não tem problema, tia, a senhora pode ficar na minha casa!

— Não será incômodo para você, meu sobrinho?

— Não será nenhum incômodo, minha tia, será um prazer! — disse, convicto. — Como está o seu passaporte? Está válido?

— Está sim, meu sobrinho. Qual o motivo da pergunta?

— Porque minha mãe será enterrada em Portugal e a senhora irá conosco!

— Eu gostaria de ir, meu sobrinho, mas não tenho dinheiro para comprar as passagens e a hospedagem!

— Mas eu não perguntei se a senhora estava em condições financeiras para ir, tia. A sua única irmã viva será enterrada, então pode ficar despreocupada que eu garanto que você irá para o enterro da minha mãe!

— Você faria isso por mim, meu sobrinho?

— Faria isso sim, minha tia! Por vocês duas!

Ela me agradeceu e eu percebi que o meu esforço em informar as pessoas sobre o estágio da doença de minha mãe não havia sido em vão!

A minha prima teve que ir embora, mas disse que retornaria para o jantar. Fiquei com os meus pais o dia inteiro, preparei o almoço para eles e, com a chegada surpresa da minha prima, notei que outros parentes e amigos da minha mãe também poderiam chegar de surpresa, por isso, após preparar o almoço, fui ao supermercado fazer compras extras para o possível grupo de pessoas que poderia aparecer.

Naquele dia nenhuma pessoa, além da minha prima, visitou a minha mãe, embora o número de ligações telefônicas fosse grande. Na hora do jantar, conforme programado, minha prima reapareceu e eu preparei, com a ajuda dela, a refeição. Flávia me disse que a minha mãe tivera sangramento durante a tarde, mas, diferente de outros dias, não estava reclamando de dores. Fiquei aliviado, afinal, o descolamento da parede intestinal parara de fazê-la sofrer, indicando que os remédios estavam funcionando. Depois de jantarmos, minha prima ficou conosco por mais duas horas. Eu e ela assistimos à novela com a minha mãe e, no meio do episódio, minha irmã chegou para nos acompanhar. Assim que acabou o capítulo novela, os meus pais foram dormir e eu fui levar a minha prima e a minha irmã para as suas respectivas casas. Levei primeiro a minha prima e, assim que a deixei em sua casa, a minha irmã se virou para mim e perguntou:

— Irmão, como a mamãe passou o dia?

— Irmã, a nossa mãe teve sangramento novamente, mas é natural! O médico disse que neste estágio o sangramento ocorrerá normalmente, até a parede se descolar por completo. Apesar disso, parece que o remédio para dor está surtindo o efeito esperado, pois a nossa mãe não está reclamando de dor!

— Pelo menos isso de bom, meu irmão!

— Acabei fazendo umas compras para reforçar o estoque de alimentos da casa dos nossos pais, pois eles poderão receber visitas de parentes e amigos!

— Você fez bem, meu irmão, tentarei aparecer lá amanhã! Como será um dia de folga do curso que estou fazendo, vou fazer o possível para estar o dia inteiro lá!

— Faça isso, será muito bom para a mamãe! — sorri e, na mesma hora, lembrei-me de uma coisa. — A nossa tia virá nos visitar em dois dias. Ela ficará na minha casa!

— Mas qual tia virá nos visitar?

— A irmã da nossa mãe, que mora no Nordeste!

— E quem visitou a mamãe hoje?

— Só a nossa prima, que acabamos de deixar em casa. Alguns amigos de nossos pais telefonaram e aqueles poucos amigos de infância que ela tinha ficaram de visitá-la!

— Nós, como filhos, temos que pedir para as pessoas controlarem os seus sentimentos. Você se lembra do que a nossa mãe disse no Monte das Oliveiras? Ela precisa de paz, e ver as pessoas tristes e desesperadas não lhe trará paz!

— É verdade, minha irmã, falarei com as pessoas sobre isso!

No meu íntimo eu compreendia que fazer as pessoas amigas dos nossos pais participarem do estágio final da doença de nossa mãe, bem como chamá-las para visitá-la, fora um erro muito grande, principalmente se for levado em consideração o fato da dor e do desconforto que ela tinha passado nesses últimos dias.

No dia seguinte, eu acordei cedo e fui à padaria para comprar os alimentos para o café da manhã. Dessa vez fiz em quantidade maior, pois não sabia se amigos dos nossos pais os visitariam. Chegando lá, notei que as minhas suspeitas estavam certas, pois a minha prima se encontrava lá, junto com um casal de amigos dos meus pais.

Após o café da manhã, a minha prima de parte paterna foi para o trabalho. Ela nos informou que não poderia comparecer à noite dessa vez, pois tinha um compromisso. Assistíamos ao final do jornal das oito horas da manhã e ao início do jornal das dez horas, quando minha mãe começou a reclamar novamente das dores. Nesse momento, recebemos outra visita: Michel, meu chefe, que também era conhecido da família, além de ser o meu amigo. Ele decidiu aparecer de surpresa na casa dos meus pais, já que conhecia o endereço.

— Meu amigo, o que faz por aqui? Você não deveria estar trabalhando?

— Entrei de férias ontem, meu amigo! — Michel respondeu.

— Pois vá aproveitar as suas férias, não se incomode conosco!

— Eu tiro férias todos os anos, de doze em doze meses, mas estar presente neste momento difícil da sua vida eu não faço com a mesma proporção, então é um prazer e uma honra estar contigo hoje e estarei até o fim. Não adianta me pedir o contrário!

Ao escutar estas palavras do meu chefe e amigo, me emocionei. Depois que me recompus, sorri e agradeci a disponibilidade, bem como a amizade de Michel. Fui até a cozinha preparar o almoço de todos, junto com a Flávia, e durante a preparação, Clara também chegou.

— Irmã, por que você demorou tanto? Eu estava te esperando desde o período da manhã!

— Eu estava com minha família. Eles também sentem a minha falta, irmão!

— Desculpa, irmã, não posso exigir mais do que você está fazendo. Na verdade, já fez mais do que podia pela nossa mãe!

Nesse momento, vi que Flávia trocou a nossa mãe, então fui conversar com ela.

— Como a minha mãe está? Teve sangramento?

— Sim, sua mãe teve um pequeno sangramento! — Flávia respondeu.

—Junto com o sangramento, você percebeu se ela fez as suas necessidades?

Flávia então me respondeu que ela não fizera as suas necessidades, então, antes de me juntar à mesa para almoçar com todos, decidi telefonar para o médico oncologista, para procurar saber se aquilo era natural. Sua resposta foi que sim, pois isso estava ocorrendo devido ao não funcionamento do seu intestino. Esclareceu também que eu teria que me preocupar, pois poderia acontecer a mesma coisa com relação à sua parte urinária, já que os rins ainda estavam funcionando normalmente. Eu agradeci as informações do médico oncologista, desliguei o telefone e fui me juntar a todos na mesa para almoçarmos.

A minha mãe praticamente não comeu pois se sentia um pouco indisposta, mas continuou à mesa. Na realidade, cada vez mais percebia que fora um erro ter chamado os amigos para visitar a mamãe já no final de sua vida, pois as dores e o desconforto que ela sentia estavam aumentando cada vez mais, além de o papai perder a sua privacidade para descansar naquelas horas tão difíceis para ele. Após o almoço, fui conversar com os amigos presentes ali:

— Amados, muito obrigado pela presença e atenção de vocês neste momento tão difícil. Agora minha mãe aparentemente está bem, mas o quadro tende a mudar. Ela deverá ter alguns quadros que remeterão à dor e ao seu sofrimento e vocês devem estar preparados para isso.

Por causa das visitas, meus pais não descansaram após a refeição, como normalmente faziam, em vez disso passaram acordados toda a parte da tarde, dando a devida atenção às visitas. No final da tarde, preparei um lanche para as visitas, e após o lanche, a minha irmã solicitou que eu lhe emprestasse o meu carro. Eu perguntei o motivo e ela respondeu que teria que fazer algo e estava atrasada. Não a questionei e entreguei a chave do carro. Depois de uma hora, ela retornou com mais compras.

— Irmã, não precisa se preocupar, os alimentos que temos aqui são o suficiente para alimentar todos que visitarem a nossa mãe!

— Irmão, amanhã chegarão mais pessoas! A nossa tia, que mora na Região Nordeste, além de outras pessoas que poderão vir visitar a nossa mamãe, por isso achei importante um reforço na quantidade de alimentos que temos aqui!

— Mas, irmã, eu poderia comprar os alimentos!

— Irmão, você está gastando dinheiro demais e eu estou preocupada com as suas finanças!

— Irmã, o que eu te disse sobre não precisar se preocupar comigo?

Clara sorriu e eu acabei recebendo as compras que ela fez e ajudando Flávia a guardá-las na cozinha. A minha prima chegou pouco depois com a autorização por escrito e registrada em cartório português para que o corpo da minha mãe fosse enterrado no jazigo da família. Com o preenchimento dos dados do meu pai, a burocracia de enterrar a minha mãe em Portugal estava resolvida, faltando entregar os dois documentos no Consulado, coisa que eu faria no dia seguinte. Comecei a preparar o jantar, junto com a minha irmã, enquanto Flávia trocava a nossa mãe. Ao trocá-la, Flávia me contou que viu apenas urina na fralda. Eu não sabia se ficava aliviado ou não, pois, diante da falta de sangramento, a parede intestinal já poderia ter se descolado por completo. Se isso seria um problema, nós só saberíamos com o tempo.

Depois de preparar o jantar, servi aos presentes, que eram poucos, mas percebi que a casa poderia ficar cheia de amigos que viriam nos outros dias. Entretanto, eu estava feliz com toda a atenção que estava sendo dada aos meus pais. Após o jantar, um visitante ficou para assistir ao capítulo da novela, enquanto o outro saiu. Ficamos assistindo à novela, eu, Clara, Michel, e os amigos de infância dos meus pais. Quando capítulo acabou e os meus pais foram dormir, saí com a minha irmã e o Michel. Deixei Clara em sua casa e depois deixaria Michel, mas ele acabou me convidando para tomar uma cerveja e conversar. Aceitei o convite, então deixamos o carro no meu prédio e paramos em um bar próximo.

— Como você está se sentindo, meu amigo?

— Por pior que pareça, estou com uma mistura de sentimentos. Por dentro, gostaria que minha mãe permanecesse conosco por muito mais tempo, mas do jeito que esta doença está tirando a sua dignidade e paz, prefiro que ela vá embora para não sofrer mais!

— Meu amigo, eu não sei se teria esta mesma coragem que você tem de abrir mão de estar com uma pessoa que ama para não vê-la sofrer. É muito desapego!

— Sei disso, meu amigo, é muito difícil, demorou muito para eu chegar a esse estágio, mas consegui me libertar das amarras que me prendem à minha mãe. É melhor do que vê-la nesse estado!

Eu percebi que não me emocionava mais ao falar da situação da minha mãe e essa era a confirmação de que realmente eu aceitara a morte dela e realmente preferia que acontecesse a presenciar o seu sofrimento. Continuamos conversando, depois pedi que Michel estivesse no dia seguinte, no aeroporto, para receber a minha tia que estava chegando de viagem para visitar a minha mãe. Michel aceitou o pedido e me pediu as características físicas de minha tia, bem como o número do voo. Eu providenciei a ele tudo que me solicitou. A resistência a bebida alcoólica não era uma característica de Michel, por isso fiquei preocupado com ele ao vê-lo em estágio inicial de embriaguez. Naquele dia, Michel acabou dormindo na minha casa.

Acordamos cedo e, enquanto eu ia para a padaria, Michel foi para o aeroporto pegar a minha tia. Eu comprei os alimentos e fui para a casa dos meus pais. Depois da refeição, fui ao Consulado de Portugal entregar os documentos que possibilitariam o enterro da minha mãe naquele país. Perguntei o prazo para análise e aprovação, e me informaram que levaria aproximadamente um mês para tal. Sendo assim, perguntei se não haveria a possibilidade de acelerar o processo, pois existia a possibilidade de a minha mãe falecer antes do término dele. Os funcionários do Consulado de Portugal disseram que pediriam prioridade, assim poderiam reduzir este prazo pela metade. Mesmo assim era provável que a minha mãe morresse antes disso, então indicaram que eu tivesse uma conversa com o Cônsul para tentar viabilizar maior agilidade no processamento da documentação. Mesmo com prioridade, só consegui marcá-la para o período de uma semana.

Voltei para a casa dos meus pais e estranhei, pois a minha tia e o Michel ainda não tinham chegado. A minha prima por parte paterna já saíra para o seu trabalho e estava quase no horário de os meus pais almoçarem, então resolvi ir para a cozinha preparar o almoço. Chegando lá, vi três amigos dos nossos pais, dos tempos de infância, já preparando a nossa refeição.

Então fui conversar com o meu pai sobre a demora da tramitação da documentação no Consulado de Portugal, que o período para analisar os documentos necessários para o enterro do corpo da minha mãe seria longo para ela, mesmo em caso de prioridade. Pouco tempo depois, o almoço estava preparado e a mesa estava posta. Flávia foi trocar a minha mãe. Eu resolvi ligar para o Michel para ter notícias da chegada da minha tia, mas ele não me atendeu. Em seguida a campainha tocou: era Michel, com ela. Perguntei o motivo da demora e ele me respondeu que o voo atrasou quase duas horas.

— Tia, é muito importante que a senhora se mantenha firme ao ver a minha mãe, pois, no estado em que ela se encontra, não é bom que ela se emocione nem a senhora.

A minha tia respondeu dizendo que faria o possível para atender ao meu pedido. Quando a Flávia trouxe a minha mãe, a minha tia não segurou o choro, sendo acompanhada pela irmã. Ela estava muito magra e abatida, frágil por causa da doença, e sua aparência de outrora não mais existia. A minha tia era a única irmã viva da minha mãe, pois tinham perdido outros dois irmãos no decorrer da vida, e fazia muito tempo que não se viam. Provavelmente ver a sua única irmã à beira da morte, com o estado físico que ela apresentava, foi muito difícil para ela. O que eu pedira para a minha tia fora desumano da minha parte, mas eu estava mais preocupado com a minha mãe.

Após as duas se acalmarem, fui falar com Flavia e perguntei se havia sangue na fralda da minha mãe e ela respondeu que sim, então, eu perguntei se tinha urina na fralda e ela mais uma vez confirmou. Eu estava aliviado, pois a urina significava que os rins ainda estavam funcionando, enquanto a presença de sangue significava que a parede intestinal ainda não se descolara por completo. Alguns minutos depois, nós almoçamos e ficamos na mesa conversando. Apesar de buscar dar atenção a todos, minha mãe conversava mais com a minha tia, o que não era estranho, afinal, as duas não se viam há muito tempo. O almoço feito pelos amigos de infância de meus pais ficou muito bom e eu os parabenizei por isso. Expliquei para os amigos de infância dos meus pais que, infelizmente, por causa da doença, minha mãe acabara perdendo a sensibilidade do paladar, mas, mesmo assim, ela estava muito feliz por seus amigos terem feito um almoço tão gostoso para todos que estavam presentes.

No final da tarde, eu ia preparar um lanche para todos, mas me surpreendi ao perceber que Michel já o fizera. Fiquei feliz por ele ter tomado aquela iniciativa. Durante o lanche, conseguimos perceber que minha mãe emitia alguns gemidos e os visitantes não estavam entendendo, mas eu sabia o motivo. A dor que minha mãe estava sentindo se sobrepunha aos remédios que ela tomava. Eu sabia que a melhor opção seria telefonar para o médico oncologista e relatar o quadro de minha mãe, e foi isso que eu fiz. Ele me disse que a visitaria no dia seguinte para examiná-la. Eu perguntei o horário e ele me respondeu que seria no final da tarde. A minha mãe continuou com os gemidos dela, então terminamos o lanche e fomos para a sala conversar. Neste momento, chegou Clara, bem como a minha prima.

— Hoje foi um dia maravilhoso! Pude ver a minha irmã, que não via há muito tempo, pude também comer a comida preparada por pessoas muito especiais, que deveria estar muito gostosa, pude ainda passar o dia com pessoas que eu só tenho a agradecer pela presença!

Flávia foi limpar a minha mãe para ela assistir à novela no quarto. Enquanto nós assistíamos com ela, Flávia estava lavando a louça do jantar. Quando acabou o episódio da novela, Flávia foi limpar a minha mãe, para colocá-la na cama.

— Por que você está colocando a minha mãe na cama e passou o dia inteiro colocando a minha mãe na mesa e no sofá? — perguntei para Flávia.

— Infelizmente, a sua mãe não tem mais como fazer isso sozinha. Ela está perdendo as forças, além de estar muito cansada!

— Na viagem, que aconteceu pouco mais de uma semana, ela estava ótima! Como agora ela não tem mais tanta força para fazer sozinha as coisas que fazia antes?

— A sua mãe me confidenciou que fez um esforço muito grande para vocês não perceberem isso, que durante a viagem ela já estava nesta condição, talvez um pouco melhor. Mas vocês não perceberam que ela estava muito cansada, precisando repousar e tendo muita dificuldade para respirar?

— Confesso que percebi isso em alguns momentos, principalmente quando subimos aos montes, mas não imaginava que ela se encontrava neste estado físico!

— Infelizmente ela se encontra, sim!

Retirei-me da casa dos meus pais, entristecido, mas antes, mais uma vez, agradeci os amigos de infância deles, que também estavam de saída.

— Não tem como eu agradecer tudo que vocês têm feito por nós. Muito obrigado mesmo!

— Não tem o que agradecer! É um prazer para nós todos estarmos aqui, como amigos dos seus pais, neste momento tão difícil! — comentou um dos amigos. — Mas confesso que está sendo uma experiência muito dolorosa para nós, pois sempre vivemos uma amizade muito grande com a sua mãe, e vê-la assim neste estado... é um pouco traumatizante para quem é amigo dela. Por isso acredito que muitas pessoas deixaram de estar presentes!

Eu concordei com aquele amigo que, mais uma vez, confirmou que voltaria no dia seguinte. Em seguida, saí com a minha tia e o Michel, deixando-o em sua casa. Assim que eu e minha tia chegamos na minha casa, mostrei o quarto onde ela ficaria e o banheiro onde ela tomaria banho.

Enquanto ela tomava banho, eu fiquei parado na sala com um copo de uísque na mão.

— Ninguém deve beber sozinho, me serve um copo? — minha tia pediu assim que saiu do banho.

Eu estranhei aquele pedido, mas peguei um copo e a servi.

— Meu Deus, minha irmã está muito mal! — ela disse.

— Não queria que a senhora visse a minha mãe do jeito que ela está, tia...

— Graças a Deus eu consegui chegar a tempo de encontrá-la viva!

— É verdade! Ela teve muitas emoções durante esses dias e estamos tentando fazer com que os seus últimos dias sejam inesquecíveis... e a senhora está nos ajudando muito para conseguirmos isso, minha tia. Muito obrigado!

— Sou eu quem agradeço, meu sobrinho!

Durante um período, nós permanecemos em silêncio, emocionados, cada um transmitindo sua emoção de uma forma; enquanto algumas lágrimas rolavam no rosto de minha tia, eu permanecia forte para não demonstrar a minha emoção a ela. Depois da emoção, a quebra do hiato se deu por uma conversa minha e acabamos falando.

Continuamos conversando por muito tempo. Contei a minha tia sobre a viagem que fizemos e outras coisas. Depois que ela foi dormir, fiquei sozinho, então me questionei se a atitude que tomei ao chamar várias pessoas para irem visitar a mamãe no final da sua vida fora mesmo uma boa ideia. Eu sabia que minha mãe gostava de ser uma boa anfitriã para os seus amigos, bem como ficava feliz ao receber em sua casa as pessoas que ela gostava, mas não levara em conta o seu imenso sacrifício físico e a impossibilidade de ela passar os seus últimos dias se preparando para a partida, porém a minha mãe não permitiria, por questão de educação, que eu tentasse desfazer a atitude que tomara pensando em agradá-la.

No dia seguinte, acordei cedo, despertei a minha tia e, assim que nos arrumamos, saímos da minha casa. Nós fomos à padaria para comprar os alimentos do café da manhã. Deixei a minha tia na casa dos meus pais, junto com os alimentos, e segui para verificar o que conseguiria com relação ao enterro do corpo da minha mãe em Portugal.

Cheguei bem cedo no Consulado de Portugal e, por coincidência, encontrei-me na entrada com o cônsul, que se mostrou muito solícito e ficou de apreciar o mais rápido possível a documentação para decidir sobre a possibilidade de o corpo da minha mãe ser enterrado em solo português. O cônsul pediu que um funcionário anotasse o número do protocolo do requerimento e enviasse posteriormente para ele analisá-la. Em seguida, eu agradeci ao cônsul e me retirei, dirigindo-me para a casa dos meus pais.

Chegando lá, reparei que a minha mãe estava muito cansada na sala, buscando acompanhar o meu pai enquanto assistia ao jornal. Percebi também que os gemidos que ela emitia estavam cada vez mais intensos. Estavam lá a minha tia e os mesmos amigos de infância que tinham vindo antes.

— Filho, você já tomou o café da manhã? — a minha mãe perguntou com uma voz fraca.

— Já tomei, minha mãe! — menti para não a preocupar.

— É impressionante que, nem no estado em que me encontro, você é capaz de mentir para mim!

— É verdade, eu acho que nunca consegui te enganar. A realidade é que todas as vezes que tentei, a senhora foi quem me enganou, fingindo acreditar na minha mentira! — sorri.

A minha mãe sorriu e não disse mais nada, estava poupando forças, mas eu sabia que era verdade e ela também sabia do meu conhecimento sobre aquele fato. Fiquei assistindo ao jornal das dez horas da manhã com eles e, ao chegar na metade, me levantei e segui para a cozinha, onde prepararia o almoço, mas fui pego de surpresa ao ver um amigo dos meus pais ajudando a Flávia a preparar a refeição. Ele falou para eu ficar com a minha mãe enquanto o almoço era preparado. Voltei a assistir ao jornal das dez até o final, até o almoço ficar pronto. Flávia foi limpar a minha mãe, para tentar colocá-la na mesa para comer conosco. Assim que a minha mãe chegou à mesa, nós a servimos e começamos a comer. A refeição estava muito boa, não sabia que aquele amigo cozinhava tão bem.

Após o almoço, fui conversar com Flávia.

— Como estava a fralda da minha mãe?

— Estava seca. Ela não urinou nem sangrou!

— Ela urinou hoje mais cedo?

— Não!

Por mais que minha mãe quisesse dar atenção às visitas que estavam ali, o cansaço físico dela não permitiu e ela acabou descansando após a refeição. Enquanto isso, todos nós conversamos sobre a vida dela. O meu pai conseguiu dar atenção a todos e acabou não descansando.

A tarde foi passando, e no final dela o médico oncologista apareceu na casa, com uma equipe, para fazer os exames necessários em minha mãe. Flávia acordou-a e o médico realizou os exames no quarto dela, para lhe dar um conforto maior. Ele percebeu a gravidade mesmo sem precisar analisá-los.

— A parede intestinal dela se descolou totalmente e os rins estão começando a apresentar sinais de falência. Vocês têm que decidir se a levamos para o hospital, onde ela sofrerá menos, ou se a deixam aqui, sofrendo mais.

— Doutor, por mais que esteja sendo traumático para todos vermos a nossa mãe desse jeito, prometi para ela que não a levaria mais ao hospital e que ela morreria na casa dela!

— Se é da vontade da sua família e da paciente, será respeitada esta decisão!

O médico indicou que trocássemos a medicação que ela estava tomando pela terceira opção, para que a minha mãe permanecesse praticamente sedada quase todo o tempo. Eu perguntei se não era melhor trocarmos por outra opção e o médico disse que não, que no estado em que ela estava, o remédio não surtiria efeito e a dor poderia ser muito forte para ela.

— Doutor, pela sua experiência, quanto tempo o senhor acha que a minha mãe ainda tem de vida?

— Pouco tempo, infelizmente bem pouco tempo!

Eu agradeci ao médico por tudo que ele tinha feito. Sabia que não precisaria mais dos serviços dele, pois não havia mais nada a fazer, a não ser esperar a morte de Dona Isabel.

* * *

Era uma quinta-feira e eu telefonei para a minha irmã:
— Irmã, você tem curso para fazer amanhã?
— Eu tenho sim, irmão... por que a pergunta?
— Será que você pode deixar de ir ao curso amanhã?
— Acho que consigo ver isso mais tarde, mas me diga o motivo, irmão!
— Está chegando a hora, irmã. Em pouco tempo não teremos mais a mamãe conosco!
— Quando acabar aqui irei para a casa dos nossos pais. Se não permitirem que eu falte, faltarei mesmo assim!

Depois que falei com a minha irmã, reuni as pessoas que estavam na sala.

— Pessoal, a hora está chegando. A minha mãe logo partirá, talvez em um ou dois dias, por isso vamos fazer o melhor para ela ir em paz!

Naquele momento, após as minhas falas, todos manifestaram uma dor muito grande; de diversas formas externaram sentimentos e choros copiosos, misturados com uma tristeza e melancolia tremendas, visíveis por muito tempo. Depois que nos recompomos, entramos em consenso em dar o máximo de conforto no restante de vida de minha mãe.

Depois de algum tempo, a minha irmã me telefonou avisando que tinha conseguido uma dispensa no curso para uma ou duas semanas, por causa da possibilidade de morte da nossa mãe. Os diretores da emissora de televisão eram mais ligados aos problemas familiares dos funcionários do que a antiga em que ela trabalhava, então, quando eles souberam da iminente aproximação da morte de nossa mãe, não hesitaram em deixar Clara o mais confortável possível.

Algumas horas se passaram, e a minha mãe acordou reclamando muito de dores. Os gemidos fracos que ela emitia durante a tarde passaram a ser fortes demonstrações de dores, gritos. Eu não conseguia imaginar a dor que ela estava sentindo, e tudo isso estava acabando com o pouco que restava do nosso emocional.

Nós aplicamos morfina nela. As poucas forças que restavam da minha mãe estavam sendo usadas para suportar a dor. O seu sofrimento era insuportável, a ponto de os gemidos chegarem até todos os cômodos da casa. Pouco tempo depois, chegou Clara, que começou a escutar o sofrimento de nossa mãe. Clara foi falar com ela, mas não conseguiu, pois ao chegar até a porta do quarto, que estava fechada, decidiu não entrar. Encorajei Clara a entrar para ficar com a nossa mãe, até que ela acabou entrando. Não sei se Clara conseguiu manter algum tipo de diálogo com a nossa mãe, diante das dores que ela estava sentindo. Depois de alguns minutos, Clara se encontrou comigo na cozinha, chorando.

— Eu não consigo suportar, meu irmão! Eu não consigo suportar esse sofrimento da nossa mãe!

Eu a abracei e comecei a chorar junto com ela.

— Eu também não, minha irmã, mas não se trata mais da nossa força ou vontade. Devemos nos segurar e passar segurança para a nossa mãe!

Clara concordou comigo, enxugando as suas lágrimas, depois entramos no quarto para ver a nossa mãe. Na verdade, ali ela estava sendo mais forte do que eu, pois não queria entrar para vê-la agonizando.

Depois de uma hora, a morfina começou a surtir efeito e os gritos foram diminuindo de intensidade, voltando a ser apenas gemidos de dor. Naquele momento consegui reunir forças para presenciar o sofrimento da nossa mãe, juntamente com a minha irmã. Eu entrei no quarto e encontrei a nossa mãe muito abatida.

— A senhora se sente melhor, mamãe?

— Desculpa, meus filhos, não queria que vocês passassem por isso! Desde quando descobrimos a doença, tenho buscado ser forte, mas a dor é muito grande!

— A senhora está sendo forte, minha mãe. Na verdade, é a pessoa mais forte que conheço, eu não aguentaria metade do que está passando!

A nossa mãe sorriu.

— Que horas são meu filho? — perguntou, num tom de voz fraco.

— Agora são vinte horas, mãezinha! — respondi depois de olhar o relógio.

— Temos que preparar o jantar! Vocês devem estar com fome!

— Só você, minha mãe, para se importar conosco neste momento de dor e sofrimento! — comentei, melancólico.

* * *

Mais tarde eu e Clara retornamos ao quarto e perguntamos se ela não queria assistir televisão, pois estava no horário da novela.

— Eu não preciso mais acompanhar a novela, pois não poderei mais vê-la!

Em seguida, a minha mãe pediu para que as pessoas, que se encontravam na nossa casa, fossem até onde ela estava. Ao chegarem, ela disse com dificuldade para respirar:

— Não fiquem tristes, vou para um lugar melhor, onde estarei preparando um lugar especial lá para vocês também. Só peço que demorem bastante para irem me encontrar. Eu já estou bem e preparada para partir!

Após a nossa mãe se despedir de todos, pensei que ela morreria naquela noite, por isso decidi ficar na casa dos meus pais, junto com a minha tia e com Clara. Depois da despedida, as pessoas que estavam nos visitando permaneceram por mais alguns minutos e se retiraram, pedindo que telefonássemos a qualquer hora se ela morresse naquela noite. Eu e Clara dormimos no mesmo quarto que a nossa mãe, enquanto o nosso pai não conseguiu dormir conosco e preferiu dormir na sala. A minha tia, irmã de minha mãe, dormiu no meu antigo quarto. Eu e Clara nos revezamos em turnos de duas horas, observando a nossa mãe, para ver se ela estava respirando. Enquanto um observava, o outro descansava. Flávia permaneceu acordada a noite inteira para qualquer emergência.

Na manhã do dia seguinte, trocaríamos novamente o turno. Eu acordei Clara e depois segui para a padaria comprar os alimentos, mas antes fui repreendido pela minha irmã.

— Numa hora dessas que a nossa mãe está morrendo você vai comer?!

— Estou sem fome, minha irmã, mas tem o papai e a nossa tia, que já têm idade, além de Flávia. Eles não podem ficar sem comer!

Clara entendeu e me pediu desculpas. Depois de retornar com o café da manhã, recebemos uma ligação telefônica. Pelo horário eu pensei que fosse de um dos amigos dos nossos pais, mas era do Consulado de Portugal, informando que a autorização para enterrar o corpo da nossa mãe em solo português fora concedida. Eu poderia passar na parte da tarde no Consulado de Portugal para pegar a autorização. Agradeci a atenção e elogiei o cuidado que o cônsul tivera diante da situação.

A minha mãe acordou segundos depois e já estava manifestando sentir muita dor. Flávia deu-lhe morfina para aliviar as dores.

— Meu filho, quando chegarem os meus últimos momentos, eu sentirei e te direi. Procure algo que me faça dormir até chegar o momento da partida... eu não quero que as pessoas me vejam sofrendo e estou sentindo que a medicação que estão me dando não vai surtir efeito por muito tempo!

— Se esta é realmente a sua vontade, eu farei, mãe!

Saí do seu quarto e comecei a chorar. Ela fora tão forte até o momento, então aquele sinal de fraqueza me atormentou. Clara, vendo-me chorar, perguntou o motivo, tendo eu explicado a ela.

— Quem disse que este pedido da nossa mãe é sinal de fraqueza? Ela não quer que soframos com ela, por isso fez o pedido a você! Este é o último ato de altruísmo dela, e não um sinal de fraqueza!

Depois que Clara disse aquelas palavras, percebi que interpretara de forma errada a solicitação feita por nossa mãe. Eu liguei para o Dr. João para saber qual remédio poderia fazer a minha mãe dormir e ele informou o nome do medicamento. Como tínhamos em casa, não precisei comprar. Ele aproveitou e passou na casa dos meus pais para dar um beijo na minha mãe. Ele sabia que seria o último.

Ao sair, o Dr. João veio até mim e disse:

— Os órgãos começaram a falhar, agora é só uma questão de tempo.

— Doutor, quanto tempo o senhor acha que a nossa mãe tem de vida?

— Vinte e quatro, talvez quarenta e oito, horas!

— O senhor poderá atestar a morte da minha mãe? Teremos que correr com tudo para conseguirmos velar o corpo dela e enterrá-lo!

— Mas por que essa pressa toda? — perguntou, curioso.

— Porque ela quer ser enterrada em Portugal!

— Vocês vão embalsamar o corpo?

— Após o atestado, contrataremos os serviços funerários para que o corpo dela seja velado aqui na sua casa, depois um avião levará o corpo com algumas pessoas que irão acompanhar o enterro!

— Eu farei isso então. Apesar de não querer exercer o meu trabalho para atestar o óbito de sua mãe, assim o farei!

O Dr. João se despediu e se retirou da casa dos meus pais. Pouco tempo depois, minha prima chegou.

Em seguida, Flávia deu o medicamento para que a nossa mãe dormisse, conforme a vontade dela. Eu suspeitava que fosse naquele dia mesmo que a nossa mãe morreria, mas uma ponta de esperança ainda existia, pois ela ainda não estava manifestando sentir uma dor insuportável. O meu pai passou alguns minutos com a nossa mãe e, em seguida, foi assistir ao jornal das oito horas da manhã. Os gemidos da minha mãe se intensificaram a ponto de serem maiores do que o volume da televisão. Ela estava muito fraca, e eu passei a ter certeza de que ela morreria naquele dia. Demos mais uma dose de morfina para a nossa mãe, procurando fazer com que melhorasse. Assim que o remédio começou a surtir efeito, ela conseguiu descansar.

Fui até Clara e disse:

— Você também sabe, não é, minha irmã?

Em resposta, ela balançou a cabeça de maneira positiva. Eu e Clara ficamos no quarto com a nossa mãe. Esporadicamente o nosso pai aparecia. A nossa tia, bem como a nossa prima, que faltara ao trabalho naquele dia, algumas vezes entravam no quarto para ver a nossa mãe. Emocionalmente todos estávamos abalados, e aquela hipótese de não manifestar tristeza já acabara, pois não havia como deixar de demonstrar nada naquele momento. Eu sabia que quando a nossa mãe morresse teria que levar os documentos até o Consulado de Portugal para validá-lo. Michel chegou um tempo depois.

— Como a sua mãe está passando?

— Piorou muito, meu amigo, está com a respiração fraca e não tem forças nem para andar com a ajuda de alguém. Entendo que dificilmente ela conseguirá sobreviver ao dia de hoje...

Assim que eu disse isso, comecei a chorar. Michel me deu um abraço forte sem dizer uma palavra. Naquele momento não havia o que falar.

Ao me recompor, eu fui falar com Clara sobre o documento.

— Irmã, as pessoas do nosso país poderão velar o corpo da nossa mãe, mas muitos não irão a Portugal no enterro, então acho melhor fazer a missa de sétimo dia aqui no Brasil, o que você acha?

— Eu acho uma boa ideia, mas onde faremos?

— Na igreja que os nossos pais costumavam frequentar!

— Então está combinado! Marcaremos a missa de sétimo dia antes do enterro! — Clara disse, decidida. — Eu não sei de onde a nossa mãe tirou a ideia de ser enterrada em Portugal. Talvez por mero amor por aquele país, mas possivelmente nem eu nem você deveremos voltar lá, muito menos para visitar o cemitério onde o corpo será enterrado! E essa mesma coisa acontecerá com os amigos e parentes da nossa mãe que moram aqui, no Brasil! Acredito que nem os parentes que moram na Europa irão visitar... bem, resumindo: o objetivo da nossa mãe de ser enterrada em Portugal dificilmente surtirá efeito...

Escutei o que Clara disse e não a contestei, pois sabia que no fundo ela tinha razão. Eu pedi para que Michel preparasse o almoço, assim, eu e Clara ficamos no quarto com a nossa mãe. Às vezes ela acordava e gemia muito de dor. Nós molhávamos um lenço com água para passar em sua boca, evitando que seus lábios ressecassem.

A fraqueza que ela sentia era tão grande que o simples lenço que passávamos, mesmo estando molhado, não a fazia acordar.

Quando o almoço ficou pronto, pedi para que Clara fosse almoçar primeiro e eu iria logo em seguida, pois alguém diretamente ligado à nossa mãe teria que ficar vigiando-a. Cerca de quinze minutos depois, Clara veio até o quarto, dizendo que já comera e que era para eu ir comer.

Seguindo para a cozinha percebi que algumas pessoas se aproximavam do quarto da nossa mãe, paravam em frente à porta e depois retornavam. Aquilo foi uma coisa que eu não reparava enquanto estava dentro do quarto, pois ficava sentado numa poltrona de costas para a porta. Depois de comer, retornei ao quarto da nossa mãe e encontrei Clara muito triste.

— Por mais que seja difícil, temos que passar tranquilidade para a nossa mãe!

— Eu sei disso, irmão...

— Seu marido e filhos não virão se despedir?

— Conversei com ele e decidimos que seria melhor para todos que isso não acontecesse!

— Fez bem, minha irmã, seria muito traumatizante se as crianças viessem!

Por volta das dezessete horas, a nossa mãe despertou do sono. Ela acordara algumas vezes até àquele horário, mas voltava a dormir pouco tempo depois.

— Meus filhos... está na hora... mas antes de me darem o remédio, por favor... chamem todos aqui. Eu gostaria de falar uma última coisa para todos! — a nossa mãe pediu, com o pouco de força que lhe restava, enquanto gemia de dor.

Emocionado, chamei as pessoas que estavam na sala, e, aos poucos, o quarto foi ficando cheio.

— Eu não sei como agradecer vocês... não merecia estar cercada de pessoas tão maravilhosas neste momento. Muito obrigado por me proporcionarem uma vida tão maravilhosa... — A nossa mãe se virou para o nosso pai. — Você, meu marido... foi um marido maravilhoso... um pai dedicado e um avô sensacional. Espero que continue assim e se aperfeiçoando cada vez mais... já que não pretendo ver você tão cedo no paraíso! — disse, e depois se virou para a nossa tia. — Minha irmã! Nós passamos tantas coisas juntas... e não poderia partir sem dizer que... eu te amo mais uma vez. Você sempre me protegeu desde criança... e agora eu a protegerei no paraíso! Muito obrigada por ter sido uma irmã maravilhosa e uma amiga tão leal! — Agora olhou para Clara. — Minha filha, como sou feliz ao ver a pessoa que você se tornou! Com certeza, a educação que te dei não é essa, pois você tem uma muito maior do que eu pude dar! Você se tornou mãe de duas crianças maravilhosas, independente, e nunca se esqueceu de mim, nem do seu pai. Eu sei que você é um exemplo e fez de tudo para todas as pessoas, principalmente para mim. Você não sabe o quanto eu sinto orgulho da mulher que você se tornou e espero que continue evoluindo. Não se esqueça de cuidar de seu pai! — Por fim, ela olhou para mim. — Meu filho... você é maravilhoso como pessoa, como amigo e como filho. Ao vê-lo crescer, percebi que tanto eu, quanto o seu pai acertamos na educação que lhe demos. Eu tenho muito orgulho de ti e te amo, assim como a sua irmã, mais do que tudo nessa vida. Espero que a minha partida não o traumatize muito, pois cuidarei de ti lá do paraíso. Quero que você e sua irmã cuidem do seu pai! Eu gostaria também que, se fosse possível, você desse um neto ao seu pai, ele ficaria muito feliz com isso!

Chorando, gesticulei positivamente com a cabeça.

— Não fiquem tristes... estou partindo em paz. Fiz o que pude nessa vida e todos aqui, nesse momento, são provas de que fiz o meu papel de forma bem feita. Amo todos vocês e me desculpem qualquer coisa!

A emoção estava muito intensificada, bem como a tristeza. A minha mãe tinha me falado para colocar umas músicas que ela gostava, próximo da hora de ela partir, e foi o que eu fiz. Flávia deu o remédio e, em pouco tempo, ela estava dormindo. Todos permaneceram no quarto até o seu último suspiro. Cerca de uma hora depois, Isabel faleceu.

Capítulo 6

O funeral, o enterro
e a missa

Assim que a nossa mãe deu o seu último suspiro, telefonei para o médico da família, que ficara responsável por atestar o seu óbito, e informei sobre o ocorrido. Ele disse que em pouco tempo chegaria. Clara aproveitou e telefonou para o marido para dar a notícia.

— Quando será o velório? — um dos amigos de infância perguntou.

— Não tenho como afirmar, mas se iniciará amanhã, provavelmente, ou depois de amanhã. Eu só preciso confirmar com a funerária o tempo que levará o embalsamento do corpo...

— Assim que vocês tiverem a resposta, informe, para que nós possamos avisar a todos os nossos outros amigos em comum!

— O senhor pode deixar que assim que souber, eu avisarei. Obrigado por tudo!

Então eu fui ver como estava passando o nosso pai. Ele estava desconsolado, amparado pela minha prima e por Flávia. Depois de trinta minutos, o médico chegou e pediu para ver o corpo. Após a entrada do Dr. João no quarto, o cômodo permaneceu fechado. Ele ficou examinando sozinho o corpo da nossa mãe e, depois de uma hora, saiu de lá já com o atestado de óbito pronto.

— Você deu a Isabel o remédio que eu receitei?

— Sim, doutor. Eu dei aproximadamente uma hora antes de ela morrer!

— Garoto, sinto muito pela morte da sua mãe! — disse, emocionado. Ele não demonstrou, mas eu sabia que estava.

— Eu também sinto, doutor...

Após receber o atestado de óbito, decidimos abrir o quarto para que todos pudessem entrar. Depois de cinco minutos, as mesmas pessoas saíram gradativamente de lá, abaladas emocionalmente. Eu telefonei para uma funerária para contratar os seus serviços. Os funcionários chegaram à casa, apresentaram um contrato e documentos, e após a assinatura eles levaram o corpo da nossa mãe. Enquanto os funcionários estavam saindo, perguntei quanto tempo seria necessário para que embalsamassem o corpo, pois ele ficaria exposto no velório. Entendendo a urgência, informaram que no dia seguinte, a partir das quinze horas, o corpo já estaria pronto para o velório.

Eu decidi ir para a minha casa e, enquanto estava saindo, Clara me repreendeu dizendo:

— Você vai sair e deixar o nosso pai aqui sozinho? É necessário que você durma com ele!

— Eu irei, minha irmã, mas estou indo para a minha casa pegar o meu terno e a lista de amigos e conhecidos da família, pois tenho que telefonar para cada um deles!

Saí do local acompanhado de Michel.

— Meu amigo, eu sei o motivo de você não gostar de funerais e enterros, então se você não quiser ir ao da minha mãe, irei respeitar. Afinal, só tenho a agradecer por tudo que você fez!

— Não precisa me agradecer, meu amigo!

Cheguei na minha casa, tomei um banho e, durante o processo, comecei a lembrar dos momentos que a minha mãe passou comigo durante a sua vida. Aquela fortaleza que eu estava demonstrando durante a sua morte fora abalada e a tristeza ficara em seu lugar. Saí do banho transtornado, peguei o meu terno no armário e uma mala também, onde coloquei algumas mudas de roupas suficientes para estar fora, no velório e no enterro da minha mãe. Retornei para a casa do meu pai e, ao chegar lá, percebi que Flávia não estava mais. Eu ia acertar o pagamento dela, mas Clara já fizera isso para mim.

O marido de Clara chegara, enquanto eu estive fora. Depois daquela conversa, voltou com a minha irmã para a casa deles. Eu fiquei com o meu pai, enquanto a minha tia foi comer algo na cozinha.

Ao retornar, ela veio até mim.

— Por favor, me diz uma coisa, sobrinho... você vai dormir com o seu pai?

— Sim, minha tia!

Eu perguntei à minha tia se ela queria ir para a minha casa, ou preferia dormir na casa dos meus pais, tendo ela me respondido que preferia a segunda opção, então eu a conduzi até o antigo quarto de Clara, para que ela pudesse descansar. Eu fiquei com o meu pai em seu quarto até ele dormir, e após isso fui ao meu antigo quarto, onde tentei descansar, mas não consegui. A cada vez que eu fechava os olhos, lembrava de momentos que tivera com a minha mãe. Demorou um pouco, mas eu finalmente consegui dormir.

Acordei cedo e fui comprar os alimentos para o café da manhã. Ao retornar, comecei a telefonar para as pessoas que iriam ao velório e ao enterro. Muitos amigos e conhecidos dos meus pais já sabiam da notícia, pois foram informados através de minha tia, de Clara e dos amigos de infância dos meus pais.

Preparei o café da manhã, acordei o meu pai e a minha tia, que me confidenciaram terem sonhado com a minha mãe. Convidei os dois para comer, mas eles estavam sem fome. Após muita insistência, apelando para o lado emocional, ao dizer que a minha mãe não gostaria que eles ficassem sem se alimentar, consegui reverter a situação.

O período da manhã se arrastou, o meu pai não assistiu à televisão e a minha tia o acompanhou. Eu aproveitei e também os acompanhei. Aos poucos, os amigos da minha mãe foram chegando e ajudaram a montar a estrutura do velório na sala. Já eram por volta das quatorze horas, quando o meu pai e a minha tia almoçaram. Eu pedi comida em um restaurante naquele dia, pois eles não podiam deixar de se alimentar por causa da idade avançada.

O meu pai, assim que acabou de comer, colocou um DVD no aparelho, no qual havia um *mix* de imagens da minha mãe em fotografias e vídeos que tinham feito no decorrer da sua vida. O mesmo, aliás, que utilizáramos na última festa de aniversário dela. Quarenta e oito minutos depois, Clara chegou com o marido. Eles optaram por não levar os filhos.

Às quinze horas, pontualmente, o caixão com o corpo da minha mãe chegou à residência. Naquele horário já havia muitas pessoas no local. Os funcionários da funerária entraram com o caixão, colocando-o na estrutura que montamos. Eu não tive coragem de ficar perto, pois sabia que seria uma imagem muito forte. Perto do caixão ficaram o meu pai, a minha irmã, com o marido, a minha tia e a minha prima. Os outros amigos e conhecidos permaneceram ao redor deles. Clara já tinha passado no Consulado de Portugal e buscado a documentação necessária para que o corpo da minha mãe fosse enterrado naquele país.

Depois de algum tempo, Clara me chamou para ficar próximo da nossa mãe, mas rejeitei, estava muito abalado, principalmente ao ver o vídeo com imagens dela ainda saudável. A tristeza era muito grande naquele local, e eu não creio que alguém estivesse mais triste do que a nossa família.

Após duas horas, quando o corpo estava sendo velado, juntei coragem e fui até próximo do caixão. Imaginava ver uma cena que não queria ver, mas estava enganado. Assim que cheguei perto, vi como a nossa mãe estava linda. Eu não conseguia parar de contemplá-la, pois o corpo dela realmente estava muito bem preservado, parecendo um anjo. Fiquei ao lado do caixão até as vinte e uma horas, o tempo que definimos para o término do velório no primeiro dia. Despedimo-nos das pessoas que estiveram presentes, permanecendo apenas eu, Clara, nosso pai, nossa tia e o marido de Clara. Em seguida, informei ao nosso pai que iria para a minha casa, descansar. Inicialmente ele relutou, mas no final acabou aceitando. Eu chamei minha tia para me acompanhar.

Antes de ir para casa, passei no supermercado, onde comprei os alimentos necessários para as refeições dos meus familiares. Ao retornar, deixei as compras na cozinha e me aproximei do caixão.

— Mãezinha, o meu pai vai ser cuidado por mim e Clara para que ele fique muito tempo aqui conosco. Vá tranquila, minha mãe, pois você cumpriu a sua missão com excelência. Eu só tenho a agradecer, pois tudo que sou devo à senhora. Descanse e nos aguarde no paraíso!

Beijei o corpo da minha mãe, saí daquele local e fui para a minha casa, junto da minha tia. Naquela noite, Clara dormiu com o nosso pai, enquanto o marido retornou para casa, para ficar com os filhos.

No dia seguinte, acordamos cedo, eu e minha tia, e paramos em uma padaria próxima à casa dos meus pais, precisávamos tomar café da manhã, pois estávamos com fome. Fomos à casa dos meus pais por volta de oito horas da manhã. O velório da minha mãe seria até as vinte horas daquele dia, horário que tínhamos determinado para encerrá-lo. O nosso pai e minha tia chegaram próximo do caixão e choraram bastante, mais do que no dia anterior. Acredito que o abalo emocional fizesse com que os dois permanecessem fora da realidade e talvez, no dia seguinte, eles voltassem e percebessem a morte da nossa mãe. Assim como eles, não senti tanto o dia anterior, em comparação ao que estávamos vivendo. Estar naquela casa, diante daquele caixão, estava me martirizando.

Eu olhava para o corpo de nossa mãe no caixão naquele dia e pensava: *"Acorda mãe, levanta daí!"*, mas depois me vinha à cabeça que ela nunca mais levantaria, conversaria comigo ou faria qualquer refeição. A única coisa que me confortava era saber que ela estava com Deus naquele momento e que o sofrimento cessara. A tristeza era profunda, mas eu sabia que tinha que ser forte por causa do nosso pai e da nossa tia, então sugeri a mim mesmo que naquele momento não externasse o que estava sentindo, mas ficasse do lado deles tentando consolá-los.

— Irmã, onde está o seu marido? Ele não vem?

— Como ele vai a Portugal, está gravando o seu programa. Será a primeira vez em cinco anos que ele não aparece no programa ao vivo e mais uma vez por causa de um enterro. Da outra vez que ele gravou o programa para passar na televisão, foi por causa da morte do dono da emissora em que ele trabalha!

Eu fiquei feliz pelo marido de minha irmã poder comparecer ao enterro em Portugal, mas estava triste por ele não estar presente naquele momento, dando apoio a Clara. Eu pedi que ela ficasse junta do nosso pai e também da nossa tia, enquanto eu ia para o meu antigo quarto. Chegando lá chorei e exteriorizei toda a minha tristeza por vinte minutos, depois retornei para a sala. A partir das dez horas da manhã, os amigos e familiares começaram a chegar, um a um, e todos ficaram próximos ao caixão, demonstrando a sua tristeza profunda. Alguns deles conversavam comigo e minha irmã, falavam sobre a vida da nossa mãe e sua convivência com eles.

As pessoas não paravam de chegar, e foi aí que eu percebi o quanto a nossa mãe era amada por elas. A casa estava cheia de coroas de flores, das mais diversas pessoas, empresas e instituições filantrópicas onde a nossa mãe trabalhara e que ajudara em vida.

As pessoas começaram a sair antes do horário previsto. Eu fui à mesa onde estavam expostos os alimentos para quem quisesse e vi que ela estava vazia. Como tínhamos comprado uma grande quantidade no dia anterior, havia uma reserva considerável na cozinha para ser reposta. Eu arrumei novamente a mesa, depois chamei o nosso pai, Clara e a nossa tia para almoçarmos na cozinha. Comemos pouco, pois ninguém tinha muita fome naquele momento. Após a refeição, retornamos para a sala, por volta das quatorze e trinta. Era um momento pessoal para nós e decidimos ficar próximos do caixão, mas, ao contrário da noite anterior, ninguém além de mim queria ficar próximo do caixão. Eu ficava falando baixinho com o corpo da nossa mãe e chorando, pois acreditava que ela estaria me escutando, mesmo sabendo que já estava longe daquele corpo.

Saí de perto do caixão, quando faltavam cinco minutos para as quinze horas, recompus-me e preparei-me para receber as pessoas que prestariam a última homenagem à nossa mãe.

Foi um velório atípico, que atraiu a atenção de muitos curiosos que a desconheciam, mas resolveram aparecer no local. Apesar de os curiosos parecerem pensar qualquer coisa negativa com relação a como estava acontecendo naquele velório, o respeito foi mantido. Com o tempo passando, mais curiosos e pessoas conhecidas chegavam até a casa onde o corpo de nossa mãe estava sendo velado. Próximo do final do horário do velório, por volta das dezenove horas, o marido de Clara chegou e ficou com ela e o nosso pai.

Meia hora depois, mais uma surpresa nos ocorrera: Flávia compareceu ao velório! A sua presença nos causou surpresa, pois tínhamos em mente que as pessoas contratadas para cuidar de pacientes em estágios terminais buscavam não criar elos emocionais com eles.

Às vinte horas, os funcionários da funerária chegaram, preparados para levar o caixão que seria encaminhado até o aeroporto internacional. Os funcionários da funerária foram muito pacientes e aguardaram que todos os presentes se despedissem da minha mãe. Ao chegar a hora da retirada, todos deram uma salva de palmas para a Isabel.

Aos poucos, as pessoas foram se despedindo da nossa família, emocionadas e abaladas, e fiquei imaginando: *"A minha mãe era incrível mesmo. Até desconhecidos aplaudiram! Só ela teria o poder para conseguir isso!"*.

Assim que todos saíram, comecei a limpar a casa junto de Clara.

— Meus filhos, não se preocupem com isso! — nosso pai nos pediu.

— A mamãe não gostava que a casa estivesse desarrumada, o senhor deveria saber disso, pai!

— Mas a sua mãe não está mais aqui conosco!

— Ela pode não estar mais presente, pai, mas sempre estará conosco, e a única forma de honrá-la é fazendo aquilo que ela gostaria... por isso, eu estou limpando a casa! — rebati, emocionado.

O nosso pai esboçou um sorriso e foi até a cozinha, de onde ele voltou pouco depois com uma vassoura, e disse:

— Realmente, vocês são filhos da Isabel mesmo, já que até no jeito de lidar com as dores da vida agem como ela, para que os outros se sintam melhor. Ela tinha tanto orgulho de vocês, meus filhos, e eu também tenho! Fico feliz em saber que os educamos bem!

Depois que acabamos a arrumação, fomos todos jantar na cozinha. Ao terminar, perguntei ao nosso pai se queria dormir na casa dele, ou na minha, tendo ele respondido que queria dormir em sua casa. Fiz a mesma pergunta para a nossa tia, que respondeu que queria dormir na minha casa, então lhe entreguei a chave.

— A senhora já está habituada com o local. Qualquer coisa me telefona para eu te orientar, dormirei com o meu pai hoje!

A minha tia acabou não telefonando, o que me fez concluir que não ocorreu nenhum problema com relação a dormir sozinha na minha casa. Eu dormi em uma pequena cama ao lado da cama de casal dos meus pais, pois queria estar perto dele para o que fosse necessário. No meio da madrugada, escutei o meu pai chorando, então me deitei ao seu lado e o consolei.

Na manhã do dia seguinte, acordei por volta das oito horas da manhã e meu pai já estava conversando com a minha tia, que também acordara mais cedo. Ela trouxe o café da manhã e estavam me esperando acordar para comerem comigo. Logo depois da refeição, peguei os documentos e fui até o Consulado de Portugal para validá-los. O cônsul me recebeu e, mais uma vez, demonstrou uma atenção muito especial pelo caso da nossa família. Eu fui a minha casa, arrumei a minha mala e peguei a da minha tia, que se esquecera. Acredito que com tantas coisas na cabeça ela também esquecera que viajaria conosco para Portugal. Voltando para a casa do meu pai, perguntei se ele tinha preparado a mala, e ele me respondeu que sim. Nesse momento, a minha tia falou:

— Esqueci a minha mala na sua casa, sobrinho!

— Não tem problema, tia, eu a peguei, já está no meu carro! Depois levarei as malas até o taxi que nos deixará ao aeroporto!

Ao chegar lá, encontramos um funcionário do Consulado de Portugal à nossa espera, que disse que já fora resolvida a situação referente ao traslado do corpo da minha mãe. Em seguida, fomos ao local onde o avião nos aguardava. Clara e o seu marido já nos aguardavam lá dentro.

A viagem foi muito triste, porque nos fazia lembrar a última vez em que estivemos com Isabel, quando ainda estava aparentemente bem; tudo naquele avião nos lembrou dos diversos voos que fizemos. Olhava para o lado e a imaginava sentada na cadeira, sorrindo, ou vendo algo na tela para se entreter; pegando uma bebida ou comida do carrinho que os comissários traziam, depois fechava os meus olhos mareados, e ao reabri-los, percebia que ela não estava ali, que tudo era uma lembrança muito recente, e que não a teria mais em vida, apenas em minhas memórias. Chegamos por volta das dezoito horas, horário de Portugal, porém na alfândega portuguesa ocorreu uma demora por causa da documentação, pois tinham que confirmar com o Consulado para validá-lo. Nós velaríamos e enterraríamos o corpo da nossa mãe no dia seguinte. Ao sairmos da alfândega, deparamo-nos com uma surpresa: Michel estava lá, nos esperando. Ele evitava estar presente em enterros desde a morte da sua mãe, um fato que o traumatizara muito.

— Meu amigo, o que faz aqui?

Michel me abraçou e respondeu:

— Eu vim para o enterro da sua mãe! Nós somos amigos há muitos anos e sei o quanto você deve estar sofrendo agora!

— Mas como você sabia quando nós chegaríamos?

— Eu não sabia a hora, mas sabia que seria hoje o dia marcado para a chegada, por isso estou aqui, esperando vocês desde cedo!

Muito emocionado, eu agradeci pelo apoio, depois disso saímos do aeroporto direto para o cemitério onde minha mãe seria enterrada. O velório e o enterro foram marcados para o dia seguinte, uma vez que ficaríamos em Lisboa naquela noite. Fomos para a casa de uma irmã do meu pai, onde a minha família permaneceria naquela noite.

Após o jantar, eu disse:

— Peço desculpas à minha família, já que tenho conhecimento de que todos gostavam da minha mãe e ela tinha muita vontade de ser enterrada aqui em Portugal, mas tivemos alguns problemas com relação ao embalsamamento e ao traslado do seu corpo, portanto, ele acabou sendo velado em sua casa por dois dias, no Brasil, antes de vir para Portugal. Assim, creio que poderiam sentir os odores naturais que um cadáver pode exalar, mesmo estando embalsamado, então solicitei à funerária daqui que o caixão fosse vedado. Infelizmente, creio que não será possível vocês verem o corpo da minha mãe. Nós agradecemos a todos vocês e peço que nos desculpem!

Nesse momento nenhum dos familiares reclamou da situação ou demonstrou algum descontentamento, então continuei:

— O corpo da minha mãe será velado amanhã, na capela de número dez do cemitério, a partir das oito horas da manhã, e, posteriormente, será enterrado às dez horas da manhã. Nós agradecemos a presença de todos. A minha mãe provavelmente está muito contente no paraíso, sabendo que tantas pessoas a amavam!

Os meus familiares foram deixando a casa, um a um, e nos deram um abraço forte. Novamente dormi no mesmo quarto que o meu pai e, mais uma vez, no meio da madrugada, ele chorou e eu o consolei.

Acordei cedo no dia seguinte, mas o meu pai ainda estava dormindo, então fui até o quarto onde estavam instalados a minha irmã e o seu marido, sendo que já estavam acordados. Em seguida, fui até o quarto onde estava instalada a minha tia, que também estava dormindo. Então decidi acordá-la e depois o meu pai. Eu, minha irmã e o seu marido tomamos o café da manhã, enquanto o meu pai e a minha tia optaram por não comer.

Depois do café da manhã, fomos ao cemitério para esperarmos o corpo da minha mãe chegar à capela de número dez. Alguns parentes chegaram antes do horário previsto para o velório, outros depois. O caixão que continha o corpo da minha mãe chegou no horário de oito horas, pontualmente.

Todos estavam muito tristes e manifestavam a sua tristeza das formas mais variáveis possíveis. O meu pai, minha tia, minha irmã e eu não saímos de perto do caixão. Nós sabíamos que eram os últimos momentos antes de enterrar o corpo da nossa mãe, mesmo que não pudéssemos vê-la. Alguns familiares chegaram próximos ao horário do enterro. Quando percebemos que seria o momento de levar o caixão até a sepultura, nossos corações se entristeceram e o nosso sofrimento foi se manifestando.

Enquanto eu carregava o caixão até a sepultura, pensava: *"Mãe, obrigado por tudo que sou hoje, pois, tudo isso eu devo à senhora e tudo que serei também devo a você. Eu não tenho palavras para agradecer tudo o que a senhora fez e irei te honrar até o fim da minha vida. Eu te amo, mãezinha, e me desculpe por não ter sido um filho melhor!"*.

Ao colocar o caixão na sepultura, todos os presentes aplaudiram, e eu tinha certeza de que a missão da minha mãe nesta vida estava concluída. Foram muitas demonstrações de carinho manifestadas pelos nossos parentes residentes em Portugal, embora o número de pessoas presentes não fosse tão grande. Quando a sepultura foi fechada, o nosso pai estava visivelmente abalado, assim como a nossa tia e a Clara.

Após o enterro, todos nos dirigimos à casa de uma tia, irmã do meu pai, onde almoçamos juntos. O meu pai e a minha tia do lado materno não quiseram comer, mas acabaram cedendo depois de muita insistência de todos que estavam presentes. Depois do almoço, despedimo-nos de todos os familiares e fomos à casa da família que nos acolheu, onde tomamos banho e nos arrumamos para irmos ao aeroporto.

Chegando lá, cumpridas as formalidades referentes ao embarque de passageiros, pegamos o avião para retornar ao Brasil. Foi uma viagem tão triste quanto a nossa ida para lá, pois, enquanto estávamos indo, tínhamos uma missão muito triste, e quando estávamos retornando, queríamos mesmo que nada daquilo tivesse ocorrido e que Isabel estivesse viva, não apenas em nossos corações, mas fisicamente. Ao chegarmos na nossa terra, já de madrugada, Clara me perguntou:

— Você vai ficar com o nosso pai?

— Sim, minha irmã, ficarei com ele até ficar bem!

— Mas isso pode demorar muito tempo!

— Sei disso e não me importo! Para mim, o importante é o nosso pai estar bem, mas vou precisar da sua ajuda no que for necessário. Acredito que, se tirarmos o nosso pai da rotina, talvez seja melhor para ele não pensar tanto em nossa mãe!

— Isso é uma boa ideia, mas logo iniciarei o meu trabalho e o seu período de licença terminará, então como faremos isso?

— Talvez precisaremos contratar alguém para fazer isso por nós!

— Temos que estudar a viabilidade disso, mas acredito que seja possível! De qualquer forma, só precisaremos ver isso mais para frente, então cabe nesse momento respeitar o luto do nosso pai!

— Concordo contigo, minha irmã. Não precisamos ver isso agora!

Clara foi para casa com o marido e a minha tia, irmã da nossa mãe, enquanto fui para a casa do nosso pai. Era de madrugada quando nós chegamos e ele foi logo tomar o seu banho. Eu também fui e depois peguei o colchão, que foi colocado no quarto dele, mas fui repreendido pelo meu pai, pois ele preferia ficar sozinho naquela noite, então me dirigi para o meu antigo quarto. De novo não consegui dormir, pois, sempre que fechava os olhos, lembrava-me da minha mãe. Passei aquela noite em claro.

Ao raiar do dia seguinte, fui ver o meu pai. Acordei-o informando que compraria os alimentos para o café da manhã. Fui até a padaria e, depois de fazer isso, retornei para a casa do meu pai e me surpreendi ao ver a presença de Clara no local.

Todos nós fizemos a refeição e eu pedi para Clara passar aquela tarde com o nosso pai. Ela não se opôs, então fui para a minha casa. Chegando lá, tomei banho e preparei a minha mala. Aproveitei para telefonar para a igreja, procurando marcar a missa de sétimo dia da minha mãe, e obtive a resposta de que só poderia ser feita pessoalmente. Em seguida, fui descansar. Dormi até quase o final da tarde. Ao acordar, arrumei-me e retornei para a casa do meu pai.

No caminho, fui para a igreja marcar pessoalmente a missa da minha mãe, depois fui a uma famosa rede de lanchonetes para comer algo, afinal eu não almoçara naquele dia. Cheguei à casa do meu pai no início da noite. Ele e Clara estavam lanchando. Eu não os acompanhei no lanche, pois tinha acabado de comer e estava sem fome, porém os acompanhei na mesa enquanto se alimentavam. Após o lanche, o nosso pai foi para o seu quarto, mais uma vez, querendo ficar sozinho.

— Como o nosso pai passou o dia, irmã?

— Muito recluso de tudo! Até os jornais, a que ele costuma assistir, não assistiu!

— O luto dele é muito grande, temos que respeitá-lo!

— Irmão! Acabei de lembrar que não marcamos ainda a missa de sétimo dia da nossa mãe!

— Pode ficar tranquila, irmã, marquei hoje e amanhã teremos que começar a avisar as pessoas!

— Temos que fazer os santinhos também!

— Infelizmente, isto será inviável, minha irmã. Nenhuma gráfica conseguirá nos atender em um tempo tão curto!

— Pelo menos temos que comprar de São Francisco, o santo de que a nossa mãe era devota!

— Bom, isso é mais fácil de nós conseguirmos!

— Então você avisa as pessoas, enquanto eu compro os santinhos!

Eu concordei com a Clara e mais tarde o marido dela apareceu com os filhos na casa do nosso pai. Eles jantariam conosco. Eu estava torcendo para que os netos animassem o nosso pai.

— Vovô, onde está a vovó? — o neto mais velho perguntou.

O meu entusiasmo foi embora naquele momento.

— Vovó está com Deus agora, meu neto, mas ela não iria gostar que ninguém ficasse triste, então você promete uma coisa para o vovô?

— O que o senhor quer, vovô?

— Você me promete que não ficará triste?

— Só prometo se o senhor me prometer a mesma coisa!

— Eu prometo, meu neto! — Meu pai sorriu. — Os homens da nossa família sempre cumprem o que prometem. Eu posso confiar em você?

— O senhor pode confiar sim, vovô!

A nossa tia estava instalada na casa de Clara, onde ficaria até a missa de sétimo dia. Aliás, desde quando retornamos ao Brasil, a nossa tia não passara na casa do nosso pai.

O silêncio predominava naquele local, nem a televisão era ligada. Nós jantamos naquela noite, juntamente do marido e dos seus filhos, depois foram para a sua casa. O nosso pai se recolheu em seu quarto e eu levei o colchão para dormir com ele. Novamente fui repreendido, então eu disse:

— Pai, o senhor mesmo disse que os homens da nossa família respeitam as suas promessas! Eu prometi a minha mãe que cuidaria do senhor, não posso quebrar a promessa!

Com isso, o meu pai aceitou que eu dormisse com ele e, novamente, no meio da madrugada, escutei o seu choro e o confortei.

No dia seguinte, Clara apareceu com os alimentos para tomarmos café da manhã juntos. Nós comemos e depois disso o nosso pai foi para o quarto. Aproveitei a reclusão dele para telefonar para as pessoas, avisando da missa de sétimo dia, enquanto Clara saiu para comprar os santinhos de São Francisco no centro da cidade, onde havia uma concentração maior de lojas de artigos religiosos cristãos.

No horário do almoço, eu já avisara todas as pessoas que conhecia. O meu pai saiu do quarto e, pela primeira vez, depois da morte de minha mãe, demonstrou estar com fome. A minha irmã ficara de trazer o almoço, então telefonei para ela procurando saber se estava próxima ou não da casa do nosso pai, tendo ela me respondido que sim e que estava levando o almoço, conforme o combinado. Quando Clara chegou, todos nós comemos e, depois do almoço, o nosso pai se recolheu novamente para descansar.

— Irmão, como está passando o nosso pai?

— Pela primeira vez, demonstrou estar com fome. Acho que está começando a superar a situação!

— Isso é muito bom, meu irmão!

Mais tarde, eu e Clara ficamos assistindo televisão, quando o nosso pai saiu do quarto.

— Meus filhos, o que vocês estão assistindo?

Eu troquei rápido de canal, sem que o nosso pai percebesse.

— O Jornal Noturno, meu pai, você nos acompanha?

— É claro que os acompanho! — respondeu.

Mais tarde, nós jantamos uma comida que pedimos de um restaurante. Realmente, o luto de meu pai estava passando. Depois do jantar, Clara foi para a sua casa e eu fiquei na casa com o nosso pai. Nós dormimos no mesmo quarto, e foi aquela a primeira vez que eu não escutei o meu pai chorar durante a noite. Quando chegou o dia da missa de sétimo dia, a igreja estava cheia, assim como no seu velório.

Eu fui até o altar e disse:

— Saber que a nossa mãe está nos olhando e cuidando de nós ao lado de Deus me conforta. A ausência física dela é algo que me martiriza, mas me lembro de quando descobrimos a sua doença. A nossa mãe preferiu não fazer o tratamento médico e nós respeitamos a sua vontade, mesmo que isso significasse que a teríamos aqui por menos tempo, então resolvemos fazer dos seus últimos dias o mais perfeitos possível. Preparamos para ela uma grande festa surpresa de aniversário. Ela não desconfiou de nada e ficou muito feliz! Em seguida, decidimos ir além, levando-a para viajar para o exterior, com o roteiro que escolhesse, e ela adorou. Quando voltamos da viagem, o quadro da doença já estava pior, mas, mesmo assim, a nossa mãe se preocupava mais com os outros do que consigo própria. Ela pediu para não deixá-la mais ir para o hospital e, apesar de eu pessoalmente não concordar, a vontade dela foi atendida. Saber que ela não está mais sofrendo me anima, pois vê-la daquele jeito todos os dias era muito ruim para todos que estavam à sua volta. Nós podemos questionar o motivo da doença da nossa mãe, mas ela pôde proporcionar harmonia onde não existia, a união de uma família separada por um continente e a paz entre pessoas que viviam brigando. A nossa mãe, durante a sua vida, propagou o amor incondicional para todos que estavam à sua volta, e ver esta igreja tão cheia assim só reforça o que digo! Hoje não devemos nos lamentar pela ausência de Isabel... devemos estar felizes por termos tido a alegria de conviver com ela! Não devemos lembrar e lastimar a morte dela, mas sim nos alegrar por sua vida, pois é assim que a nossa mãe vivia dizendo e queria que fizéssemos. Assim, para honrarmos o nome de Isabel, a nossa mãe, devemos fazer o que ela queria. Sermos iguais a ela e respeitarmos a vontade dela, pois só assim celebraremos a sua vida. Eu tenho certeza de que um dia nos reencontraremos e seremos felizes juntos, no paraíso, mas até lá devemos honrar a sua memória.

Terminadas as minhas palavras, visivelmente emocionado, agradeci a todos e retornei para um dos bancos daquela igreja.

* * *

O tempo foi passando, meu pai superando aos poucos a perda de Isabel, sua esposa, e nós também a perda de nossa mãe, até o dia em que todos conseguimos conviver com a sua ausência. É estranho, mas muitas vezes imagino que a minha mãe esteja presente, junto de mim, mesmo fisicamente ausente. O decorrer das nossas vidas, sem a presença física de minha mãe, só mostrou o quanto a missão dela foi grandiosa e vitoriosa, pois de fato nos tornamos pessoas melhores por ter transformado a nossa vida.

**Informações sobre nossas publicações
e nossos últimos lançamentos**

- editorapandorga.com.br
- @editorapandorga
- /editorapandorga
- sac@editorapandorga.com.br

PandorgA